U0097327

古典詩歌研究彙刊

第七輯

龔鵬程 主編

第 16 冊

楊萬里生平及其詩之研究（上）

陳義成 著

國家圖書館出版品預行編目資料

楊萬里生平及其詩之研究（上）／陳義成 著 — 初版 — 台北
縣永和市：花木蘭文化出版社，2010〔民 99〕
目 8+206 面；17×24 公分
（古典詩歌研究彙刊 第七輯；第 16 冊）
ISBN 978-986-254-131-9（精裝）
1.（宋）楊萬里 2. 傳記 3. 宋詩 4. 詩評 5. 文學評論
851.4523   99001856

ISBN - 978-986-254-131-9

9 789862 541319

古典詩歌研究彙刊
第七輯　第十六冊　　　　　ISBN：978-986-254-131-9

楊萬里生平及其詩之研究（上）

作　　者　陳義成
主　　編　龔鵬程
總 編 輯　杜潔祥
出　　版　花木蘭文化出版社
發 行 所　花木蘭文化出版社
發 行 人　高小娟
聯絡地址　台北縣永和市中正路五九五號七樓之三
　　　　　電話：02-2923-1455 ／傳眞：02-2923-1452
網　　址　http://www.huamulan.tw 信箱 sut81518@ms59.hinet.net
印　　刷　普羅文化出版廣告事業
初　　版　2010 年 3 月
定　　價　第七輯 20 冊（精裝）新台幣 28,000 元

楊萬里生平及其詩之研究（上）

陳義成　著

作者簡介

陳義成，國立台灣大學中文系畢業，輔仁大學中文研究所碩士，文化大學中文研究所博士，國家文學博士。現任教於逢甲大學中文系暨研究所。著有《漢魏六朝樂府研究》、《楊萬里生平及其詩之研究》等。

提　要

　　南宋中興之主要詩人，尤袤、蕭德藻、范成大、陸游与楊萬里並稱，馳譽乾淳詩壇：尤范以端莊婉雅名，蕭以高古勝，陸善為悲壯，而楊萬里才思健拔，包孕萬象，飛動馳擲，為一代作手。萬里生平以詩擅名，其詩論亦卓然成家，然歷代學者所論，褒貶不一。茲不揣譾陋，成此論文。

　　本論文包括緒論、結論、附錄及本論五篇。

　　緒論敘述寫作之緣起，以歷代論評萬里褒貶參半，而近世研究又復冷寂，於是以「道在準居處，酌時事，證朋遊」研究萬里之先世、事蹟、交游、論評及詩。

　　第一篇「楊萬里家世考」。

　　第二篇「楊萬里生平事蹟考述」，凡十三章，區劃其生平為十三階段。

　　第三篇「楊萬里交游考」。萬里居官歷四朝，交游人物，自宰執以至吏掾布衣，堪稱廣闊。茲編之考述以見諸詩卷者為主，凡一七六人，并附錄無詩歌往還者七十人。

　　第四篇「楊萬里文學論評研究」。

　　第五篇「楊萬里詩研究」。

　　最後部份為結論。首先自其生平立朝諤諤至剛至大、廉隅其行仁愛其民、孝親尊師重友、對敵立場始終如一四方面，肯定其道德風節；其次確認「誠齋體」之獨創性，其三述其文學論評之影響，以見姜夔、張鎡、四靈、劉克莊、嚴羽、袁枚等論詩所受其啟發處。

　　論文之後，附錄「楊萬里年表」。

目

次

下　冊

緒　論

　　在中國文學史上，有為一流派之代表，對其週遭作者保持指導地位之作者；有與週遭作者或文學集團毫無往還而始終孤立之作者；有於著述時代鮮為世人所知而卒後始見其價值之作者；有名盛於當代而在後世毀譽參半、議論未定之作者。楊萬里即屬於後者。

　　楊萬里，字廷秀，自號誠齋野客，吉州吉水湴塘人，著有《誠齋集》一百三十三卷。中國文學史上所推重之南宋四大家，即楊萬里及其友人尤袤、范成大與陸游。其中楊、陸聲名尤高，劉克莊曾比擬為盛唐之李白與杜甫，〔註1〕時人如姜特立、周必大、袁說友等，推崇萬里為詩壇之宗主；陸游亦稱「我不如誠齋」，〔註2〕足見其名盛於當代。稍後作者如張鎡、姜夔、項安世、洪咨夔、趙汝鐩、方岳等人之詩，或多或少受萬里「楊誠齋體」詩之影響。〔註3〕然而盛極而衰，宋代以後，萬里作品鮮受注目，元代方回稱萬里語散見於《桐江集》、《續集》與《瀛奎律髓》，明代宋濂、李東陽偶然道及，清代議者較多，然除袁枚、潘定桂、延君壽稱美外，餘皆對其

〔註1〕《後村詩話》前集二。
〔註2〕詳本書第五篇第五章第一節。
〔註3〕「楊誠齋體」之名見於嚴羽《滄浪詩話》〈詩體〉。其詩歌之影響可參見張鎡《南湖集》、姜夔《白石道人詩集》、項安世《平菴悔稿》、洪咨夔《平齋文集》、趙汝鐩《野谷詩稿》、方岳《秋崖集》等。

詩篇大肆貶抑，指斥其作品粗豪、粗率、鄙俗、淺俗、野調、惡調、村究、纖佻，甚且目為「詩家魔障」。〔註4〕清汪琬云：「詩印頻提教外傳，入魔入佛總超然，放翁已得眉山髓，不解誠齋學謫仙。」又云：「唱得吳歈迥不同，石湖別自擅宗風，楊尤果與齊名否，如此論量未必公。」〔註5〕據此則其詩品之高低，萬里不若陸游與范成大。田雯云：「群兒謗口聚蚊雷，唐宋判將偽體裁。拈出誠齋村究語，無人解道讀歐梅。」〔註6〕則萬里詩之讀者情況已不復昔日之盛。

　　民國以還，研究楊萬里之著述甚尟，稱美者如錢鍾書《談藝錄》；為《誠齋集》作選注選集者如夏敬觀、周汝昌。此外尚有年譜，或失之於簡略，或疏之於考訂，然皆功不可沒。惜乎為數寥寥，顯示研究楊萬里之普遍沈寂。本研究論文，於是乎作焉。

　　清代浦起龍云：「道在準居處、酌時事、證朋遊，得者八九矣。」〔註7〕而本論文研究之方法，即先自準居處、酌時事與證朋遊三方面入手，以探索楊萬里先世之情況、時代之治亂、出處之窮通，心期之順逆，朋遊之盛衰以及其他際會遇合，以見其立朝大節之襟期、師友淵源之影響。紀昀云：「（萬里）生平乃特以詩擅名，有《江湖集》七卷、《荊溪集》五卷、《西歸集》二卷、《南海集》四卷、《朝天集》六卷、《江西道院集》二卷、《朝天續集》四卷、《江東集》五卷、《退休集》七卷，合併在集中。方回《瀛奎律髓》稱其一官一集，每集必變一格。」〔註8〕正說明萬里生平際遇與作品之相關性，故研究其作品，務必將基礎建築於歷史事實之正確上，不可須臾廢棄學理之正鵠而任意將基礎建築建立於研究者之主觀上，於是本論文於準居處、酌時事與證朋遊，序時論述，使身事世事，先後犂然。此外，萬里既以詩擅名，而詩歌之創作恆與作者之文學論評息息相關。二者之研究，可以

〔註4〕翁方綱《石洲詩話》四。
〔註5〕《堯峰文鈔》五〈讀宋人詩〉第二、三首。
〔註6〕《古歡堂集》「七言絕」二〈讀詩絕句〉第九首。
〔註7〕《讀杜心解》發凡。
〔註8〕《四庫全書總目提要》一六〇，集部‧別集類，《誠齋集》提要。

考察作者文學論評與創作實踐之情況。宋元明清以來之序記、題詠及詩話等固可資參考，而透視《誠齋集》以見萬里之本然姿態與眞髓，尤爲重要。故本論文除以《誠齋集》爲研究對象外，並對歷代論評萬里作品加以探討，庶幾莫衷一是之紛紛眾口，得歸諸客觀之公正持平。

　　本論文之撰述凡分五篇，首篇考述萬里家世，以見其與家族人物間之關係，及其如何自貧困家境中卓然有以自立。次篇考述萬里生平事蹟，蓋近世有關萬里之年譜，或簡略、或瑣碎，未臻完善，於是以《誠齋集》爲本，搜集相關資料，整理爬梳、鎔裁分類，成十三章，以見其平生之際遇。三篇以萬里詩作爲本，考述其朋遊情況，以見其社會關係，或有助於知人論世與解詩。四篇論述萬里之文學論評，以見其詩歌理論批評及時代詩風之關係。五篇論述萬里詩，以見其詩歌創作成就及理論實踐上之努力。末以萬里道德風節之肯定、「誠齋體」獨創性之確認及其文學論評之影響三端以作結。

　　又《誠齋集》之外，萬里尚有《誠齋易傳》二十卷，閱十有七年而後成書，約十五萬言。是書大旨本程氏，而參引史傳以證之，後儒深不滿其書，或學者門戶之見，唯其《易》學成就，不在本論文研究範圍之內，俟日後另立專題，再加探索焉。

第一篇　楊萬里家世考

　　探討歷史人物，家世之研究有其重要性。唯不論其爲富貴或貧賤，世家或寒門，其能久享盛譽而不衰者蓋鮮矣。大抵其間興衰頹振、消長起伏，在所難免。以漢代而言，「學校制度廢弛，博士傳授之風止息之後，學術中心移於家族。」〔註1〕而「士族之特點在門風之優美不同於凡庶，而優美之門風基於學業之因襲。」〔註2〕學術移於家族之後，衍至魏晉南北朝以至唐代世家中之濟濟多士，并能延續百年是其特徵，而家學門風與所秉承之禮法恆爲世家興衰之基礎。〔註3〕不論寒門望族，在傳統教育制度下，齊家與治國乃一脈相通，所謂「重父必重母，正邦先正家。」〔註4〕爲古人所固持信守之不二理論。入宋之後，社會丕變，家世譜牒，幾無可考。《宋史》二六二〈劉燁傳〉云：

> 唐末五代亂，衣冠舊族多離去鄉里，或爵命中絕，而世系無可考。

又《宋史》四三九〈梁周翰傳〉云：

〔註1〕陳寅恪《隋唐制度淵源略論稿》二「禮儀」。
〔註2〕陳寅恪《唐代政治史述論稿》中篇。
〔註3〕《顏氏家訓》三〈勉學篇第八〉：「士大夫子弟數歲已上，莫不被教。」
　　　　又云：「多者或至禮傳，少者不失詩論。」
〔註4〕《范文正公集》七〈謫守睦州〉。

唐末喪亂，籍譜罕存。

即是顯赫世家，在屢經喪亂之後，業已勢衰而平民化，據楊萬里自
述先世諸文中，雖有官高至太尉者，如漢代楊震，至宰相者，如唐
代楊綰、楊嗣復。然喪亂之後，世家中落，流離遷徙，籍貫更異，
至宋而顯達者則鮮。至楊萬里高祖堪，曾祖開，祖格非，三世業白；
至父楊芾尤貧。〔註5〕然萬里出處雖困窮寒微，而苦學有成，〔註6〕
憂思深遠處，舉凡民生疾苦，物之情偽，皆瞭然胸中，并常發諸楮
墨之間。〔註7〕其生活之儉約，足秉父風；其為官之清廉，足傳子
嗣，為有宋士大夫中，其清風亮節有足堪稱述，其文學成就有垂範
後世者。

〔註5〕胡銓《胡澹菴文集》二五〈楊君文卿墓誌銘〉：「（楊芾）家無田，授
　　　徒以養。」
〔註6〕本集十六〈明發白沙灘聞布穀有感〉：「我少貧且賤，不但無置錐，筆
　　　耒墾紙田，黑水導墨池，借令字堪煮，識字亦幾希。啼飢如不聞，飢
　　　慣自不啼。駸奔三十年，辛勤竟何為。」又卷七九〈似剡老人正論序〉：
　　　「吾友安福李與賢，自紹興丁卯（時萬里二十一歲），與予同學於清
　　　純先生之門，是時……予每閉齋房，呻槁簡，劇心嘔肺於文字間，若
　　　癡若迷，若憊若病，無以自拔此身於蠹魚螢火之林。」
〔註7〕例如早期《江湖集》：〈早後郴寇又作〉；晚期《退休集》：〈至後入城
　　　道中雜興〉等。

第一章　先世之傳承與籍貫之變遷

　　緣於唐末喪亂，至宋又已籍譜罕存，故萬里先世之論定，有嚴肅審求之必要。

　　研究楊萬里之先世，主要以三篇資料爲基礎：即（甲）《胡澹菴文集》二五〈楊君文卿墓誌銘〉（以下稱〈楊文卿墓誌銘〉）；（乙）《誠齋集》（以下簡稱本集）一一八〈宋故贈中大夫徽猷閣待制諡忠襄楊公行狀〉（以下稱〈楊邦乂行狀〉）；（丙）本集一二二〈中奉大夫通判洪州楊公墓表〉（以下稱〈楊存墓表〉），此爲直接資料。

　　（甲）〈楊文卿墓誌銘〉：據胡銓作銘稱此係楊萬里隆興二年（1164）（按以下西曆紀年詳附錄〈楊萬里年表〉，不再註明）將葬其父，以左從政郎前樞密院編修官楊文昌狀來謁而作，銘中敘述萬里父楊芾之先世云：

　　　公諱芾，字文卿，胄出漢太尉震，震後三十三世虞卿。〔註1〕
　　　虞卿之孫承休；承休之六世曰輅。唐天祐中承休以刑部外郎
　　　使吳越，楊行密道梗，遂家江南；至輅仕南唐，徙盧陵焉。
　　　子曰鋌，〔註2〕于公爲八世祖，曾祖諱堪，字某；祖諱開，
　　　字先之；父諱格非，字元忠，皆不仕。洎公凡三世業白。公

〔註1〕考《新唐書》七一下〈宰相世系表〉，自楊震至楊虞卿凡二十二世，《胡澹菴文集》作「三十三世」，殆後人傳刻之誤。

〔註2〕〈楊存行狀〉作「鋌」。

尤邃於《易》學，自舍法行三邸有司不逢，則隱吉水之南溪，
號南溪居士云。

據此略知萬里之先代遠紹漢世之楊震，然猶未詳備。

（乙）〈楊邦乂行狀〉：萬里作此〈行狀〉於淳熙十三年正月二十
四日，自稱「姪孫」，知邦乂與萬里祖格非同輩。〈行狀〉中首列楊邦
乂之先世：

> 曾祖亨故不仕，祖中謹故不仕，父同故潭州司戶參軍贈宣
> 義郎。

并敘云：

> 公諱邦乂，字希稷，胄出漢太尉震。五代之亂，徙居廬陵，
> 故今為吉州吉水人。〔註3〕世以儒學相承。宣義府君登進士
> 第，初命長沙民掾，未終更而早世。後以公追秩宣義郎，
> 公其季子也，父歿之五月始生。

據此知楊邦乂先世所承與楊芾並屬南徙廬陵、吉水一系，亦即楊承
休、楊輅一系，其後雖分居，然籍貫仍為吉水。邦乂卒於建炎三年，
享年四十四，先娶傅氏，生一女，歸新塗進士陳敦書；後娶曾氏，生
男五人：振文、郁文、昭文、蔚文、月卿（并見行狀）。邦乂有族弟
鱣堂先生，名杞，字元卿，弱冠登第，得年六十而官，止於宣州簽判，
有子次山（見本集七八〈鱣堂先生楊公文集序〉）。

（丙）〈楊存墓表〉：萬里作此表於慶元庚申，自稱「曾姪孫」，
知楊存與萬里曾祖開同輩。墓表敘述楊存先世云：

> 公諱存，字正叟，一字存之，其先出晉武公〔註4〕子伯僑，
> 伯僑四世孫叔向，族號羊舌氏，食采於楊，生食我，以邑
> 為氏，其後居華陰。在戰國者曰章，章生款，為秦卿。後
> 四世曰喜，仕漢祖，封赤泉侯。十一世曰震，至唐曰綰、
> 曰嗣復、曰汝士、曰虞卿。虞卿之孫承休，天祐元年以刑

〔註3〕 楊邦乂系既籍廬陵，蓋楊輅徙廬陵一系。唯是否楊輅下傳楊鋌一系
　　　 則無可考。故本書頁14〈楊萬里世系表〉中列於楊輅下，而不列於
　　　 楊鋌下。

〔註4〕 晉武公事詳《史記·晉世家》。

部外郎使吳越，楊行密亂不得皈，遂家江南。六世曰輅，
仕南唐，徙家廬陵。子鋌，終海昏令，公之六世祖也。曾
祖諱戩，祖諱倫，考諱郊，皆潛德不仕，考以公累贈太中
大夫。

據此知楊存先世所承與楊邦乂、楊芾相同，萬里於墓表中推溯遠祖
至晉武公，而籍貫自叔向采食於楊，生食我，以邑爲氏，則楊爲其
原籍。「其後居華陰」，萬里未能詳其爲何時；考叔向子伯石，生食
我以邑爲氏，號曰楊石，黨於祁盈，盈得罪於晉，并滅羊舌氏，叔
向子孫逃居華陰，〔註5〕則其時當在春秋時代。其後傳至西漢楊敞、
東漢楊震、唐楊綰、嗣復、汝士、虞卿，仍依華陰籍貫。〔註6〕直逮
唐哀帝天祐元年楊承休以刑部外郎使吳越，以楊行密亂不得歸而家
江南，次年楊行密卒，〔註7〕又二年唐亡。〔註8〕又經六世至楊輅，
仕南唐，方徙廬陵，其後即以廬陵爲籍貫。楊存卒於建炎戊申正月
九日，年七十一。子五人：王休、王庭、王烈、王猷、王訓。孫九
人：光祖、振祖、茂祖、煥、承祖、炳、虞、庶、得清。曾孫十人：
扶、譻、清節、掀、清成、清簡、清德、清臣、掖、清卿（并見〈墓
表〉）。

　　僅據以上三文考訂萬里先世，顯有未足之處，〔註9〕如〈楊存墓

〔註5〕　《新唐書》七一下〈世系表〉：「叔向子孫逃于華山仙谷，遂居華陰。」
〔註6〕　《漢書》六六〈楊敞傳〉：「楊敞，華陰人。」《後漢書》八四〈楊震
　　　　列傳〉：「楊震字伯起，弘農華陰人。」《舊唐書》一一九〈楊綰列傳〉：
　　　　「楊綰，字公權，華州華陰人。」《舊唐書》一六四〈楊於陵傳〉：「楊
　　　　於陵，字達夫，弘農人。」汝士，虞卿從兄，未詳所出，《新唐書·
　　　　世系表》中並列於陵之下，固誤。唯既未詳所出，姑並列以待考。《舊
　　　　唐書》一七六〈楊虞卿傳〉：「楊虞卿，字師皋，虢州弘農人。」
〔註7〕　〈楊行密傳〉詳《新唐書》一八八；《舊五代史》一三四；《新五代
　　　　史》六一〈吳世家〉。
〔註8〕　《舊唐書》二〇下〈哀帝本紀〉，《新唐書》一〇〈哀皇帝本紀〉。
〔註9〕　如劉桂鴻撰〈楊萬里年譜〉，編萬里世系即僅據此三篇文字以考訂其
　　　　先世，乃誤以楊綰傳楊嗣復；楊嗣復傳楊虞卿。至於楊震至楊虞卿
　　　　仍沿《瀘菴文集》「三十三世」，固誤。他如先世可考姓名者尚多，
　　　　亦失諸缺考。

表〉中言其先出於晉武公，至羊舌氏食采於楊，食我以邑爲氏云云，實泛楊氏之共同先祖，非萬里廬陵一系之所專，《姓纂》云：

> 周武王子唐叔虞封於晉，出公遜于齊，生伯僑，歸周，天子封爲楊侯，子國以國爲氏。一云，周宣王曾孫封爲所滅，其後爲氏。或曰，周景王之後。楊氏敍云：伯僑不知周何別也。

〈楊名時族譜序〉云：

> 謹案楊氏出於姬姓，其一，周宣王子尚父封於楊，其一，晉公族羊舌肸叔向食采于楊氏縣，子孫避難居華陰。秦漢間，或居河內，或居馮翊，漢有封赤泉侯，後世爲安平侯者，關西伯起（楊震字）其孫也。伯起之後尤蕃熾，故今楊氏多出自關西。

即可作有力說明。至如楊震之後世承傳，三文甚簡略，如唐代楊綰、楊嗣復、楊虞卿，數世之前業已分支系（詳後）。萬里爲文匯結兼容敍述，難免有含混之處。《新唐書》七一〈宰相世系表〉云：

> 楊氏出自姬姓，周宣王子尚父，封爲楊侯。一云晉武公子伯僑，生文，文生突，羊舌大夫也。又云：晉之公族食邑於羊舌，凡三縣，一曰銅鞮，二曰楊氏，三曰平陽。突生職。職五子：赤、肸、鮒、虎、季夙。[註10] 赤字伯華，爲銅鞮大夫，生子容；肸字叔向，亦曰叔譽。鮒字叔魚；虎字叔羆，號羊舌四叔。叔向，晉太傅食采楊氏，其地平陽，楊氏縣是也。叔向生伯石，字食我，以邑爲氏，號曰

[註10] 《左傳》四三：「羊舌四族皆彊家也。」杜注云：「四族銅鞮伯華、叔向、叔魚、叔虎兄弟四人。」孔疏云：「注四族至四人。《正義》曰：《家語》孔子曰：銅鞮伯華不死，天下其定矣。其人名赤，字伯華，食邑於銅鞮；叔魚名鮒，見於十三年傳；叔虎見於襄二十一年傳，於時虎已死，今得數叔虎者雖身死，其族猶在，故傳不言羊舌四人而云四族，明指其族也。據傳文叔向兄弟四人有叔虎；案《世本》叔向兄弟有季夙，疑季夙即是虎也。故服氏數伯華、叔向、叔魚、季夙。劉炫以爲叔虎於時已死，別有季夙，而規杜氏非也。」按〈楊萬里世系表〉中，爲檢閱之便，季夙列於叔虎之次，凡五人。

楊石，黨於祁盈，盈得罪於晉，并滅羊舌氏。叔向子孫逃於華山仙谷，遂居華陰。有楊章者，生苞、朗、款。苞為韓襄王將守脩武，子孫因居河內。朗為秦將，封臨晉君，子孫因居馮翊。款為秦上卿，生碩，字太初，從沛公征伐為太史。八子：鵷、奮、魁、儵、熊、喜、鶬、魋。喜字幼羅，漢赤泉嚴侯；生敷，字伯宗，赤泉定侯。生胤，字毋害。胤生敞，字君平，丞相安平敬侯。二子：忠、惲。忠，安平頃侯，生譚，屬國安平侯。二子：寶、並。寶字稚淵，二子：震、衡。震字伯起，太尉。五子：牧、里、秉、讓、奉。牧字孟信，荊州刺史，富波侯。二子：統、馥。十世孫孕，孕六世孫渠。渠生鉉，燕北平郡守。生元壽，後魏武川鎮司馬，生惠嘏。

又云：

觀王房，本出渠孫興，後魏新平郡守。生國，國孫紹，後周特賜姓屋呂引氏。隋初復舊，後士雄封觀王，號觀王房。

又云：

孕五世孫贊，隋輔國將軍河東公，生初，左光祿大夫華山郡公，初裔孫播，世居扶風。

據此知楊萬里以楊震為中心之先世所承。至其所傳，自五子牧、里、秉、讓、奉而分支下傳。

　　長子牧所傳，後分主要三系：其一為惠嘏一系，此系最顯赫，如惠嘏四世孫楊堅，為隋高祖。〔註11〕其二為觀王房一系，亦甚顯赫，觀王雄，〔註12〕隋高祖族子，父紹，仕周。〔註13〕其三為楊播〔註14〕一系，世居扶風。此三系籍貫皆承楊敞、楊震之舊，為華陰人。此三系與萬里所承無涉。

〔註11〕　《隋書帝紀》一。
〔註12〕　《隋書》四三〈觀德王雄傳〉。
〔註13〕　《周書》二九〈楊紹傳〉；《文館詞林》四五二薛道衡〈後國大將軍楊紹碑銘〉：「祖國，鎮西將軍，父定，新興太守。」
〔註14〕　《魏書》五八，《北史》四一。

次子里，所傳不詳。

三子秉所傳，《新唐書》世系表缺載。考《後漢書》八四〈楊震列傳〉，知楊震中子秉；秉子賜，字伯獻，諡文烈侯；賜子彪，字文先，子脩，字德祖，爲丞相曹操主簿，後爲曹操所殺。

四子讓，所傳不詳。

五子奉，所傳蕃熾，據《後漢書‧楊震列傳》載，有子敷，敷生眾，建安二年封蓩亭侯。《新唐書》世系表云：

> 太尉震，子奉，字季叔，後漢城門校尉中書侍郎。八世孫結，仕慕容氏，中山相。二子珍、繼。至順，徙居河中永樂。岐，徙居原武。

又云：

> 越公房，本出中山相結次子繼，生暉，洛川刺史，諡曰簡，生河間太守恩，恩生越恭公鈞，號越公房。

據此知楊震季子奉，傳至八世孫楊結之後，所傳分二大支系：一爲楊珍一系，傳至後世以楊綰最著；一爲楊繼一系，亦即越公房一系，楊萬里、楊邦乂之先世承之。至於〈楊存墓表〉所云其先世在唐曰楊綰者，實自楊結之後已然分支；曰楊嗣復者，雖屬越公房一系，唯在楊寬後分支，〔註15〕亦非楊萬里、楊邦乂、楊存所直承，其所以於墓表中列楊綰與楊嗣復，蓋以楊綰相代宗，楊嗣復相太宗、武宗，居官顯赫，風光門楣，雖已屬旁系，仍爲其先祖。

據以上探索，萬里之先世傳承已瞭然若揭。萬里父楊芾配毛氏，有子二人，長萬里，次早夭。〔註16〕至於族弟則頗繁，可考知名字者有子上、濟翁、材翁、克信、廷弼、子立、子文、子潛、子直、伯莊、道卿、伯玉。其中以濟翁最著。濟翁名炎，慶元二年進士，

〔註15〕 按楊寬傳至八世孫楊嗣復而顯，嗣復相太宗、武宗。與虞卿、汝士爲族昆弟。汝士爲東川節度使，時嗣復鎮西川，對旄旌節，世榮其門。見《新唐書》一七五。

〔註16〕 〈楊文卿墓誌銘〉。

官至安撫使，〔註17〕有《西樵語業》一卷，材翁爲其胞弟，本集六
七有書一通致材翁，稱「弟」，殆爲族弟。又有楊扶者，字圖南，楊
芾弟，官至宣義郎，紹興二十八年著實錄二萬餘言；〔註18〕又有楊
德清者，廬陵士族，於萬里爲叔姪行，作詩有家法。〔註19〕除此之
外，萬里族叔頗多，可考知姓名者有慶長、文遠、元舉、文明、文
發、文黼、慶基、丁端、德遠、必遠、春卿、輔世。其中以輔世最
著。輔世字昌英，號達齋，官終左宣教郎知麻陽縣，有《達齋文集》，
族叔中與萬里情誼最厚。〔註20〕至於萬里後嗣，據《澹菴文集》二
五〈楊君文卿墓誌銘〉云：

　　（楊芾）孫男三人，曰壽巹、壽俊、壽昌，女二人皆幼。

按胡銓作此墓誌銘在隆興二年，時萬里三十八歲，所云姓名固當屬其
時。嗣後，諸男改名。本集二八〈大兒長孺赴零陵簿示以雜言〉下注：
「長孺舊名壽仁」。〔註21〕二男次公舊名壽俊。〔註22〕疑壽仁即壽巹，
而壽昌即早夭之壽佺。〔註23〕隆興二年之後，萬里又有男一人，女三
人。楊長孺撰〈誠齋楊公墓誌〉云：

　　娶羅氏，子男三人：長孺、次公、幼輿；女五人：季縈、
　　季蘊、季藻、季蘋、季淑。

此外，萬里有姪二人可考知姓名：一爲子仁，〔註24〕一爲幼楚。〔註25〕
萬里有胞弟而早卒，此二姪固爲族姪。

　　茲爲清眉目，作〈楊萬里世系表〉：

〔註17〕　《宋詩紀事小傳補正。》
〔註18〕　《文忠集》五二〈群玉詩集序〉。
〔註19〕　仝上。
〔註20〕　本集七九，〈達齋先生集序〉。
〔註21〕　詩作於紹熙元年，萬里時年六十四。長孺改名之始，未詳，唯按本
　　　　　集一六〈得壽仁、壽俊二子書皆以病不及就試且報來期〉一詩，詩
　　　　　作年代爲淳熙七年，時萬里任官廣東，二子仍未改名。
〔註22〕　仝上。
〔註23〕　本集一四〈病中感秋初喪壽佺子〉，詩作於淳熙六年，萬里五十三歲。
〔註24〕　萬里與子仁交往詩篇，散見本集八、十、三七、三九各卷。
〔註25〕　萬里與幼楚交往詩篇，見諸本集三七。

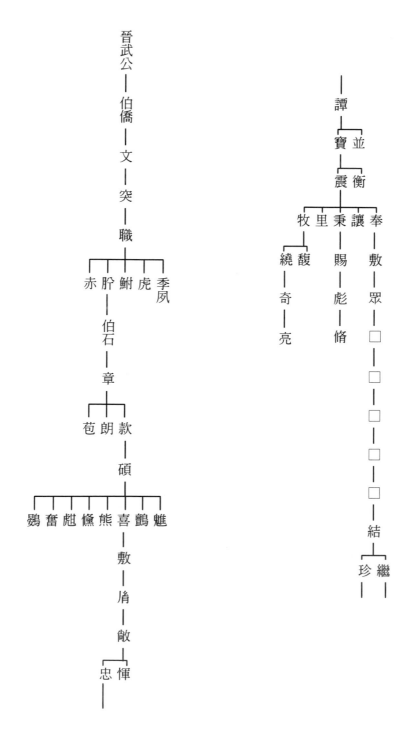

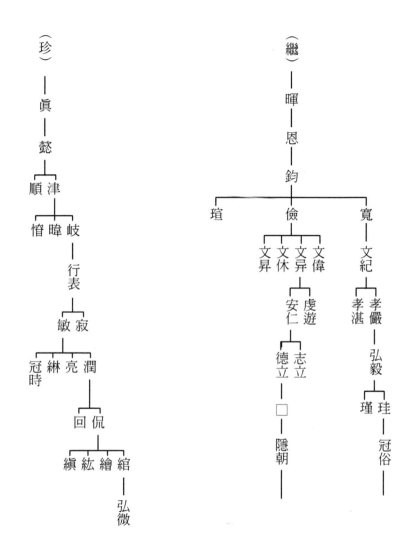

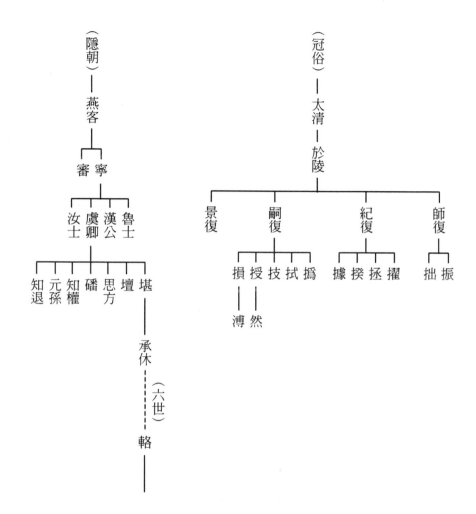

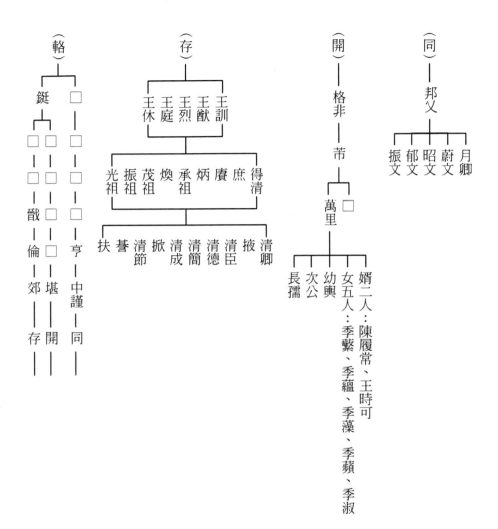

　　據以上楊氏先世傳承之考訂，可以得見其籍貫之變遷：

　　（1）自叔向，食釆於楊，生食我，以邑爲氏。（〈楊存墓表〉、《新唐書‧世系表》、〈楊名時族譜序〉）。

　　（2）遷居華陰，在戰國有楊章，傳至漢代楊敞、楊震；唐代楊綰、楊嗣復、楊虞卿、楊汝士、仍籍華陰。（參第二章）

　　（3）遷居江南，自楊虞卿之孫承休始。承休於唐末天祐元年以刑部外郎使吳越，以楊行密亂，不得歸而家江南。（〈楊存墓表〉、〈楊文卿墓誌〉）

　　（4）徙家廬陵，自南唐楊輅始。

　　（5）居吉水之南溪。宋代廬陵（今江西吉安）與吉水，并屬吉州，治廬陵，下轄廬陵等八縣。據《清一統志》，南溪在吉水縣西北五十里。萬里父芾隱於此。據本集七九〈達齋先生集序〉：「（萬里）生於南溪，長於南山。」南山，在吉水縣北六十里。縣之湴塘村，爲萬里幼年所居之地，村口之砥柱橋，至今尚存，橋頭仍有書院遺扯，曾爲萬里讀書之處。清王士禛《漁洋山人精華錄》九〈吉水道中望楊誠齋故居〉云：「江行盡日愛清暉，峽遠江平碧四圍。幾處峰青臨水照，一群魚翠拂船飛。雲陰澹澹將成雨，嵐氣濛濛欲濕衣。髣髴南溪楊監宅，蒼苔白石繞嚴扉。」此首律詩，誠可作萬里故居之註腳。

第二章　先世中之重要人物

一、漢　代

　　楊敞，給事大將軍莫府，為軍司馬，得霍光之愛厚，遷至大司農。元鳳中，稻田使者燕蒼知上官桀等反謀，以告敞。敞素謹畏事，不敢言，乃移病臥。以告諫杜延年，延年以聞。蒼、延年皆封，敞以九卿不輒言，故不得侯。後遷御史大夫，代王訢為丞相，封安平侯。明年昭帝崩，昌邑王徵即位，淫亂，大將軍霍光、車騎將軍張安世、大司農田延年與敞，廢王更立，立宣帝。宣帝即位月餘，敞薨，諡曰敬侯。子忠；忠弟惲，字子幼，乃司馬遷之外孫。〔註1〕

　　楊震，字伯起，八世祖喜，高祖時以追殺項羽，論功封赤泉侯。高祖敞，昭帝時為丞相，封安平侯。父寶習歐陽《尚書》。哀平之世，隱居教授。居攝二年，避徵遁逃，不知所處。光武高其節。建武中，公車特徵，老病未到，卒於家。震好學，明經博覽，常客居於湖，不答州郡禮命數十年。年五十，乃始仕州郡。以大將軍鄧騭之辟，舉茂才，四遷荊州刺史、東萊太守，後轉涿郡太守。震性公廉，不受私謁，子孫常蔬食步行，故舊長者或欲令為開產業，震不肯，以維清白。元初四年，徵為太僕，遷太常。永寧元年為司徒，延光二年為太尉，三

〔註1〕《漢書》六六〈楊敞傳〉，《史記》二〇〈建元以來侯者年表〉。

年爲樊豐、周廣所譖，飲酖而卒，年七十餘。歲餘順帝即位，感震之枉，下詔褒揚，以禮改葬於華陰潼亭，時人立石鳥象於其墓所。〔註2〕宋胡銓稱萬里之先世：「胄出漢太尉震。」萬里撰〈楊邦乂行狀〉，亦云：「胄出漢太尉震」；〈楊存墓表〉敘先世傳承亦及之（并見第一章），皆顯示萬里先世中楊震地位之重要。

二、唐　代

　　楊綰，字公權，祖溫玉，則天朝爲戶部侍郎，國子祭酒，父偘（侃），開元中醴泉令，皆以儒行稱。綰少孤，家素貧，事母謹甚，性沈靖，不好立名，有所論著，未始示人。第進士，補太子正字，舉詞藻宏麗科，玄宗已試，又加詩賦各一篇，綰爲冠。由是擢右拾遺，制舉加詩賦繇綰始。天寶亂，肅宗即位，綰脫身見行朝，拜起居舍人，知制誥，累遷中書舍人，歷禮部侍郎。俄遷吏部。品裁清久，人服其公。元載秉政，拜國子祭酒，尋擢太常卿，拜中書侍郎同中書門下平章事，有善政。綰素痼疾，未幾薨，詔贈司徒，諡文貞，改諡文簡。〔註3〕楊綰所傳，原不屬萬里一系，唯萬里撰〈楊存墓表〉稱之，其見重可知（參第一章）。

　　楊嗣復，字繼之，僕射於陵〔註4〕子，二十擢進士第，二十一又登博學宏詞科，釋褐秘書省校書郎，遷右拾遺直史館。以深於禮，改秩太常博士。元和十年累遷至刑部員外郎，改禮部員外郎，再遷兵部郎中。長慶元年以庫部郎中知制誥正拜中書舍人。四年牛僧孺作相，令權知禮部侍郎。文宗嗣位，進戶部侍郎。大和四年丁父憂，七年起爲尚書左丞。李宗閔罷相，嗣復出爲劍南東川節度使；宗閔復相，徙四川。開成二年，入爲戶部侍郎；三年以本官拜平章事，後進加門下侍郎。明年文宗崩，武宗立，李德裕輔政，嗣復出爲湖南觀察使，再

〔註2〕《後漢書》八四〈楊震列傳〉。
〔註3〕《舊唐書》一一九；《新唐書》一四二〈楊綰傳〉。
〔註4〕〈楊於陵傳〉詳《舊唐書》一六四；《新唐書》一六三。

貶潮州刺使。宣宗立，拜吏部尙書。大中二年自潮陽還，至岳州病一日而卒，時年六十六。贈左僕射，諡孝穆。〔註5〕萬里撰〈楊存墓表〉稱其先世在唐有嗣復。

楊虞卿，字師皐。祖燕客，父寧。元和五年，虞卿進士擢第，又應博學宏詞科。元和末，累官至監察御史。穆宗初立，不修政道，盤遊無節，虞卿上疏以諫，帝深獎其言。尋訪行勞西北邊，還遷侍御史，改禮部員外郎史館修撰。寶慶四年改吏部。大和二年以李賓事坐不檢下免官。及李宗閔、牛僧孺輔政，起爲左司郎中。五年拜諫議大夫充弘文館學士判院事。六年轉給事中。七年宗閔罷相，出爲常州刺史。八年宗閔入相，召爲工部侍郎。九年拜京兆尹；六月以鄭注事被陷下獄。尋得釋，貶虔州司馬，再貶虔州司戶，卒於貶所。〔註6〕萬里撰〈楊存墓表〉，胡銓撰〈楊文卿墓誌銘〉皆載楊氏先世在唐有虞卿。

楊汝士，字慕巢，元和四年進士擢第，又登博學宏詞科，累辟使府。長慶元年爲右補闕，坐弟殷士（即魯士），貢舉覆落，貶開江令，入爲戶部員外，再遷職方郎中。大和三年以本官知制誥，時李宗閔、牛僧孺輔政，拜爲中書舍人，改工部侍郎。八年出爲同州刺史。九年入爲戶部侍郎。開成元年七月轉兵部侍郎，十二月檢校禮部尙書、梓州刺史、劍南節度使。時宗人嗣復鎮西川，兄弟對居節制，時人榮之。四年入爲吏部侍郎，位至尙書卒。〔註7〕萬里撰〈楊存墓表〉，稱其先世在唐有汝士。

楊承休，虞卿之孫，父堪，字時之，太子少師。承休生平事蹟可考者甚鮮。萬里撰〈楊存墓表〉，稱其於唐末天祐元年以刑部外郎使吳越，以楊行密亂不得歸，遂家江南。萬里先世自華陰遷江南蓋始於此。《新唐書》七一下〈世系表〉載：「承休，字祐之，刑部員外郎。」可證萬里所敍屬實。

〔註5〕《舊唐書》一七六，《新唐書》一七四〈楊嗣復傳〉；其五子傳附其後。
〔註6〕《舊唐書》一七六，《新唐書》一七五〈楊虞卿傳〉。
〔註7〕同上，附〈楊虞卿傳〉後。

三、五代十國（南唐）

楊輅，承休之六世孫，胡銓撰〈楊文卿墓誌銘〉，萬里撰〈楊存墓表〉并云其仕南唐，徙廬陵；爲萬里之十世祖。

四、宋　代

楊鋋，萬里撰〈楊存墓表〉云其終昏海令；爲萬里九世祖。

楊堪，萬里四世祖，楊開，三世祖，字先之；祖父格非，字元忠。三世業白，事蹟無考，見〈楊文卿墓誌銘〉。

第三章 家 族

一、父 母

　　楊萬里父芾，字文卿，胄出漢太尉震，震後二十二世虞卿，虞卿之孫承休，承休之六世曰輅。唐天祐中，承休以刑部外郎使吳越，楊行密道梗，遂家江南。至輅仕南唐，徙廬陵。曾祖堪，祖開，父格非皆不仕，洎至芾凡三世業白。芾邃於《易》學，自舍法行三邸有司不逢，則隱吉水之南溪，號南溪居士。家無田，授徒以養，暇則教子。時方搶攘，重以乙卯（紹興五年）饑，米斗千錢，窶甚，罄褞袍告米鄰邑，歸與盜值，奪其米，芾死不與。盜欲兵之，芾泣曰：「吾二親皆七十，不炊三日矣，幸哀我。」盜亦感泣，止禦其半。公歲入束脩之贄以錢計者纔二萬，橐鬻太觳忍饑寒以市書，積十年得千卷，謂其子曰：「是聖賢之心具焉，汝盍懋之。」紹興二十四年甲戌，萬里策進士第，調贛州戶掾，再調永州零陵丞，皆待公之官，每過庭必曰：「儉則不賄。」其間曾攜萬里見張九成子韶、胡銓澹菴於贛，又見紫岩先生張浚於永。隆興元年以張浚之荐，萬里改秩臨安府府學教授；二年上元萬里聞父身體不快，西歸吉水（卷二）。逮歸，芾喜，疾小愈。六月仲潘夕忽呼萬里曰：「吾夢蓬萊山，且誦玉川子乘此清風欲歸去之句，何祥也。」自是病益殆。八月四日早作扳以坐，嘿然而逝，

享年六十有九（1096～1164）。芾性簡約，閑居袯書策躬汗庭唐，或譏之，則曰：忘安四日媮耶！」有一罤紋布袋，以妣氏手紩寶，藏之踰五十年如新，曰：「我死必以歛。」萬里以歛。芾配毛氏，生子二人：長萬里，次早夭。繼羅氏。十一月一日，其孤葬之於縣之同水鄉介山毛夫人之墓域，並請銘於胡銓，胡銓爲作〈楊君文卿墓誌銘〉，〔註1〕萬里有啓謝之。〔註2〕芾有詩卷，周必大曾題之。〔註3〕

萬里生母毛氏，生平不詳，於萬里八歲時（紹興四年）逝世，〔註4〕繼母羅氏，萬里事之盡孝，祿養三十年，人竟不知羅氏之爲繼母。〔註5〕羅氏長年病肺，謁醫遍江湖。〔註6〕淳熙九年七月卒，享年八十有一。〔註7〕

〔註1〕楊芾事蹟詳於《胡澹菴文集》二五〈楊君文卿墓誌銘〉。《宋史》卷四五六〈孝義〉有傳附於毛洵之後，唯所記簡略，大抵節錄自墓誌銘，取其孝義事蹟入傳，但載：「有楊芾者亦同縣人，字文卿，性至孝，歸必市酒肉以奉二親，未嘗及妻子。紹興五年大饑，爲親負米百里外，遇盜奪之，不與，盜欲兵之。芾慟哭曰：『吾爲親負米，不食三日矣，幸哀我。』盜義釋之。」

〔註2〕本集五〇〈謝胡侍郎作先人墓誌銘啓〉。

〔註3〕《文忠集》一一九〈題楊文卿詩卷〉：「吉水楊公，詩句典實，可以觀學問之富，字畫清壯，可以知氣節之高，仕不于其身必利其嗣人，今秘書監廷秀其子也，辭章壓搢紳，忠鯁重朝廷。零陵主簿長孺其孫也，如花之正芳，如驥之方驤。詩云：『維其有之，是以似之。』紹熙三年臘月五日。」

〔註4〕楊長孺撰〈誠齋楊公墓誌〉：「七歲喪母，終身追慕，日必痛。」按「七歲」當作「八歲」，墓誌誤。考本集一〇三〈焚黃祝文〉：「某八歲而妣氏實棄之。」又卷一一七〈李台州傳〉：「予生八年喪先太夫人，終身飲恨。」自記歷歷，固宜從之。

〔註5〕〈楊君文卿墓誌銘〉：「公元配毛氏……今夫人羅氏。」〈誠齋楊公墓誌〉：「事繼母盡孝，祿養三十年，人不知羅之爲繼母也。」

〔註6〕萬里繼母羅氏長年病肺。隆興元年萬里作〈送郭慶道序〉云：「萬里老母病肺且二十年，謁醫於江湖遍也，大抵夕瘥而朝發。萬里有憂之。來零陵，聞人士有郭慶道者，於醫無所不工，召而視焉，發藥一二而去。初服食之，未始有藥也；未幾，則未始有病也。」（卷七七）嗣後是否肺疾重發則未詳，至淳熙九年其卒，又凡二十年。享高壽而卒，或以老，未必盡病肺故。

〔註7〕考本集一二九〈太令人方氏墓誌銘〉：「余淳熙七年爲廣南東路常平

二、叔　父

　　萬里親族長輩名諱之可考者頗繁，唯生平事蹟或不彰，史傳多未記載。茲擇與萬里有交往並可考知名字者述之。

　　楊彥通，萬里稱「族叔祖」。隆興二年春，萬里以父病，未赴臨安府教授任，返吉水，間與彥通倡和，有〈族叔祖彥通所居，宛在水中央，名之曰小蓬萊，爲作長句〉、〈彥通以詩送石菖蒲和謝之〉諸詩（卷二）。同年八月，楊芾卒，萬里丁憂家居吉水，次年（乾道元年）居喪，仍在吉水，彥通曾約游雲水寺，萬里有詩紀之（卷三）。乾道間，萬里官於朝，二人曾有書函往還。本集七一〈霽月樓記〉云：「余頃官於朝，得余叔祖彥通書，誘余以名石井張氏之樓，且爲之記。余以未嘗至石井，未登斯樓，莫知所以名之者，乃復書彥通訊以斯樓何宜。彥通又以書云：『暄涼靡不宜，而尤與秋宜，風物靡不宜，而尤與月宜，朝暮晦明靡不宜，而尤與霽宜。』余乃大書『霽月樓』三字以遺之，未暇作記也。」唯二人書函未見，或久佚。紹熙三年，萬里乞祠家居，十月四日約同子文、克信、子潛、子直、材翁、子立諸弟訪三十二叔祖於小蓬萊酌酒摘金橘小集成長句，中有「蓬萊老仙出迎客，朱顏綠髮仍方瞳。」（卷三六）知彥通爲三十二叔祖，時年歲已高，唯尙健朗。慶元六年，萬里又訪彥通，有〈訪蓬萊老人〉詩（卷三九），時萬里已年七十四，彥通殆近期頤。

　　楊慶長，萬里稱「叔」。隆興元年夏萬里零陵秩滿，返吉水；秋，送抹利（茉莉）與慶長，有詩紀之（卷一）。乾道五年，萬里賦閑家

使者，而友人蔡定夫實護漕事，治所皆在番禺，是時同列五人，而並居番禺者四，其有母者二人而已，蓋余母年七十有九，癸（蔡）母年六十有五，二母生朝，兩家交賀，同列羅拜。」淳熙九年，萬里母卒，享年八十一，即可據此而訂（1102～1182）。又按〈誠齋楊公墓誌〉：「（萬里）除直秘閣，居繼母憂去官。」《宋史》本傳：「俄以憂去。」考本集〈歷官告詞〉，萬里於淳熙九年八月五日除直秘閣。」又〈朝天集序〉云：「淳熙壬寅七月，既嬰戚還家，詩始廢。」（卷八〇）則除直秘閣在繼母羅氏卒後。〈墓誌〉及《宋史》本傳所載頗顯籠統。

居，有〈和慶長懷麻陽叔二首〉，麻陽叔即指楊輔世，於乾道四年之官麻陽，萬里曾有詩送之。并見本集五。淳熙六年冬，萬里吉水家居，慶長招飲，一杯未釂，雪聲璀然，萬里即席走筆賦十詩（卷一四）。

楊文遠，萬里稱「叔」或「族叔」，隆興元年八月，萬里赴調除臨安府教授，早發建安寺，過大櫟盧，宿白沙渡，族叔文遠攜酒追送，彭季高、周仲覺亦同至，萬里走筆取別賦之（卷二）。二年春父芾病，萬里未赴新任而返吉水；夏，文遠以作醮相疏，萬里和之（卷二）。秋熱，萬里夜同文遠禱雨老岡祠，有詩紀之（卷二）。乾道二年，萬里守喪家居，有〈和文遠叔行春〉詩（卷三）。五年春，萬里服除，仍居吉水，賦閑家中，有〈文遠叔挽詞〉（卷五），知文遠卒於是年，唯未詳享壽，生年乃未能考知。

楊元舉，萬里稱「叔」。隆興二年八月楊芾卒，萬里守喪家居。冬，有〈和元舉叔見謝載酒之韻二首〉（卷二）。次年（乾道元年）有〈送瀛洲先生元舉叔談命郡城〉（卷三）。知元舉號瀛州先生，以談命為業。二年秋，有〈元舉叔蓮花詩〉。嗣後交往未詳。

楊文明，萬里稱「主簿叔」，知曾任主簿。乾道二年夏，萬里居喪吉水，有〈和文明主簿叔見寄之韻二首〉（卷三）云：「十載纔重見，百年當幾何。」知二人各任其官，相別十年。次首云：「黃九陳三外，諸人總解詩，甘心休作許，苦語竟何為？所向公同我，何緣樣入時，從來大小阮，一笑更誰知。」知文明亦能詩，或亦江西一派。又文明與萬里師庭珪相交甚早，過從甚密，見《盧溪集》三二〈與楊文明書〉。

楊文發，萬里稱「叔」或「主管叔」，「主管」殆其職官。乾道三年秋，萬里家居賦閑，有〈三辰硯屏歌〉（卷四），序云：「文發主管叔有一硯屏，其石正紫，中有日月相並，月中有桂，其枝葉一一可數；月旁有一星，文發目為三辰屏。」同時，又有〈題文發叔所藏潘子真水墨江湖八境小軸〉，知文發官主管，為一文物收藏者。又文發與王庭珪相交，見《盧溪集》十四、十七、十八。并知文發為忠襄公楊邦乂之後。

　　楊文黼，萬里稱「主簿叔」，蓋曾任主簿。乾道三年秋，萬里吉水家居，有〈和文黼主簿叔惠詩之韻〉（卷四）云：「薄宦江湖苦異途，十年骨肉隔音書。」知二人久未相見。五年春，文黼之官松溪，萬里作詩送之，有「此行詩句何須覓，滿路春光總是題。」（卷五）知文黼亦能詩，又文黼與王庭珪相善，見《瀘溪集》三二、一七。

　　楊慶基，萬里稱「叔」。乾道五年，萬里吉水家居，慶基往上猶，萬里作二絕送之（卷五）。

　　楊丁端，萬里稱「叔」或「叔直閣」，蓋曾官直閣。淳熙五年，萬里在常州任，有〈謝丁端叔直閣惠永嘉縣研句容香鬲〉、〈和丁端叔菊花〉（卷十）。又有〈以糟蟹洞庭甘送丁端叔，端叔有詩因和其韻〉、〈和丁端叔喜雪〉、〈和丁端叔歲晚書懷〉諸詩（卷十一），知是年秋冬間二人並在常州時相唱和。十四年萬里除秘書少監，有〈回郴州丁端叔直閣謝到任啓〉見本集五四，間云：「恭惟判府直閣發身以文，賦政以學，中外多譽，士皆曰：非小用之才，邇遐並觀，公豈有不可為之郡。」略可見其人。

　　楊德遠，萬里稱「叔」。淳熙六年，萬里有〈德遠叔坐上賦肴核八首〉（卷一四），時萬里已有除提舉廣東常平茶鹽之命，唯代者未至，尚在常州。

　　楊必遠，萬里稱「叔」。淳熙十五年，萬里在吉水，有〈賀必遠叔四月八日洗兒〉詩（卷二四）。

　　楊春卿，乾道三年秋，萬里有詩，詩題頗長：〈胡英彥得歐陽公二帖，蓋訓其子仲純叔弼之語，其一公自書之，其一東坡書之，英彥刻石以遺朋友，吾叔父春卿得一本，有詩謝，英彥和焉；萬里用其韻，以簡英彥〉（卷四）。春卿生平無考，萬里稱「叔父」。

　　楊次山，族叔祖忠襄公楊邦乂族楊杞﹝註8﹞之子。楊杞既歿二十年，次山論次楊杞之歌詩文章為若干卷，請序於萬里，萬里為作〈鱣

────────────────

﹝註8﹞楊杞，字元卿，號鱣堂，楊邦乂族弟，萬里族叔祖，弱冠登第，得年六十，而官止於宣州簽判。

堂先生楊公文集序〉（卷七八）。

　　楊輔世，字昌英，號達齋，萬里稱「叔」、「叔父」、「主簿叔」、「九叔知縣」、「知縣叔」。諸叔輩中，輔世與萬里交誼最深，唱和最多。紹興二十年，與萬里同舉於禮部，皆聞罷；二十四年再與萬里同舉於禮部，遂同登進士第。本集七九〈達齋先生文集序〉云：「紹興甲戌……後四年某自贛掾辭滿，乃歸南溪，卜築於達齋之西，自是日還往相酬唱，非之官無日不還往不唱酬也。後十二年某宰奉新，達齋宰麻陽，亦數得書。是歲冬某以收召爲國子博士，入脩門見朝士，一日見侍御史李公粹伯，公顰蹙曰：子得達齋消息乎？諸公間方議荐之。嘻！今死矣！於是公與某相視出涕。」又云：「得年五十。」據此推知，輔世卒於乾道六年，生於徽宗宣和三年（1121～1170），並據此略知二人交往。萬里諸叔中，年紀殆以輔世最近，視輔世僅少六歲。以二人年相若，又同年進士，過從乃最密切。自隆興二年萬里丁父憂家居吉水期間，萬里有〈和昌英主簿叔社雨〉、〈和昌英叔送花〉、〈與主簿昌英叔蔬飲聯句〉、〈與主簿昌英叔金鶯花聯句〉、〈和昌英叔久雨〉、〈次主簿昌英叔鑷白韻、晴望韻、出門韻、霜月韻〉、〈同主簿昌英叔暮立〉、〈次主簿昌英叔晚霞韻、乞米韻、叔雪韻〉、〔註9〕〈丙午上元後和昌英叔李花〉、〈和昌英叔春雨〉、〈和昌英主簿求潘墨〉、〈和昌英叔覓松枝日棚二首〉、〈和昌英叔夏至喜雨〉、〈昌英叔門外小樹木犀早開〉、〔註10〕〈和九叔知縣昨夜遊長句〉、〈昌英知縣作歲座上賦餅裡梅花時坐上九人七首〉、〔註11〕〈戊子人日誥朝從昌英叔出謁〉、〈和昌英叔雪中春酌〉、〈送昌英叔之官麻陽〉。〔註12〕乾道五年歲晚，萬里有〈和慶長懷麻陽叔二首〉。〔註13〕六年，輔世卒，萬里作〈祭九叔知縣文〉，見本集一〇一。後十四年（即淳熙十一年甲辰）輔世子璧敘次輔世詩

〔註 9〕以上萬里乾道元年詩，見本集卷二及卷三。
〔註10〕以上萬里乾道二年詩，見本集三。
〔註11〕以上萬里乾道三年詩，見本集四、五。
〔註12〕以上萬里乾道四年詩，見本集五，據此知輔世之官麻陽於是年。
〔註13〕本集五，乾道五年冬詩。

文若干卷，請序於萬里；十月二日，萬里作〈達齋先生文集序〉，以爲輔世之賦似謝莊，詩似高適，文似列禦寇。

除此之外，萬里有族叔見於〈楊存墓表〉者：光祖、振祖、茂祖、煥、承祖、炳、賡、庶、得清；見於〈楊邦乂行狀〉者：振文、郁文、昭文、蔚文、月卿。又萬里叔父名字有不見於本集者，並附之於末：

楊扶，字圖南，楊芾弟，官至宣義郎，紹興二十八年著實錄二萬餘言，周必大《文忠集》五二〈群玉詩集序〉記之。

楊德清，周必大〈群玉詩集序〉云：「廬陵士族，於誠齋待制爲叔姪行，作詩有家法，求予一言，故爲提其要於卷首。」

三、族弟族姪及孫

萬里有胞弟，亦自毛氏出，早夭，名字無考。其於詩文中稱「弟」者，自屬族弟；稱「姪」者，自屬族姪。萬里諸弟，名字可考者頗多，唯多不顯，生平亦多不詳。茲列敘於後：

楊子上，與萬里時相往還唱和。乾道二年春，萬里守喪家居，有〈和子上春霅〉（卷三）；秋有〈夜聞蕭伯和與子上弟讀書〉，云：「如今老懶那能許，臥聽鄰齋夜讀書。」（卷四）知二人所居毗鄰。淳熙二年，萬里上章丐祠，返居吉水，時年四十九，有〈送子上弟之石井〉（卷六），云：「君年甫弱冠，已有俊異聲。作賦擬〈三都〉，著論追〈過秦〉。平生一瓣香，何曾舉似人。子上與濟翁，眞若吾同生。我窮無人共，二子慰眼明。濟翁往荊州，君作石井行。一老便落寞，有話從誰評。」據此知子上視萬里少二十九歲，生於紹興二十六年；並知萬里諸弟中，善詩賦與情誼厚者唯子上與濟翁，故有「眞若吾同生」之語。淳熙六年，萬里正月除廣東提舉，六月返抵吉水，秋有〈子上弟折贈木犀數枝走筆謝之〉、〈昨日訪子上不遇裴回（徘徊）庭砌觀木犀而歸再以七言乞數枝〉、〈子上持豫章畫扇，其上牡丹三株，黃白相間盛開，一貓將二子戲其旁〉諸詩（卷十四）。紹熙三年，萬里除贛州不赴，乞祠返吉水，冬有〈水仙盛開留子上弟小酌〉；四年仍吉水

家居，有〈與子上雪中入東園望春〉（卷三六）。慶元四年除夕，萬里留子上伯玉子西少酌，有詩紀之（卷三八）。六年冬與子上野步，亦有詩紀之（卷三九）。嘉泰二年重九日招子上、子西嘗新酒，有進退格詩以紀之；又有〈久雨妨農收因訪子上有嘆〉詩（卷四一）。嗣後二人往還事蹟無考。綜觀二人往還唱和，皆在吉水，疑子上未入仕宦之途。

　　楊濟翁，名炎正，生於紹興十五年，視萬里少十八歲。年五十二始登慶元二年進士第，為寧遠簿，頗受知於京丞相鏜。嘉定三年遷大理司直，七年知滕州，被論放罷。又曾改知瓊州，官至安撫使，有《西樵語業》〔註14〕一卷，屏絕纖穠，自擄清俊，非俗豔所可比擬。濟翁為萬里諸弟中與萬里相交最篤者，〔註15〕往還唱和亦最頻繁。乾道三年萬里吉水家居，有〈和濟翁見寄之韻二首〉，云：「四海皆兄弟，何如其弟兄。吾今有弟在，眼只為渠橫。」（卷三）交誼深厚可見。五年春，萬里仍在吉水，有〈和濟翁惠詩〉、〈和濟翁弟惠詩二首〉云：「竟歲不得面，移書為用頻；我方得吾弟，今豈有斯人；海內友非少，談間子獨親。」（卷五）時萬里四十三，濟翁二十四，一中一青，相還親誠。秋濟翁贈白團扇子一面作百竹圖，有詩，萬里和以謝之。〔註16〕淳熙二年，濟翁往荊州（見〈送子上弟之石井〉詩）。十四年夏，萬里任左司郎中於臨安，時濟翁往浙東謁邱宗卿，萬里走筆送之（卷二二）。其間，據萬里〈與材翁弟書〉云：「自丙午之秋，濟翁自吉州入京，是時某為都司，濟翁欲求作親弟牒試，某不敢欺君，以疏族為親弟，濟翁大怨。」（卷六七）丙午即淳熙十三年，知是年秋濟翁赴京求萬里作親弟牒試被拒。慶元四年春，萬里有〈雪後寄謝濟翁材翁聯騎來訪進退格〉（卷三八），時萬里退休家居。〈與材翁弟書〉云：「戊午之春，濟翁又來求以假稱外人不相識，而以十科荐，某不敢欺君，以族人為

〔註14〕　《全宋詞》小傳，《宋詩紀事》五七；《宋詩紀事小傳補正》三。
〔註15〕　本集六〈送子上弟之石井〉；「子上與濟翁，真若吾同生。」
〔註16〕　以上詩見本集五。

外人，濟翁又大怨。」〔註17〕戊午即慶元四年，知是年春濟翁兄弟聯騎來訪以此目的而來，又爲萬里所拒。嗣後又有姦黨累人之怨。萬里凡三忤濟翁，乃與書材翁，盼代釋誤會。嗣後二人往還未詳，或以濟翁任官異地，或以二人情誼已大不如從前。

楊材翁，濟翁胞弟，忠襄公楊邦乂孫，名夢信，與濟翁同年進士，〔註18〕萬里稱「主簿學士賢弟」，〔註19〕知其職官。紹熙三年，萬里退休吉水家居，十月四日同子文、克信、子潛、子直、材翁、子立諸弟訪三十二叔祖於小蓬萊（卷三六）。五年秋，同子文、材翁、子直、蕭巨濟中元夜東園望月（卷三六）。慶元元年二月十四日萬里留子西、材翁晚酌，並作詩以紀（卷三七）。四年春，濟翁、材翁兄弟聯騎來訪萬里，萬里作進退格詩寄謝。慶元末，萬里以曾三忤濟翁，作書一通與材翁，請其代釋與濟翁間之不快，時殆與濟翁胸存芥蒂，未便直通書函。〔註20〕

楊克信，淳熙六年萬里離常州，六月返抵吉水，多有〈克信弟坐上賦梅花二首〉（卷一四）；紹熙三年，萬里知贛州不赴返抵吉水，十月四日同克信等諸弟訪三十二叔祖於小蓬萊（卷三六）；慶元元年秋，芙蓉盛開，萬里戲簡子文、克信（卷三七）。

楊廷弼，淳熙六年萬里離常州，六月返抵吉水，多有〈紀羅楊二子游南嶺石人峰〉，序云：「吾弟廷弼與羅惠卿游石人峰，幾爲虎所得，嘗爲予道其事，因作長句紀之。」又有〈廷弼弟座上絕句〉，並見本集一四。

楊子文，紹熙三年十月四日曾與萬里等諸族兄弟訪三十二叔祖於小蓬萊。五年夏，子文偕伯莊相訪萬里並同游東園。秋中元夜，

〔註17〕本集六七〈與材翁弟書〉。
〔註18〕乾隆吉安刻本《誠齋詩集》三〈和濟翁弟見寄之韻〉下補注：「濟翁名炎正，忠襄公孫，與弟材翁名夢信，同年進士。」
〔註19〕本集六七〈與材翁弟書〉。
〔註20〕萬里〈與材翁弟書〉：「某者謬不死，三忤濟翁矣。……願吾弟以一言解老謬妄言之罪，或繳此紙以呈似焉。臨紙足如履冰……。」

萬里同子文、材翁、子直、蕭巨濟東園望月。次日十六日夜再同子文、巨濟、李叔粲南溪步月，皆有詩紀之（卷三六）。六年，子文有「南溪奇觀」，萬里作詩題之。慶元元年秋芙蓉盛開，萬里戲簡之。冬，朱伯勤、子文及姪幼楚來訪萬里，同登「南溪奇觀」。二年上巳後一日同子文、伯莊、永年步東園，諸番登臨，皆有詩紀之（卷三七）。時萬里已七十高齡，晚境大抵賦閑暢游。

　　楊伯莊，紹熙五年曾與子文同訪萬里並游東園。慶元元年上巳後一日又同子文、萬里步東園。（見子文條）

　　楊子西，慶元元年春二月十日萬里留子西及材翁晚酌（卷三七）。四年除夕留子上、伯玉、子西小酌（卷三八）。嘉泰元年，子西赴省，萬里作詩送之，有「吾家詞伯達齋翁，阿季文名有父風」之句（卷四〇），達齋即萬里族叔楊輔世，阿季殆其子子西小字。二年重九萬里招子上、子西嘗新酒，有進退格詩紀其事（卷四一）。

　　楊道卿，有貧樂齋，慶元四年萬里有詩題之，見本集三八。

　　楊伯玉，慶元四年除夕，萬里留子上、子西及伯玉諸弟小酌，見本集三八。

　　楊子直，紹熙三年十月四日曾與萬里等諸族兄弟訪三十二叔祖於小蓬萊（見前）。五年秋中元同萬里、子文、材翁等東園望月（參子文條）。

　　楊子立、楊子潛，紹熙三年十月四日曾與萬里、子文、克信、材翁諸族兄弟訪三十二叔祖於小蓬萊（見前）。

　　楊壁、楊奎，楊輔世子。楊輔世卒後十四年，長子壁敘其詩文，請序於萬里，萬里作〈達齋先生文集序〉，見本集七九。楊奎，進士，娶羅維藩女，見本集一二九〈羅僑卿墓誌銘〉。

　　以上為萬里族弟之有往還者，其他尚有楊存曾孫與萬里同輩而為族兄弟者：扶、薈、清節、掀、清成、清簡、清德、清臣、掖、清卿，并見〈楊存墓表〉。族兄弟之外，萬里有族姪二人其名可考：

　　楊子仁，淳熙五年春，萬里在常州任，有〈戲贈子仁姪〉云：「小

阮新來覓句忙，自攜破硯汲寒江，天公念子抄詩苦，借與朝陽小半窗」
（卷八），題用「戲」字，見叔姪親切之情。又據同卷〈題山莊小集〉
詩序云：「子仁姪初學作詩，便有可人語，數日得五詩，予題之以《山
莊小集》。」知子仁初學爲詩，年或尚少。同年中秋前一夕，萬里與
子仁登多稼亭賞月，未幾，子仁南歸返鄉南溪，萬里作詩送之，有云：
「再歲來相款，三盃忽語離，忍將垂老淚，滴作送行詩。子去儂猶住，
身留夢亦隨，南溪舊風月，千萬寄相思。」一留常州，一歸南溪，依
依別情，在乎言外。子仁既歸，萬里念之，作〈懷山莊子仁姪〉二首，
其一云：「危亭獨上忽徬徨，欠箇山莊隨我傍，卻是向來相聚日，老
懷未解憶山莊。」其二云：「吾家小阮未西歸，日日相從郡圃嬉，黃
菊拒霜今笑我，先生也有獨來時。」（卷一〇）懷念同登多稼亭與同
戲郡圃之情，知二人常州交往甚密。慶元五年冬，萬里家居吉水，與
山莊子仁姪東園看梅（卷三七）。六年春，與子仁登大柱岡過胡家塘
蕈塘歸東園，有詩紀之。子仁山莊李花盛開，萬里詠以七絕一首。嘉
泰元年上元後一日萬里往山莊訪子仁，中塗望見李花，詠以七絕二首
（卷三九）。

　　楊幼楚，慶元元年曾同朱伯勤、子文來訪萬里，幷共登「南溪奇
觀」（卷三七）。

四、妻及妻族

　　萬里妻羅氏，廬陵人，羅紼長女；其行誼僅見於《鶴林玉露》
四所載：「楊誠齋夫人羅氏，年七十餘，每寒月黎明即詣廚躬作粥一
釜，遍享奴婢，然後使之服役。其子東山先生啓曰：天寒何自苦如
此。夫人曰：奴婢亦人子也，清晨寒冷，須使其腹中略有火氣，乃
堪服役耳。東山曰：夫人老，且賤事，何倒行而逆施乎？夫人怒曰：
我自樂此，不知寒也；汝爲此言，必不能如吾矣。東山守吳興，夫
人忽小疾，既愈，出所積券曰：此長物也，吾自積此，意不樂，果
致疾，今宜悉以謝醫，則吾無事矣。平居首飾止於銀，衣止於紬絹，

生四子三女，〔註21〕悉自乳，曰：饑人之子以哺吾子，是誠何心哉。」若羅大經所述可信，則萬里妻之勤儉持家，推愛及人之風範，已自可見。

妻父羅紼，字天文。本集一二六〈羅元通墓誌銘〉云：「廬陵人，其先以五季之亂自豫章徙也。曾祖靬，祖仇，皆不仕。父紼，字天文，以儒先文行師伏一州，嘗貢至春官不第，以仲子左奉議郎安仁縣知縣上行追秩右承事郎。」卷一二七〈羅仲謀墓誌銘〉云：「祖紼，字天文，宣和間以毛萇詩學為諸儒宗師，嘗荐名，兩學之士稱重之，以子贈右承事郎。」卷一二六〈羅元忠墓誌銘〉云：「羅氏自上世皆穡於業，變而儒，自天文始。天文以卜子夏詩學為崇寧大觀學舍師表，以仲子左奉議郎饒州安仁知縣上行追秩右承事郎。」卷一二二〈羅元忠墓表〉云：「父諱紼，以經術為州里儒先，粹然古君子人也，以元亨贈右承事郎。母李氏，贈太孺人。」卷一二九〈羅僑卿墓誌〉云：「予外舅羅公天文，以詩學鳴，政和間為橫舍明師。」卷七五〈羅氏萬卷樓記〉云：「天文以詩一經為三舍八邑之師。」卷八一〈羅氏一經堂集序〉云：「本朝三舍養士之盛，至宣政間極矣。是時廬陵有鄉先生曰羅天文以詩學最高，學者爭從之，在庠序從之傾庠序，在鄉里從之傾鄉里，蓋來者必受，受者必訓，訓者必成也；於束脩之問雖不卻亦不責，往往貧者從之多於富者之從之也。嘗荐名至京師，報聞而歸，自是不復試有司。……予之於天文，親也，猶李漢之於昌黎云。」據此略知羅紼履歷。羅紼有墨蹟，嘉泰元年萬里跋曰：「予婦翁印山先生羅公天文送士人曾千里序也」（卷一百），知羅紼別號印山。慶元四年，萬里〈送羅必高赴省〉云：「印山先生羅天文，一卷周雅遺子孫；一門三世六七人，月中桂枝斫到根。」又〈送羅宣卿主簿之官巴陵〉云：「印孫（山）三子十一孫，六人擢桂兩特恩。」（卷三八）三子：上達、上行、上義；女六人，長適萬里；孫十一人：維藩、維申、維

〔註21〕 萬里有子壽仁早卒，合長孺、次公、幼輿凡四子；女五人，見長孺撰〈誠齋楊公墓誌〉。羅大經以為「三女」，或傳刻之誤。

翰（上達子）、全略、全德、全材、全功（上行子）、才愈、才望、孚、
采（上義子）。

　　妻長兄羅上達（1096～1169），字元通，以詩學名家，授徒數十
百人，自三舍盛時，有聲庠序，如胡銓諸公皆與游、蓋一時同研席者
光顯，而元通猶在場屋。至紹興癸丑年五十八始與其子維藩同荐名；
又三年再荐名：又三年其子維藩、維申、維翰俱荐名；又十年維藩、
維翰同登進士第。是年（乾道五年）卒，年七十四。次年秋，萬里作
詩挽之云：「奏賦曾三比，興能意二南，如何雙桂子，枉著拜親衫，
舊事餘詩酒，何人續笑談，生前孝友在，伐石爲公鑱。」（卷六）同
時并作元通妻李氏（維藩母）挽詩，略詳其人。元通事父至孝，性慷
慨，以義自任，如廩給族兄之老貧，救焚築室以居其族，收其故人子
之貧且失學者教之，葬其親戚之不能葬者，嬴糧以送致里人之孥者，
皆其善行事蹟。見本集一二六〈羅元通墓誌銘〉。

　　妻次兄羅上行（1101～1161），字元亨。建炎戊申，年二十八擢
進士第，〔註22〕丞武岡軍武岡縣，時大寇欲犯湖南，岳飛奉命討伐，
上行以飛檄督饟於諸郡，至全州，通判范寅秩挾家閥，心輕士大夫，
上行屢撼不動，一日往哀懇之，范盛氣大罵曰：「今少年不曉事，錢
糧不可得也。」上行抗言責之曰：「寇在心腹，王師遠來不宿飽，公
忍坐視邪？臣子之義當如是耶！」范怒且愧，其坐人即發帑廩以應，
然用是銜上行，上行不顧。已而上行宰靜江府荔浦及永州東安縣，
凡兩遇范爲部中監司，數窘上行，上行自是困躓。晚乃教授德安府
府學，用諸公荐，改秩左宣教郎，而上行已老。至安仁數月，境內
大治，部使者太守上其狀於朝，丐頒其條教爲州縣式，廟堂欲用之，
而上行病革，死於紹興三十一年九月，享年六十一。上行爲政廉勤，
萬里於紹興間贛州司戶秩滿歸家，曾私怪上行憔悴，以問其子全略，
全略感然曰：「吾翁平生之心力盡於爲邑矣。」未幾聞上行病於德安，

再病於安仁，卒死於勤，且所至遭其仇以不得施其才，是可哀也已。有子四人：全略、全德、全材、全功；女二人。見本集一二二〈羅元亨墓表〉。四子之中，全略（1128～1175）與萬里年相近，僅少萬里一歲。紹興二十一年與萬里同舉禮部落第，至乾道二年三舉禮部方擢第。當其登第，萬里得見省榜喜甚，通夕不寐，得二絕句（卷三）。後全略授永州司戶參軍湖南，時歲大饑，濟荒活眾。後攝東安縣令，不朞月而大治。秩滿以荐授從政郎湖南轉運司主管帳司。淳熙二年九月以疾告於朝，願致仕，授宣教郎，未拜而卒，享年四十有八。萬里為作〈羅仲謀墓誌銘〉（本集一二七）。

妻季兄羅上義（1107～1174），字元忠。自束髮與伯兄仲兄從父羅紳入郡庠，父子兄弟聲光有煒，既而父兄三人俱名荐書，上行擢第，上義老矣無遇，於是棄捐舉子筆硯，還山治生，如計然白圭之為者，濫觴一簪，其究千金，與武岡太守羅欽若、常德通判郭仲質、族子廣西轉運主管巨濟為丘岳交，一觴一詠，容於事外，一時想見其風流。而上義特為談者魁，滑稽玩世，舉胸中百家書傳，畢以資滑稽，聞者絕倒，而上義凝然。每恨曰：使吾與蘇東坡、劉貢父並世，未知誰執談囷牛耳，其視一世怙勢死權若膚寸雲物，獨於教子不遺餘力，歲以家之半財聘名士為子弟師。才望與孚皆以文有雋聲。孚既荐名，上義差慰意曰：「士有挾當為時施，我山林人也，而勿我之似。」然後士大夫始知上義非滑稽者。淳熙元年十月七日卒，享年六十八。配李氏，有淑聞。子四人：才愈、才望、孚、采。才愈、才望先上義卒。女一人適文士劉一德。孫男十人：林、杲、神、大明、大川、辟、淮、炳、煒、輝。上義既卒，萬里代內作〈祭羅元忠文〉云：「嗚呼！手足之親，實維八人，三兄五妹，相依以生，仲氏夙喪，伯氏繼往，維我季兄，既老且壯。嗟我夫婦，宦游東西，庚寅之別，五年乃皈，昨一見兄，已有病顏，今升兄堂，兄聿蓋棺。長松既仆，小草何附。蒼天蒼天，有此惻楚。翩翩者旌，近彼幽宮，一觴永訣，悲不可終。」（卷一〇一）三兄既先後逝世，死生幽明，

地隔兩界，其情可想。淳熙二年，萬里爲作〈羅元忠墓誌銘〉（本集
一二八）。

　　妻妹有五人，據〈祭羅元忠文〉：「三兄五妹，相依以生。」唯生
平名字無考。茲爲明晰，作萬里妻族譜表：

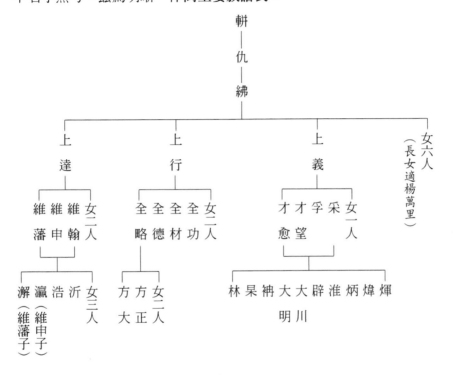

五、子　女

　　楊萬里原有四子，壽佺早卒。故楊長孺撰〈誠齋楊公墓誌〉，但
云有子三人：長孺、次公、幼輿。長孺舊名壽仁，次公舊名壽俊，淳
熙七年前仍用舊名，十四年已用新名，其改名在七年至十四年之間。
〔註23〕

〔註23〕 本集一六〈得壽仁、壽俊二子書皆以病不及就試且報來期〉（淳熙七
　　　　年詩）仍用舊名；本集二二〈大兒長孺同羅時清尋涼蒲橋〉（淳熙十
　　　　四年詩）已用新名。

　　楊長孺，字伯子，別號東山潛夫，以蔭補永州零陵主簿。〔註24〕
嘉定四年守湖州，彈壓豪貴，牧養小民，政聲赫然，郡之士相與畫像，
祠于學宮。〔註25〕除浙東提刑，累官至廣東經略安撫使，知廣州事，
每對客曰：「士大夫清廉便是七分人矣。」嶺南群吏獨有長孺清白著
于時，有詔獎諭謂其清似隱之，故長孺賦詩有「詔謂臣清似隱之，臣
清原不畏人知」之句。後改安撫福建。〔註26〕眞德秀入對，寧宗問當
今廉吏，德秀以長孺對。端平中以忤權貴劾去，加集英殿修撰致仕。
紹定元年起判江西憲臺，尋以敷文閣直學士致仕，年七十九卒。郡人
立像與吳隱之合祠。〔註27〕宋歐陽守道《巽齋集》一九〈書廬陵六君
子畫像贊〉云：「東山先生去今固未遠也。先生風節玉立山崝，而於
後進嘗樂引之，比其沒時，予年且弱冠，如蚤有聞，獨不許一窺其門
牆哉。今年日益長，學日不進，而先生遺像與君子並列，視之等為古
人誦了翁責沈之作面熱而汗下也。」據此足見其德高望重。萬里三子

〔註24〕 《鶴林玉露》一一：「楊東山言，某初筮爲永州零凌主簿，太守趙諡
　　　　字安卿，丞相元鎭子也。初參之時，客將傳言，待眾言退卻請主簿。
　　　　客退，趙具冠裳，端立堂上，凡再請，某不動。三請，某解其意，
　　　　遂庭趨一揖，上堦稟敘，逐一還他禮數。既畢立，問何日交割；稟
　　　　以欲就某日。答云：可一面交割，一揖徑入，更不與言延坐。某退
　　　　而抑鬱幾成疾，以書白誠齋，欲棄官而歸‧誠齋報曰：此乃教誨吾
　　　　子也，他日得力處當在此。某意猶未平，後涉歷稍深，方知此公善
　　　　教人，尚有前輩典刑。朱文公云：人家弟子初出仕官，須是討喫人
　　　　打罵底差遣，方是有益，亦此意。」考紹熙元年，萬里有〈大兒長
　　　　孺赴零陵簿示以雜言〉（卷二八）則長孺任官零陵在是年。
〔註25〕 《鶴林玉露》七：「嘉定間，楊伯子爲湖州守，彈壓豪貴，牧養小民，
　　　　治聲赫然爲三輔冠，郡之士相與肖像於學宮，與工部尚書戴少望並
　　　　祠。伯子意不悦，會除浙東庾節，將行，辭先聖先師。禮畢，與教
　　　　官諸生坐於講堂，命取所祠畫象來，題詩其上云：『面有憂民色，天
　　　　知報國心，三年風月少，兩鬢雪霜深，更莫留形跡，何曾廢古今，
　　　　不如隨我去，相伴老山林。』遂卷藏而行。當時士子有戲和其詩者，
　　　　末句云：『可憐戴工部，獨樹不成林。』」
〔註26〕 《南宋制撫年表》：「嘉定九年，長孺累官廣東經略，改安撫福建。」
　　　　又：「嘉定十三年六月以直華文閣知福州。」（開明版頁44及頁58）
〔註27〕 《宋史翼》二二有〈楊長孺傳〉，又見黃佐《廣東通志》，唯云楊長
　　　　孺，字子伯，誤。

中，以長孫最著。乾道四年，萬里家居吉水，正月六日雷雨感歎，有
詩示壽仁子（長孫舊名）（卷五）。淳熙七年，萬里提舉廣東，夏有〈得
壽仁、壽俊二子中塗家書〉詩三首，中有「今年來官下，二子暫我隨，
懸知住不久，且復相從嬉，鶴書自天降，槐花呼汝歸。伯也恐我愁，
願留不忍辭；仲也（指壽俊，即次公）慘不釋……」之句（卷一五）。
秋，有〈得壽仁、壽俊二子書皆以病不及就試且報來期〉（卷一六），
知夏秋間二子並未同居廣東。兩地相隔，親情可想。清人汪薇《詩倫》
下云：「以就試之故，暫輟晨昏，士皆習爲干祿之學，不得不爾；然
父子間一時暌隔，已不勝情，如楊氏三世，可感也。」淳熙十四年夏，
萬里任官臨安，有〈大兒長孫同羅時清尋涼監橋〉詩（卷二二），知
長孫隨父居臨安。十六年七月，萬里在高安郡治，八月拜召命赴行在，
長孫隨行，途中，萬里有〈與長孫共讀東坡詩前用唐律後用進退格〉
詩二首（卷二七）。紹熙元年正月，萬里在臨安，長孫赴零陵簿，乃
示以雜言，勉以好人好官之爲（卷二八）。慶元六年，長孫爲南昌令，
萬里曾爲致書多方關照。〔註28〕時中男次公，小男幼輿亦先後出仕，
長孫恐萬里索居無聊，欲迎侍二老就養，致書萬里。萬里初欲一往，
竟未能行，九月七日口占令幼輿秉筆書與長孫婉謝，無意離吉水而赴
南昌以增其負荷。〔註29〕嘉泰四年夏，萬里病中，嘗與長孫共讀杜詩，

〔註28〕　長孫爲南昌令，萬里爲致書多方，請以關照，如〈與隆興府張尚書〉、
〈與隆興府趙參議〉、〈與運使俞大卿〉（卷一〇七）、〈謝俞漕舉南昌
大兒陞陟〉、〈答本路張提舉〉、〈與本路運使權大卿〉、〈答隆興府王
倅〉（卷一〇八）、〈與本路提舉張郎中〉、〈與本路提刑彭郎中〉、〈謝
隆興張帥荐大兒〉、〈答雷運使〉、〈謝彭提刑荐南昌大兒〉（卷一〇
九）。
〔註29〕　本集一一〇〈答蕭國博〉：「……三子出仕，中男次公去秋之官鵬峰，
長男長孫今茲六月又之官南浦，少男幼輿九月又之官澧浦，其勢不
容不東征逐子如曹大家也。必不得已，從其近者，莫南昌若也。」
同卷〈答胡左藏〉所敍略同。又卷一一〇〈答本路安撫張尚書〉：「大
兒察其（萬里）索居無聊，於是投其隙而進迎養之說……姑候其（幼
輿）行，然後老夫婦之行期可卜日也。」皆見有往南昌就長孫之意。
後以觀長孫來書，改變主意，其〈與南昌長孫家書〉云：「俟幼輿之

六月二十四日病起喜雨聞鶯，與長孺議秋涼一出游山，有詩以記（卷四二），時長孺秩滿家居。後二年（開禧二年）萬里卒。後二年，長孺自言於朝，謂父萬里雖老而不忘天下之憂，及聞韓侂胄首開兵端，為之流涕歎息，夕不寐，朝不食，手書八十四言以示子孫，皆孤憤訣絕之詞，書畢自緘題之，擲筆隱几而沒。長孺乞以其事宜付史館，天子從之，且詔有司定諡，太常博士諡公文節（卷一三三〈諡文節公告議〉）。長孺妻吳氏，公叔監丞之女，澧州推官吳璪之妹。〔註30〕

楊次公，初名壽俊，慶元六年冬之官安仁監稅，開禧六年入京受縣，娶季槃〔註31〕長女。淳熙七年，萬里提舉廣東，夏有〈得壽仁、壽俊二子中塗家書〉詩，秋有〈得壽仁、壽俊二子書以病不及就試且報來期〉詩，知夏秋間二人未與萬里同居廣東（參〈楊長孺傳〉）。紹熙二年秋，萬里在江東任，初涼，曾與次公子共讀書冊，有詩紀之（卷三二）。三年寒食前，曾與次公幼輿二子登伏龜樓，亦有詩紀之（卷三四），知二子並在江東。慶元六年冬，次公之官安仁監稅，萬里作詩送之云：「汝仕今差晚，家庭莫恨離，學須官事了，廉忌世人知，

官澧浦之後，戒行李，卜吉日，遣人前期白太師假舟楫矣。既而取汝家書旋觀之，則有不可者。汝書有今日作縣眞不可爲之詞，又有窮空煎熬、入寡出多之詞，又有最苦最苦千悔萬悔之詞……若遂翩然而東下，就汝而居，日夕見汝之煎熬，坐臥見汝之愁苦，汝謂吾心樂否也。」（卷六七）爲免增長孺負荷，乃取消南昌之行。
〔註30〕吳璪，長孺妻兄。萬里〈答鄭樞使〉：「大兒長孺之妻兄承直郎澧州推官吳璪，公叔監丞之子也。文世厭家，才敏於政，自是今日之人物。某頃假宇高安，此郎爲户掾，甚得其助，首以京削荐之。未幾，某再入道山，遂令長孺娶其弟。公叔官南昌參幕時，此郎嘗拜下風，自此出入門墻，深荷異知。」（卷一○五）除此，萬里并作尺牘致多方請荐，如〈與福州安撫葉樞使〉（卷一○五）、〈與江陵范侍郎〉、〈答湖北唐憲〉、〈與澧州趙守〉（卷一○八）、〈再與余丞相〉、〈與湖北唐提刑〉等（卷一一一）。按吳璪爲吳松年（字公叔）次子（本集一二五〈知漳州監丞吳公墓誌銘〉）。
〔註31〕季槃，字仲承，萬里中男次公之婦翁，淳熙丁未始以累舉試集英，初調武岡軍武岡主簿，丁母憂，再調贛縣主簿。慶元六年庚申七月十四日卒，年六十八。三子：仁、俶、僑。女三人，長適楊次公，次適羅子介，次適孔伯元。見本集一三二〈贛縣主簿季仲承墓誌銘〉。

爭進非身福，臨民只母慈，關征豈得已，壟斷欲何爲。」（卷三九），
勉以爲官宜廉，爭進非福。同時萬里致書多方請予關照。〔註32〕尋萬
里有〈同次公觀細陂小坐行店〉詩（卷三九），殆次公又返吉水。嘉
泰二年春，次公秩滿來歸，偶上巳寒食同日父子小酌，有詩以紀，云：
「白頭父子燈前語，忘卻江湖久別離。」（卷四〇）。冬，與次公夜酌，
又有詩紀之（卷四一），時長子長孺，幼子幼輿皆已之官，唯次公家
居。開禧元年除夕，次公入京受縣，萬里作詩送之，有云：「汝趁暄
和朝北闕，我扶衰病見東風。弟兄努力思報國，放我滄浪作釣翁。」
（卷四二）以努力報國勉之。次年萬里卒。嘉定間，與長孺、幼輿聯
名上狀奏請爲萬里諡，天子從之，諡文節（參〈楊長孺條〉）。

　　楊幼輿，慶元六年之官澧浦慈利監稅，〔註33〕嘉泰四年知融州。
〔註34〕紹熙三年寒食前，曾與父萬里兄次公同登伏龜樓，知父子三
人時在江東金陵（參〈楊次公條〉）。慶元六年冬，萬里吉水家居，
幼輿之官澧浦慈利監稅，萬里作詩送之（卷三九），同時致書多方，
請予關照。〔註35〕開禧二年五月三日，萬里早起步東園，有詩二首
示幼輿（卷四二），時已老病，八日遺囑付長孺母子兄弟姊妹，擲筆
隱几而歿。嘉定間，三子聯名上狀奏請爲萬里諡，天子從之，諡文
節（參〈楊長孺傳〉）。

〔註32〕　次公之官，萬里作書懇請各方關照，如〈答提舉雷郎中〉（卷一〇五）、
　　　　〈與衡州陸知府〉、〈答權桂陽軍斛通判〉、〈與湖南黃提舉〉、〈與湖
　　　　南陸提刑〉、〈安仁涂知縣〉（卷一〇六）、〈與衡州知府趙判院〉、〈與
　　　　衡州陳通判〉（卷一一一）。
〔註33〕　本集三九〈送幼輿子之官澧浦慈利監稅二首〉、六七〈與南昌長孺家
　　　　書〉、五七〈答周丞相賀長男改秩幼子中銓〉。
〔註34〕　《宋詩紀事補遺》六四。
〔註35〕　幼輿之官，萬里曾致書多方懇請關照，如〈答余丞相〉、〈與張寺丞〉
　　　　（卷一〇六）、〈答太常虞少卿〉（卷一〇七）、〈答新澧倅胡判院〉、〈與
　　　　江陵范侍郎〉、〈答湖北唐憲〉、〈與湖北陳提舉〉（卷一〇八）、〈答湖
　　　　北唐憲〉（卷一〇九）、〈與林總領郎中〉、〈與江陵府楊侍郎〉、〈與澧
　　　　州趙守〉、〈答吳節推〉（卷一一〇）；〈與湖北傅提舉〉、〈與湖北唐提
　　　　刑〉（卷一一一）。

萬里女五人：季縈、季蘊、季藻、季蘋、季淑。見〈誠齋楊公墓誌〉。

萬里有孫，其名可考者二人：一為憲，未詳所出，一為蓬。淳熙十六年萬里在高安郡治，有〈閏五月十四日因哭小孫子蓬孫歸志浩然〉，自註：「憲、蓬，二孫小字。」詩云：「憲孫哭了哭蓬孫，老眼元枯也濕巾。」二孫先後而卒，老懷傷悲不已。見本集二五。據〈與周子充少保書〉：「今年（淳熙十六年）閏月中男房下男孫未晬而夭，止有此一孫耳。」（卷六六）知楊蓬乃楊次公子。

六、婿

萬里婿可考其名者二人：一為王時可，一為陳履常。

王時可，本集三八有〈贈王婿時可〉詩云：「忠襄先生有賢甥，盧溪先生有賢孫，只今二十能綴文，超然下筆如有神。忠襄大節爭日月，盧溪清風敵霜雪。兩家不是無家法，何須外人問衣缽。老夫臥病南溪旁，芙蓉紅盡菊半黃。子求問訊維摩詰，分似家風一瓣香。」忠襄先生即楊邦乂，萬里叔祖；盧溪先生即王民瞻，萬里恩師。王民瞻有孫詹、澹，〔註36〕王時可或其一焉，而字時可。本集五二〈回王敷文民瞻家定親啟〉云：「賢者有後，仰王樹之森然，儒冠多貧，顧席門而陋甚，云何猶子之二女得配執事之兩孫。伏承某人第一令孫乃吾家忠襄之甥，生而獨秀，而某姪子第五女孫為詩人盧溪之婦，媿其非宜，發幣載欣，揮毫莫敘。」據此知王時可所娶者乃忠襄之後，非萬里五女之一，唯以親族關係論，可視王時可為婿。

陳履常，名經，曾官吉水簿泰寧縣丞。慶元六年，萬里已年七十四，長孺、次公、幼輿又相繼之官，家居至親，殆唯陳婿履常，乃往還密切。是年至後，二人同探梅東園，次年（嘉泰元年）夏至雨霽，二人暮行溪上，萬里皆有詩以紀（卷三九）；秋，履常以縣丞之官泰

〔註36〕 本集八〇〈盧溪先生文集序〉；一二七〈王叔雅墓誌銘〉。

寧，萬里作詩送之（卷四○）。二年至後，萬里有詩二首寄袁起巖樞
密賀新除仍謝送四縑並詩集兼懇求陳婿荐書，末云：「獨念東床客，
猶沈左選曹；春風半張紙，立地作宣敖。」〔註37〕其間並懇趙德老大
資、何樞使，〔註38〕并致尺牘〈與權運使〉、〈與隆興張帥〉、〈與本路
提舉張郎中〉，有云：「某惶恐敬致迫切之懇：女夫子修職郎泰寧縣丞
陳經，贍於學問，工於詞章，臨民廉惠，遇事勤敏，蚤年登庚戌（1190）
科第，前任爲吉水主簿………陳丞前任未滿而解官，今任通理至來歲
之多乃成三考，妄意欲望台座特輟嘉泰三年上半年一京削，以爲破白
之舉。」〔註39〕祈共舉履常。

<hr>

〔註37〕詩見本集四一，同時又有〈答袁起巖樞密書〉請荐，見卷六八。
〔註38〕本集六一〈謝趙德老大資舉女婿陳丞京狀啓〉、〈謝福帥何樞使許荐
　　　　陳丞啓〉、〈謝何樞使舉女婿陳丞改官啓〉。
〔註39〕本集一○九〈與權運使書〉。〈與隆興張帥〉、〈與本路提舉張郎中〉
　　　　並爲懇舉陳履常，所敘略同。

第二篇　楊萬里生平事蹟考述

第一章　吉州時期

第一節　楊萬里生卒年月辨正

《宋史》四三三〈儒林傳〉載楊萬里生卒年云：

> 開禧元年，召，復辭。明年，升寶謨閣學士，卒，年八十
> 三，贈光祿大夫。

據《宋史》則萬里卒於開禧二年丙午，生於宋徽宗宣和六年甲辰。《宋史》以降，明清兩代學者本之，如明代錢士升《南宋書》三九〈楊萬里傳〉：

> 開禧元年，召，復辭。明年卒，年八十三。

清代呂留良、吳之振、吳自牧《宋詩鈔》：

> 別妻子，筆落而逝，年八十三，諡文節。

丁丙《善本書室藏書志》三〇：

> 落筆而逝，時年八十三，贈光祿大夫。

其間唯錢大昕《十駕齋養新錄》一六始疑之：

> 誠齋以開禧二年卒，年八十三，亦見《宋史》本傳。據開
> 禧二年，歲在丙寅，則當以宣和六年甲辰生矣，而周益公
> 〈題三老圖詩〉自注：「乘成兄生於乙巳，誠齋丁未。」與
> 傳不合，當更考之。

錢氏雖未詳考，唯慧眼獨具，引周益公〈題三老圖〉自註，以明《宋

史》所載萬里生卒年之可疑。按楊萬里《誠齋集》，以編年編次，據
其詩文自述，以考訂其生卒年，宜爲詳確不二。茲將取證依卷次列之
於後：

（一）〈郡中送春盤〉（卷七）

> 新年五十奈老何，霜鬚看鏡幾許多。

按，本詩作於乙未冬，云：「新年五十」者，則丙申年始年五十。上
溯生年，則在丁未（高宗建炎元年）。

（二）〈感愁〉（卷一〇）

> 今年五十二，豈爲年少人。

按，本詩作於戊戌，上溯生年，亦在丁未。

（三）〈早朝垂拱殿晚出東省〉（卷二〇）

> 來年六十一，六十鬢蒼蒼。

按，本詩作於丙午，自云：「六十」，上溯生年，亦在丁未。

（四）〈秋衣〉（卷四二）

> 明年方八十，似覺九十著。

按，本詩作於乙丑，云：「明年方八十」者，則乙丑年七十九，上溯
生年，亦在丁未。

（五）〈答虞祖禹兄弟書〉（卷六七）

> 某自乾道庚寅爲邑於洪之奉新，是時年四十四矣。

按，乾道庚寅，年四十四，上溯生年，亦在丁未。

（六）〈與南昌長孺家書〉（卷六七）

> 至江東漕，遂永棄官，是時吾年六十六耳。

按，萬里漕江東，歲在壬子，參考（七）條。

（七）〈上陳勉之丞相辭免新除寶謨閣直學士書〉（卷六八）

> 歲在壬子，年六十六，以移病棄官。歲在丙辰，年至七十，
> 以引年納祿。

按，壬子年六十六，丙辰年七十，上溯生年，亦在丁未。

（八）〈與建康帥丘宗卿侍郎書〉（卷七八）

> 今犬馬之齒七十有八矣。自六十有六，病而棄其官，已而
> 致其仕矣。

按，萬里移病棄官，已而致仕，歲在壬子，參考（七）條。

（九）〈浩齋記〉（卷七三）

> 某今也年六十有三矣。……淳熙己酉閏四月十二日門
> 人……楊某記。

按，己酉年六十三，上溯生年，亦在丁未。

（十）〈羅仲謀墓誌銘〉（卷一二七）

> 淳熙二年秋……未拜命而卒，享年四十有八。……後一
> 年……來謁銘……予今年五十矣。仲謀少余一歲……。

按，「後一年」即淳熙三年，其年五十，上溯生年，亦在丁未。

（十一）〈劉隱君墓誌銘〉（卷一三二）

> 嘉泰壬戌二月五日，嗟乎！予年七十有六。

按，嘉泰壬戌年七十六，上溯生年，亦在丁未。

　　據以上萬里自述，毫無矛盾含混，與本集四一附周益公〈題三老
圖〉自注：「乘成兄生於乙巳，而予丙午，誠齋丁未」相契合。本集
一〈讀罪己詔〉云：

> 亂起吾降日，吾將強仕年。

按高宗建興元年（靖康二年）金立張邦昌爲楚帝，執徽、欽二帝北去，
北宋遂亡。萬里所云其降生之年在「亂起」，即指此變。至於「強仕
年」，語用《禮記・曲禮》：「四十曰強而仕」，此詩作於隆興元年，時
萬里三十七歲，故云：「吾將強仕年」。以上在在契合生年在丁未，萬
里自述之外，其子楊長孺撰〈誠齋楊公墓誌〉云：

> 先君於建炎元年丁未歲九月二十二日子時生……開禧二年
> 丙寅五月八日無疾薨，享年八十。

則萬里生年月日乃至於時辰皆詳備。至於卒年月，歷代無異議，在開
禧二年五月八日。至於時辰，據本集一三三〈諡文節公告議〉：「擲筆

隱几而沒，實五月八日午時也。」知在午時。生卒年既明，享年八十，乃毋庸疑。《宋史》所云：「八十三」者，蓋「三」爲衍文。宋劉克莊《後村先生大全集》三六〈題誠齋畫像〉云：「老先生活八十，中秘書了一生。」洵爲鐵案。

第二節　受業歷程

一、少年時期：庭訓與師事高守道

　　萬里少年時期受業於吉州，殆以庭訓爲主。本集一二六〈曾時仲母王氏墓誌銘〉云：

　　　　予爲童子時，從先君宦學四方。

所謂「宦學」，出自《禮記・曲禮》：「宦學事師，非禮不親。」疏引熊安生云：「宦謂學仕宦之事，學謂學習六藝。」或以爲萬里父芾曾任小官，則誤。楊芾以奉親至孝入《宋史・孝義傳》，其三世業白，隱於吉水之南溪，家無田產，授徒以養，暇則教子，乃一貧困之書生，其事詳載於《胡澹菴先生文集》二五〈楊君文卿墓誌銘〉。胡銓爲萬里之鄉長輩，萬里以師事之，其悉楊家事固可確信，銘中云楊芾「暇則教子」，則萬里少年教育，毋庸置疑，係啓蒙於庭訓；幷云其「邃於易學」，或於萬里有所傳授，而導致萬里日後書就《誠齋易傳》二十卷之先聲。楊芾唯有萬里一子，煢煢一夫，無同生相依，故雖授徒以養，饑貧莫名，然教子之心，專注以赴，以勖其求爲君子之道，以榮所生。胡銓作銘云：

　　　　（芾）歲入束脩之賫以錢計者纔二萬，彙鬻太穀，忍饑寒
　　　　以市書，積十年得數千卷，謂其子：是聖賢之心具焉，汝
　　　　盍懋之。

父子之情，親愛如此，雖清貧如洗，然督導寄望之意，莫不殷殷於萬里，冀其見賢思齊，得以成器。甚至萬里已中進士任官，猶刻刻不忘訓導，曾攜萬里晉見張九成、胡銓、張浚，期以百尺竿頭，而有以提攜。

　　萬里八歲時，生母毛氏逝世，生母之教，固無足論，其「從先君宦學四方」，當在毛氏逝世之後。所謂「四方」，殆亦不出吉州。至於繼母羅氏是何時入楊家，則無從確考。

　　庭訓之外，啟蒙教師可考知者有高守道。高氏生平不詳，其名僅一見於本集三九〈贈高德順〉詩序：

> 予（萬里）年十有四，拜鄉先生高公守道爲師，與其子順德爲友，同居解懷德之齋房。予既謝病免歸，順德杖藜躡屩訪於南溪之上。

據此知萬里十四歲拜高守道爲師，至其受業內容則無可考，殆童子基礎之學。其時乃得與高德順爲友，年紀相若。萬里贈詩與德順時，年已屆七十四，知德順亦享高壽。德順生年不詳，似世居吉州，爲萬里同鄉，未曾中第仕宦。二人老年鄉間重見，人生際遇雖殊，然各已曾經滄桑。萬里所贈長句有云：

> 兒時同客水中蟹，鴨腳林間索詩債。
> 只今白髮共青燈，一尊濁酒話平生。

回首往事，桑榆晚景，日西方暮，誠有欲說還休之感嘆。

二、青年時期（一）：師事王庭珪與劉才邵

　　青年時期爲人生受業歷程上之重要時期，思考之導引，性格之形象，影響未來一生，擇師而學，其重要已不待言。萬里十七歲拜王庭珪爲師受業，可視爲其受業歷程上轉捩點。本集八三〈杉溪集後序〉云：

> 予生十有七年，始得進拜瀘溪而師焉，而問焉；其所以告予者，大學犯禁之說也。

「瀘溪」，一作「盧溪」，系王庭珪自號。庭珪字民瞻，吉州安福人。徽宗崇寧初，蔡京爲相，力排舊黨，禁元祐法，立黨人碑，詔黨人子弟毋得至闕下，詔毀刊行范祖禹《唐鑑》並三蘇、秦、黃等文集，

〔註1〕時辟雝方禁元祐學，無敢犯者，唯庭珪與其友劉才邵，手不停披，〔註2〕萬里所謂「大學犯禁之說」即指此而言。〈杉溪集後序〉又云：

> 古今文章至我宋集大成矣，蓋自奎宿宣精，列聖制作於是煥乎文，日月光華，雲漢昭回，天經地緯，衣被萬物，河岳炳靈，鴻碩挺出。在仁宗時，則有若六一先生之夏盟；在神宗時，則有若東坡先生傳六一之大宗；在哲宗時，則有若山谷先生續國風雅頌之絕絃，視漢之遷固卿雲，唐之李杜韓柳，蓋奄有而包舉矣。中更群小，崇姦絀正，目爲僻學，禁而錮之，蓋斯文至此而一厄也。惟我廬陵有瀘溪之王、杉溪之劉兩先生，身作金城，以郭此道。

又云：

> 自王公（庭珪）游太學，劉公（才邵）繼至，獨犯大禁，挾六一坡谷之書以入，畫則度藏，夜則繙閱，每伺同舍生息燭酣寢，必起坐吹燈，縱觀三書；逮暇或哦詩句，或續古文，每一篇出，流布輦轂，膾炙荐紳，紙價爲高。……瀘溪又云：是時書肆畏罪，坡谷二書皆毀其印，獨一貴戚家刻印印之，率黃金斤易坡文十。蓋其禁愈急，其文愈貴也。今家有此書，人習此學，有知當時斯文之難得如此者乎！是小人之厄斯文，乃所以昌斯文也。然厄斯文者，今皆泯然與草木共盡，而斯文之傳，與日月爭光，然則斯文病不厄耳，厄奚病哉！古者聖賢君子之所守，於是可得而知矣，顧吾道之是非何如耳。時之好惡足爲之動耶！六一坡谷其知之矣！至於吾州之兩先生，獨首犯時之大禁，力學眾人之所不敢學，所謂豪傑特立之士者，不在斯人歟！不在斯人歟！

獨犯時禁，學人所不敢學，確已具豪傑特立之性格。就庭珪而言，此一性格之發展，其可具見者二：（一）政和八年戊戌庭珪年三十九，

〔註1〕《宋史·徽宗本記》。
〔註2〕胡銓〈王公墓誌銘〉、周必大〈直敷文閣王公行狀〉。

進士及第，調衡州茶陵丞，與上官不合，棄官而去，年未四十，隱居盧溪，教授鄉里之事實。（二）紹興八年戊戌庭珪年五十九，友人胡銓上封事，乞斬秦檜、王倫、孫近，謫居嶺表新州，士皆刺舌，莫敢仗義而言，唯庭珪獨抗當權，作詩送胡銓，中有「癡兒不了公家事，男子要爲天下奇」之句，觸怒秦檜，坐流辰州（湖南沅陵），遠人所重，爭以爲師。此二事實反映庭珪獨往無畏之風格。

萬里拜庭珪爲師在十七歲，時值紹興十三年，二年前則岳飛被誣害身亡之時，主戰派勢力衰頹，和金政策推行方熾，萬里身處其時，受喪權辱國之痛苦，忠良被殺之激盪，以血氣方剛正義敢爲之年，拜敢犯當權獨往無畏之庭珪爲師，自是如魚得水，一心傾慕。

庭珪不唯性格風貌具高度之吸引力，其所授曾犯時禁蘇黃之學，亦爲當時士子所嚮往。蘇黃之學，致宋詩得獨立於唐詩之外，流風所被，已不待言，南宋學詩文者，莫不以爲典範。除此之外，有尤要者，乃庭珪亦爲北宋末、南宋初之重要詩人。

正值北宋末南宋初相交替之時代，詩風籠罩於江西詩派之中。其時，得自脫於江西派而傾慕黃庭堅者，除葉夢得〔註3〕之外，即爲王庭珪。其〈贈別黃超然〉，及〈跋劉伯山詩〉可以爲證。〔註4〕萬里云庭珪「少嘗見曹子方，得詩法，蓋其詩自少陵出，其文自昌黎出，大要主於雄剛渾大」，〔註5〕則推其淵源而言。庭珪詩明暢易解，略能脫出江西派之谿徑，例如〈和周秀實田家行〉：

> 旱田氣逢六月尾，天公爲叱群龍起；
> 連宵作雨知豐年，老妻飽飯兒童喜。
> 向來辛苦躬鋤荒，剜肌不補眼下瘡；
> 先輸官倉足兵食，餘粟尚可瓶中藏。
> 邊頭將軍輝威武，捷書夜報擒龍虎；
> 便令壯士挽天河，不使腥羶汙后土。

〔註3〕陶宗儀《說郛》二〇載吳萃《視聽鈔》。
〔註4〕《盧溪集》一及一六。
〔註5〕本集八〇〈盧溪先文集序〉。

　　　咸池洗日當青天，漢家自有中興年；

　　　大臣鼻息如雷吼，玉帳無憂方熟眠。

全詩頗具寫實意義，諷刺朝廷執政和議苟安之「大臣鼻息如雷吼，玉帳無憂方熟眠」；而積極主張「便令壯士挽天河，不使腥羶汙后土」，期能中興復國。此種憂國情操，深切影響萬里之歌詩內容及其政治觀點。

　　萬里與庭珪除同鄉與師友之誼外，尚有戚誼，本集五二〈回王敷文民瞻家定親啓〉可證（詳次篇〈交游考〉王民瞻條）。

　　與王庭珪同以講授「大學犯禁之說」爲主之業師爲劉才邵。本集八三〈杉溪文集後序〉云：

　　　予生十有七年，始得拜瀘溪而爲師焉，而問焉，其所以告予者，大學犯禁之說也。後十年，又得進拜杉溪而師焉，而問焉。其所以告予者，亦太學犯禁之說也。

萬里拜庭珪爲師，時年十七；十年之後拜劉才邵爲師，年二十七，時值紹興二十三年。

　　劉才邵（1086～1158），字美中，號櫹（一作杉）溪，吉州廬陵人。大觀二年上舍釋褐爲贛、汝二州教授，復爲湖北提舉學事管幹文字。宣和二年中宏詞科，遷司農寺丞。靖康元年遷校書郎。高宗即位，以親老歸侍，居閑十年。御史中丞廖剛荐之，召見，遷秘書丞，歷駕部員外郎，遷吏部員外郎。尋遷軍器監，既而遷起居舍人。未幾爲中書舍人兼權直學士院。爲時宰所忌，出知漳州（福建龍溪）。紹興二十五年，召拜工部侍郎兼直學士院。尋權吏部《尙書》，以疾請祠，加顯謨閣直學士。紹興二十八年卒，年七十三。著有《櫹溪居士集》行世。《宋史》四二二本傳評云：「才邵氣和貌恭，方權臣用事之時，雍容遜避，以保名節。」《四庫提要》云：「所作秦檜制詞（見諸卷四）語多溢量，至稱其道義接邱軻之傳，勳名具伊呂之佐，尤爲謬妄，史稱其於權臣用事之時，能雍容遜避，以保名節，頗著微詞，其指此類歟！是白璧之瑕矣。」

　　劉才邵與王庭珪有同鄉之誼，早年同好「大學犯禁之說」，定交甚早，酬唱甚密，且能維繫長久友誼。檢閱《檆溪居士集》，才邵贈與庭珪之作有（一）〈次韻王民瞻贈覺梵二首〉（卷二）（二）〈次韻王民瞻題門院二首〉（卷三）（三）〈次韻王民瞻〉（卷三）。數量雖不可謂多，然友誼之厚歷歷可見。如〈次韻王民瞻〉云：

> 野外蕭條供給稀，愧煩車馬顧柴扉。
> 正憐習懶成癡鈍，欲使乘時試奮飛。
> 高義杉松度冰雪，好詩星斗轉璿璣。
> 如公亦豈宜深隱，早晚光芒動少微。

至於庭珪贈與才邵之作，則較頻繁。檢閱《瀘溪集》，計有（一）〈挽劉美中尙書〉（卷二五）（二）〈與劉美中尙書三幅〉（卷三一）（三）〈賀劉舍人才邵啓〉（卷三九）（四）〈和劉美中尙書聽寶月彈桃源春曉〉（卷二）（五）〈寄和劉美中舍人直學士院〉（卷一〇）（六）〈劉美中自翰苑師追懷平者昔之遊再過唐興寺陳跡依然輒成長句奉呈〉（卷一三）（七）〈送劉美中舍人赴漳州二首〉（卷四）。其中〈與劉美中尙書三幅〉之一云：

> 某今巳七十餘，無復榮望，但得與公相從，盡讀平生所未
> 見之書，亦足滿其志願。然公方登用，翱翔朝廷，豈能復
> 作林下計乎！青燈夜坐，舉觴道舊，當復有時。

又〈挽劉美中尙書〉云：

> 公方持橐我休官，握手平生出肺肝。
> 豈是尙書先著履，須知處世不彈冠。
> 文章進直金鑾殿，槽櫪空餘寶馬鞍。
> 忍看銘旌下螺浦，再攜斗酒餞江干。

最見二人永固不渝之友誼。

　　萬里二十七歲拜才邵爲師，在第一次應舉落第之後。其得拜才邵爲師，或緣於同鄉之誼與王庭珪之引荐。才邵所習與所授，以「大學犯禁之說」爲主。《四庫提要》述其詩文云：

> 其詩源出蘇氏，故才氣頗爲縱橫，其雜文亦多馴雅，而制

誥諸作，尤有體裁。

才邵文名雖非顯赫於南宋文壇，然卻聲聞鄉黨，士子爭誦。同鄉周必大〈樅溪居士集序〉云：

> 予少時聞公（才邵）賦詠一出，輒手抄而口誦之。味清江引，則欲競乎技而凝於神也；歌出塞行，則如視旗影而聆鼓聲也；讀大堤曲，則又如望歸舟對斜月而聽情人思婦之語切切也。（案此二篇大典不載）其他摹寫物象，美今懷古，登臨比興，酬贈袒餞，皆凌屬乎賢，度越乎流輩。蓋得於天者氣和而心平，勉於己者學富而功深，故於所謂至難者既優為之，則其制誥有體，議論有源。銘誌能敘事，偈頌多達理，固餘事也。藻飾王度，冠冕諸儒，領袖鄉黨有以也。

必大耳聞親見，雖序文難免夸飾，而所云洵然。

萬里於紹興二十三年拜劉才邵為師，二十四年登進士第，總計從才邵學，未及一年。

三、青年時期（二）：師事劉安世與劉廷直

庭珪之後，萬里拜劉安世與劉廷直為師，時在紹興十七年，萬里二十一歲，安世、廷直皆四十八歲。本集七七〈送劉景明游長沙序〉云：

> 始予生二十有一，自吉水而之安成，拜今雩都大夫公劉先生（安世）為師。

卷七九〈達齋先生文集序〉云：

> 既冠而學於安福（廬陵之西，瀘水之南）。

卷七三〈浩齋記〉云：

> 某自少懵學，先奉直令求師於安福，拜清純先生劉公（安世）為師，而盧溪王先生（庭珪）及浩齋先生（廷直）俱以國士知我，浩齋又館我。每出而問業於清純，入而聽誨於浩齋。

萬里之得拜二劉為師，或以同鄉之誼，或以庭珪之介引而求師廣益。庭珪與二劉，過從甚密；二劉先庭珪而卒，庭珪皆為文以祭，並作墓

誌銘。〔註6〕其〈祭劉世臣文〉云：「今者聞公之葬，行道之人皆為出涕，而況平習交游之久，學問淵博而契義最深者乎！公與人交久而不移。我被讒謗，竄於九夷，人莫敢顧，公獨率其友而欲出而救之，事雖不成，高義益彰。」其與安世交誼至厚，已溢言表。

劉安世（1100～1167）字世臣，本貫吉州安福。紹興十四年、十七年連荐名，十八年登進士第。授岳州司戶參軍，歷永州教授，秩滿改宣教郎知贛州雩都縣，以朝奉郎致仕。乾道三年卒，享年六十八，門人私諡清純先生。有文集三十卷，《論語尚書解》二十卷。〔註7〕

安世四十九歲中第，於萬里拜師後一年。中第之前，以連荐名，已名聞鄉里，學者趨之若鶩，爭以為師，「遠近聞風負篋而來學者，戶外之履常滿」，「學者擔簦鼓篋自遠方來者，望絳帳而趨隅」。〔註8〕萬里作行狀追憶情況云：「先生之未仕也，士之來學者百千人，有富貧慧蚩不同，先生木溉江導，人人自以為得先生學。」〔註9〕萬里之從安世學，不及一年而安世及第，且輾轉任永州教授。萬里及第後，於紹興二十九年冬負丞永州之零陵，師徒同僚，得以重聚論學講道。萬里作〈行狀〉追述云：

> 萬里也，先生門弟子之下者，然從先生最舊。及某丞零陵縣時，先生更未盡一歲，萬里復得就先生而卒業。

又本集一○一〈祭劉雩都先生夫人彭氏文〉云：

> 疇昔零陵師生同僚，日親範模，日聆英韶，既而兩家復締姻好。先人康強，先生未老，縈我老母，相從夫人，尊酒徵逐，兩家如春。歲在甲申（隆興二年），我失所怙，曠曠無依，視師猶父；先生繼往，夫人白首，兩家北堂，二老眉壽……。

〔註6〕《瀘溪集》四一〈祭劉世臣文〉、四五〈劉公（安世）墓誌銘〉、四六〈劉君（廷直）墓誌銘〉。

〔註7〕《瀘溪集》四五〈劉公（安世）墓誌銘〉、本集一一八〈朝奉劉先生行狀〉。

〔註8〕《瀘溪集》四一〈祭劉世臣文〉。

〔註9〕本集一一八〈朝奉劉先生行狀〉。

「視師猶父」，最見師生之情，「復締姻好」，重以戚誼。職是之故，安世卒而萬里敬爲制服。〔註10〕

安世著有《論語尚書解》，蓋爲儒學之研究者與信奉者。庭珪於〈墓誌銘〉稱其學云：

> 其學以明經通道爲主，不專傳注世俗之文。（〈劉公（安世）墓誌銘〉）

萬里於〈行狀〉論其學淵源尤詳：

> 先生之學不爲空言，其源委自賈誼、陸贄，蘇明允父子之外不論也。故其文與其人皆肖焉。……魏國張公（浚）謫居於永，每稱重先生曰實學之士。

據此知其學淵源近於庭珪、才邵，亦屬「大學犯禁之說」一系。此外，安世並排除佛教，其卒，不以佛事荐享。庭珪於〈墓誌銘〉云：

> 遺命不得以佛事荐享，蓋平生所不喜也。

最可證安世之爲儒學之研究者與信奉者。萬里之學，脈絡淵源自可得而略窺。乾道二年，安世卒，萬里作〈劉世臣先生挽詩〉：「策第仍爲邑，于公未足論。眼中無佛國，戶外即韓門。道大功非細，人亡德則存。」（本集六）頗能道出安世出處品學。

此外，萬里并同時受教於劉廷直。

劉廷直（1100～1160）字諤卿，一字養浩，世稱浩齋先生，亦安福人。紹興十五年丁丑登進士第，調諤州戶掾，以荐，遷左從政郎丞鼎州武陵縣，後又以禮部侍郎辛公次膺及諸公荐，改秩左宣教郎知臨江軍新喻縣，而疾作致仕，得左奉議郎命下於身後。卒於紹興三十年八月一日，年六十一。〔註11〕著有文集二十卷，又作《易傳》未成而歿。〔註12〕

〔註10〕同上。又王庭珪〈劉公（安世）墓誌銘〉云：「廷秀……不慮師學，嘗言張魏公丞相爲侍郎張子韶服友之服，今侍郎胡公爲清節先生蕭子荊服師之服，萬里今亦爲劉先生制服。」
〔註11〕本集一二二〈新喻知縣劉公墓表〉。
〔註12〕《瀘溪集》四六〈劉君墓誌銘〉。

廷直紹興十五年登進士第，在萬里拜師之前二年，與安世俱爲儒學之研究者與信奉者。淳熙十六年己酉，萬里〈浩齋記〉云：

> 某所親安福劉彥與以書來曰：「先君子得伊洛之學於文定胡先生，以浩名齋。」（本集七三）

并追述聽誨之當年實況而有所嗟嘆：

> 一日（廷直）問曰：「子見河南夫子書乎？」曰：「未也！」退而求觀之，則驚喜頓足，歎曰：「六經語孟之後，乃有此書乎？」某今也年六十有三矣，師友零落殆盡，道不加修，德不加進，不但四十五十無聞而已。然不虛此生者，猶以粗有聞於浩齋也。

據此以知劉廷直傳授萬里者，殆以河南夫子之書、伊洛之學爲主。據王庭珪所撰〈墓誌銘〉，云廷直有未完成之《易傳》，自是遠承伊洛一系，而日後萬里苦心研《易》，著《誠齋易傳》二十卷，殆淵源於此。

周必大《省齋文集》一九〈題楊廷秀浩齋記〉云：

> 友人楊廷秀，學問文章獨步斯世。至於立朝謇謇，知無不言，言無不盡，要當求之古人，眞所謂浩然之氣，至剛至大，以直養而無害，塞於天地之間者。師友淵源，厥有自來。今讀〈浩齋記〉，乃知嘗受教於劉公，公之賢可知矣。其載河南夫子之問，與昔范淳夫以程伯醇語陳瑩中殆一律耶。

可謂一針見血，中乎肯綮。廷直卒，萬里爲文以祭，有云：

> 我始徒步，摯文謁公；辱公鑒裁，拔之徒中，謂彼珠璧，寶不難得，惟此人才，可珍可惜。始則教育，使潰於成，終焉永好，重以昏姻。（本集一〇二）

據此又知劉楊之間，除鄉里師生之關係外，尚有昏姻之戚誼，其相從之密，自引發一定之影響。

在拜二劉爲師學藝之外，萬里並結識同學朋友，其較要者有（一）劉浚；（二）劉承弼；（三）李燧；（四）劉彥與四人。

劉浚，字景明，安福人，〔註13〕生平不詳，唯知其善畫，萬里

〔註13〕本集一一四〈詩話〉。

有詩題其畫；并長於詩，萬里《誠齋詩話》曾評其得翻案之法。劉承
弼，字彥純，號西溪，劉安世之子。本集七七〈送劉景明游長沙序〉
記與二人相識定交情況云：

> 始予生二十有一，自吉水而之安成，拜今雩都大夫公劉先
> 生爲師，而友于劉子彥純。一日彥純與客過我，客年甚少，
> 身偉且長，舉酒百釂皆釂，叫呼大笑，坐上索紙筆爲古文
> 辭詩章，百千言頃而就……問之，則劉其姓，景明其字，
> 亦劉先生之門弟子也，自是定交，居三年……

同窗三載，友誼甚篤。其後際遇雖殊，然仍友誼相繫（交游情況，詳
次篇〈交游考〉劉景明、劉彥純條）。李燧，字與賢，亦安福人，長
萬里十歲，同學於劉安世，著有《似劍正論》，與萬里相識定交，自
與景明彥純同時。長於詩（與萬里日後之往還，詳〈交游考〉李與賢
條）。至於劉彥與，係劉廷直之子，曾承先志作浩齋，請記於萬里。
萬里爲作〈浩齋記〉，追述前事，知其與彥與定交，自當在拜廷直爲
師時期。唯其人履歷不詳，與萬里交游情況，亦無可考。

第三節　二次應舉

　　楊萬里先世數代以來雖未中舉，然考選大公無私，昭信天下，才
智之士，願爲君國，披肝瀝膽，鞠躬盡瘁，死而後已；於是文官之取
得，考選爲公平之捷徑。萬里自幼至長，屢拜名師，進德修業之外，
亦爲求仕而應舉，期以千里之姿，一展雄才大略。

　　有宋一代，取士之法，大抵依承唐朝，除制科外，文官常考科目
有進士、有制科，應試人先依規定額數，選自其本籍。《朝野類要》
二〈解試〉條云：

> 依額取人，荐名於朝廷，謂之鄉貢。

鄉貢亦名鄉舉。應鄉貢考試人須先在所隸州考試，試官由各州之判官
及錄事參軍爲之。《宋史》一五五〈選舉志〉載應試程序云：

> 諸州判官試進士，錄事參軍試諸科，不通經義，則別選官

考校，而判官監之。試紙長官印署面給之，試中格者，第
其甲乙，具所試經義，朱書通否，監官、試官署名其下，
進士文卷，諸科義卷，帖由並隨解牒，上之禮部。

又考鄉貢年期，自宋英宗後，采三歲貢舉人之法。〔註14〕洎乎南宋，
仍依承之，如《宋史》三〇〈高宗紀〉云：「命州縣每三歲行鄉飲酒
禮以貢士。」此外，宋代省試規制，凡進士、諸科「皆秋取解，冬集
禮部，春考試，合格及第者，列名於榜于《尚書》省。」〔註15〕萬里
應試，自亦依此程序，其撰〈達齋先生文集序〉云：

紹興庚午與叔父達齋先生同舉於禮部，皆聞罷。〔註16〕

又〈與周子充少保書〉云：

當庚午試南宮，丞相（必大）雪中騎一馬於前，某荷一傘
於後之時，豈知丞相至此布衣位極上宰。〔註17〕

庚午即紹興二十年。考上屆榜在紹興十八年，〔註18〕萬里師劉安世（世
臣）、友朱熹即登該榜。按宋代三歲貢舉之法，萬里所云：「庚午與叔父
達齋先生同舉於禮部」、「庚午試南宮」者，乃指秋取解後，冬集禮部而
言，正式考試及放榜，在次年春，亦即紹興二十一年，〔註19〕是年「御
試得正奏名四百人，特奏名五百三十一人，中興以來得人始盛」，〔註20〕
友周必大登此榜；〔註21〕此外，日後成為萬里詩友，而於是年登第之可
確考者尚有蕭德藻東夫、〔註22〕楊愿謹仲、〔註23〕陳從古希顏、〔註24〕

〔註14〕 《宋史》一五五〈選舉志〉。
〔註15〕 《宋史》〈徽宗本紀〉。
〔註16〕 本集七九。
〔註17〕 本集六六。
〔註18〕 《紹興十八年同事小錄》。
〔註19〕 崔、陸二譜以為萬里於紹興二十年落第，皆失考。
〔註20〕 同註14。
〔註21〕 《宋史》〈周必大傳〉，誤作「二十一年」為「二十年」。
〔註22〕 《宋史翼》二八〈蕭德藻傳〉。
〔註23〕 《宋元學案補遺》四四〈楊愿傳〉；周必大《文忠集》四七〈跋老泉
所作楊少卿墓文〉，稱楊愿為「同事」。
〔註24〕 《京口耆舊傳》六；《文忠集》三四〈直秘閣陳公墓誌銘〉。

林枅子方，〔註25〕陳居仁安行、〔註26〕程大昌泰之〔註27〕等七人。而萬里與其叔楊輔世（字昌英，號達齋）並落第。同時聞罷而歸者，尚有至親羅全略仲謀。本集一二七〈羅仲謀墓誌銘〉云：

> 予於仲謀至親，初同舉於鄉，既聞罷而歸，未半塗予得疾
> 垂死，同行者皆棄去，仲謀獨留謁醫，親嘗藥，晝夜視予
> 至廢寢食。予昏甚，惘然不知也。蓋十有五日乃瘳。

聞罷歸鄉，途中萬里「得疾垂死」，顯然得病甚篤，幸得全略悉心侍以湯藥，乃得痊癒。

第一次應舉失敗後，萬里期待第二次之應舉。袁燮《絜齋集》八〈題誠齋帖〉云：「誠齋楊公未第時，嘗少蹶矣，自期以千里之姿，必能致遠，竟如其言。」三年之後，偕叔輔世，再舉禮部，中紹興二十四年進士第。《胡澹菴文集》一八〈誠齋記〉云：

> 盧陵楊侯廷秀清白世其家，學問操履，有角立傑出之譽，
> 戰其藝場屋，中丙科。〔註28〕

除楊輔世與萬里同年策第，其他日後與萬里交游之同年生可考者有張孝祥安國、〔註29〕萬庚先之、〔註30〕馬大同會叔、〔註31〕葉翥叔羽、〔註32〕虞允文彬甫，〔註33〕范成大致能、〔註34〕吳燠春卿，〔註35〕李長庚子西、〔註36〕朱時敏師古、〔註37〕孫橒德操、〔註38〕曹冠宗臣、〔註39〕

〔註25〕　《南宋館閣錄》八。
〔註26〕　《宋史》四〇〈陳居仁傳〉；《南宋館閣錄》七。
〔註27〕　《宋史》四三三〈程大昌傳〉。
〔註28〕　《湖澹菴文集》二五〈楊君文卿墓誌銘〉；《南宋館閣續錄》七；本集七九〈達齋文集序〉。
〔註29〕　《宋史》本傳。
〔註30〕　《宋元學案補遺》四四引〈溫州舊志〉。
〔註31〕　《景定嚴州續志》二。
〔註32〕　《嘉泰會稽志》二。
〔註33〕　《宋史》本傳。
〔註34〕　同上。
〔註35〕　本集一二五〈起居郎吳公墓誌銘〉。
〔註36〕　《宋詩紀事補遺》四四。
〔註37〕　《宋詩紀事小傳補正》三。

何異同叔、〔註40〕萬鍾（鐘）元亨〔註41〕等人。

　　甲戌策進士第後，結束長期離鄉之求學生涯，而初返故里南溪。
本集一〇一〈祭九叔知縣文〉云：

　　　　我少也賤，無廬于鄉，流離之悲，我豈無腸，公曰子皈，

　　　　子生我里，他邦之人，何曾留子？

顯示萬里少年時期之遠遊他鄉。本集二十六〈曾時仲母王氏墓誌銘〉
云：「予爲童子時，從先君宦學四方。」即是遠遊明證。職是之故，
學業已成，功名初穫，衣錦榮歸，乃必然之事。本集七九〈達齋先生
文集序〉敘述其歸鄉情景，云：

　　　　某於是始一至南溪，謁族親鄰曲，蓋有不相識者，問故居，

　　　　則盡爲蔾藋矣；問童子釣遊之地，則茫然不可尋矣。

至於萬里離家而至歸鄉年代，疑在紹興十七年自吉水至安成拜劉安世
爲師離家，至二十五年二度應舉中第，方榮歸故里。其間八載流離，
及歸，故居盡爲蔾藋，童子釣遊之地茫然不可尋，人事代謝，故族親
鄰曲雖鄉音無改，然已有不相識者，因有幾許陌生之疏離感。

〔註38〕《南宋文範》四四。
〔註39〕《金華先達傳》九；《金華先民傳》七。
〔註40〕《宋史》本傳。
〔註41〕《南宋館閣續錄》七。

第二章　贛州初仕戶掾

第一節　初仕年代

《宋史》本傳云：「（萬里）中紹興二十四年進士第，爲贛州司戶。」崔驥撰年譜，[註1] 以爲萬里初仕在紹興二十五年己亥。其後撰譜者亦有相沿此說。[註2] 按本集七五〈贛縣學記〉云：

> 贛縣治之西南祀孔子，故有廟，學則未聞也。後廟亦廢，其地入祥符宮。皇祐二年，縣宰王君希即舊址作新廟，即廟廡爲學舍。至紹興庚午火于叛卒，後六年予爲州戶掾。

按庚午即紹興二十年，後六年即紹興二十六年。又按本集七九〈達齋先生文集序〉云：

> 甲戌再同舉於禮部……後四年某自贛掾辭滿，乃歸南溪……後十二年，某宰奉新。

萬里宰奉新在乾道六年庚午，[註3] 上推贛掾辭滿在紹興二十八年戊

〔註1〕崔驥撰《楊誠齋年譜》，江西教育十九期，19 頁。

〔註2〕夏敬觀撰《年譜》，云：「二十八歲中進士第，爲贛州司戶。」「按官贛州司戶，未詳其在何年，姑列於中進士第下。宋官制三年秩滿，得調，以零陵丞推之當在紹興二十六七年間。」夏氏立論未定。劉桂鴻撰《年譜》沿崔譜。考本集八二〈眉山任公小醜集序〉：「紹興丙子……予時爲贛州掾曹。」知萬里任職贛州，不晚於紹興二十六年丙子。

〔註3〕本集六七〈答虞祖禹兄弟書〉：「某自乾道庚寅爲邑於洪之奉新，是時

寅，與甲戌之後四年相合不誤。依宋代官制三年秩滿之例推算，萬里初仕贛掾在紹興二十六年丙子。本集八二〈眉山任公小醜集序〉云：紹興丙子，「予時爲贛之掾曹」，可作旁證。又考本集三七，有〈(慶元元年)四月二十八日祠祿秩滿喜罷感恩進退格〉詩，其首二句云：

> 隨牒江湖四十年，寄名臺閣兩三番。

計萬里自紹興二十六年初仕至慶元元年，正是四十年，諸譜蓋有失考。

自紹興二十六年丙子萬里爲州戶掾，至紹興二十八年戊寅秩滿後，即返回故里南溪。據〈達齋先生文集序〉：「贛掾辭滿，乃歸南溪，卜築於達齋之西，自是日還往唱酬。」據本集四一〈謝蘇州史君張子儀《尙書》贈衣服送酒錢〉詩自注：「南溪僕所居村名竹煙波月。」村在吉州吉水涴塘里。秩滿返鄉，無官身輕，暫時得享「竹煙爲我喜，波月爲我妍」之閒居生活。次年冬十月調永州零陵丞，又開「隨牒江湖」之新頁。

第二節　定交黃文昌

萬里初仕贛州（江西贛縣）爲州戶掾，職掌戶口籍帳之事，主民戶，在縣曰司戶。其時陳鼎元器爲宰，盱江黃文昌世永爲主簿。本集七五〈贛縣學記〉云：

> 紹興庚午……後六年予爲戶掾，武夷陳君鼎元器爲宰，盱江黃君文昌世永爲主簿。

又本集四五〈黃世永哀辭〉云：

> （文昌）初主贛縣簿，予時爲州戶掾，予之來去後於世永者一年，而爲寮者三年，一見即定交。

據所知二人既爲同寮，私交又甚厚。黃文昌（1128～1165）字世永，建昌南豐人，紹興十八年進士，初主贛縣簿，[註4] 少萬里一歲，二人年歲相若，溝通容易，定交自屬順理成章之事。乾道元年乙酉

年四十四矣。」

〔註4〕本集四五〈黃世永哀辭〉；《文忠集》三八〈記黃世永編修文〉。

文昌棄世。時萬里丁父憂居喪間，以謁鄉先生武岡史君羅公，得知文昌噩耗，聞之心碎，既泣且疑，蓋文昌時年不過三十八而已。後月餘得中書舍人周子充與胡季永書，得以證實，乃作〈黃世永哀辭〉〔註5〕以悼祭之，并作〈夢亡友黃世永夢中猶喜談佛，既覺，感念不已，因和夢李白韻以記焉。二首〉，〔註6〕其二云：

> 去年客京都，子去我未至。得書不得面，安用殷勤意。
> 猶矜各未老，相見當亦易。不知此蹉跎，交道遽云墜。
> 一拚胡不仁，埋此經世志。弦絕諒何益，蕙歎庸不悴。
> 吾聞佛者流，正以生作累。夢中尚微言，子豈悲世事。

全詩表露二人深切之交誼。總計萬里初仕贛掾，與文昌定交，至文昌逝世，相交凡十年。

第三節　晉謁張九成與胡銓

《胡澹菴文集》二五〈楊君文卿墓誌銘〉云：

> 紹興甲戌，萬里策進士第，調贛州戶掾，再調永州零陵丞，
> 皆侍公（文卿）之官。每過庭必曰儉則不賄。嘗攜萬里見
> 無垢先生侍郎張公九成，澹菴先生今侍郎胡公某於贛。

萬里初仕贛掾，年甫三十，交際未廣，初識張九成與胡銓，乃由父楊芾文卿故而得緣晉謁。

張九成（1092～1159）字子韶，自號橫浦居士，亦稱無垢先生，錢塘人，從學於楊時，紹興二年廷對第一，僉判鎮東軍，與監司不合，投檄而歸。後以趙鼎荐入為太常博士，改著作郎，除宗正少卿禮部侍郎，兼侍讀經筵，論災異，忤時相秦檜，謫守邠州。何鑄劾以依附趙鼎落職。父喪，取旨與宮觀。詹大方論其與僧宗杲謗訕朝政，謫南安軍。在南安十四年，解釋經義，目病，就明簷下，磚痕雙趺隱然。檜死，起知溫州，旋丐祠歸。二十九年六月四日卒，年六十八。寶慶初，

贈太師，封崇國公，諡文忠，著有《尚書》、《大學》、《中庸》、《孝經》、《論語》、《孟子說》，《無垢錄》，《橫浦心傳》等。《四庫書目》采錄《孟子傳》二十九卷，《橫浦集》二十卷。〔註7〕《四庫全書·橫浦集提要》云：

> 九成研精經學，於諸經皆有訓釋。少受業於楊時，以未發之中爲主，《宋史》稱其早與學佛者游，議論多偏，〔註8〕然根柢精邃，實卓然不愧爲大儒……其廷試對策極陳恢復大計，規戒高宗安於和議之非；又指陳時弊，言皆痛切，而於閹宦干政，尤反覆申明，其在當時，可稱讜論。

張九成在學術上雜儒釋，解經義；政治上非和議，圖恢復；人格上憂深懇切，堅苦特立，自有受士子景仰之處。萬里初仕贛州，與張九成謫居之南安（江西大庾），二地毗鄰。父芾愛子心切，攜引萬里謁見長輩，俾進德修業，及官場關係得以加強；且九成人品受人敬愛，政見主戰反和，與萬里父子相合；學術根柢深邃，足爲人師；加以其時秦檜已死（紹興二十五年卒），政治路線正值轉變，故乃乘居贛之地利晉謁九成。此事蹟不見萬里自述，而僅見於胡銓所記。唯本集六三有〈上張子韶書〉，未詳年月，疑即初謁九成所上。書云：

> 某嘗言之，士窮於窮亦通於窮，達於達亦病於達。且夫爵三公，祿萬鍾，達矣！謂道必待達而後達，則公孫之相，徒足爲其曲學阿世之資。飲糗茹草，曲肱飲水，窮矣！謂道必以窮而遂窮，則顏氏之巷，乃適借之以心齋坐忘之地。嗟夫，吾然後知富貴者，中人之膏肓，而貧賤者，君子之穀粟歟！

斯文夾論夾敘，議說人生之窮達際遇，而未及張楊二人間之交誼，殆係萬里以崇仰其人其學，初往晉謁，上書請益，唯似無拜師受業之事蹟。不數年，九成卒，萬里未撰詩文以哀悼，殆相交未深，或僅此一

〔註7〕《宋史》三七四；清刊本《橫浦集》附錄〈橫浦先生家傳〉。

〔註8〕九成之學出於楊時又喜與僧宗杲遊，以禪機話儒理，乃致儒釋相雜。朱子曾作〈雜學辨〉，頗議其非。

見而已！

至於萬里晉謁胡銓於贛，見諸胡銓自述，自無可疑。按胡銓字邦衡，江寧人（詳〈交游考〉）。據《宋史》〈胡銓傳〉載；紹興八年宰臣秦檜決策主和，金使蕭哲、張通古來，以詔諭江南為名，中外洶洶。銓時為樞密院編修官，上高宗封事，至乞斬宰相，朝廷大驚，忤秦檜，謫居嶺表新州，時唯王庭珪民瞻敢抗當權，作詩送之而觸怒秦檜，坐流辰州，遠人爭以為師。萬里時年十七，因得拜師從學，又以庭珪故而深知胡銓，對其愛國抗敵之疏文，自然景仰無比。唯其時胡銓謫居遠地，不克晉謁。迨萬里初仕贛州，秦檜已死，而胡銓量移衡州（湖南衡陽），以贛湘相隣，萬里乃得以父芾之攜引晉謁。其間得王庭珪之紹介，殆可想見。唯拜胡銓為師而從學，宜在萬里丞零陵時期。〔註9〕

至於萬里仕贛時期之晉謁張九成與胡銓，孰前孰後，難以確考，疑萬里以王庭珪之介，并以同郡晚輩身份晉謁胡銓於先；又以胡銓之介，而得晉謁張九成於後。

第四節　仕贛經驗

萬里仕贛三載，業績未詳。慶元六年，萬里七十四歲，〈與南昌長孺家書〉追述早年仕宦情況：

> 吾平生寡與，初仕贛掾，宂職一月，有所不樂，欲棄官去，
> 先太中怒撻焉乃止。〔註10〕

所云：「有所不樂」，其由未詳。或以不樂為吏，而喜白首竹林；〔註11〕或以贛掾事雜，難遂己志；或以縣學風頹，而有去意。〔註12〕唯三載以還，由於任職州戶掾，民事叢雜，接觸繁瑣，於風土民情之瞭解乃

〔註 9〕說詳下章，并參考〈交游考〉。
〔註10〕本集六七〈與南昌長孺家書〉。
〔註11〕本集七九〈達齋先生文集序〉。
〔註12〕本集七五〈贛縣學記〉。

最深刻。本集七五〈贛縣學記〉云：

> 贛之爲邦，其山聳而屬，其水湍以清。聳而屬，故其民果而挾氣；湍以清，故其俗激而喜爭。長民者曰化之難也，予則曰化之易。若之何其易也？彼其挾氣獨不可因之使果於義，彼其喜爭獨不可因之使激於節與名。

又本集七六〈章貢道院記〉云：

> 贛之爲州，控江西之上流，而接南粵之北垂，故里顓一路之兵鈐，而外提二境之戎昭，其地重矣。邑十而大，疆袤而阻，物夥而昌，其事叢矣。民毅而直，小詘必見於色，小伸即釋，可以義激，亦可以氣而愿，其俗古矣。地之重，事之叢，俗之古，故視邦選侯，比他郡惟難。

二段文字分別爲慶元二年及六年之追述，可視作萬里仕贛三載之具體經驗。洞悉民事，正是牧民之基礎要件。在長遠之仕宦生涯中，初仕戶掾，可視作萬里重視民事之開端。

第三章　永州零陵丞

第一節　一日而得張浚胡銓二師

本集八一〈順寧文集序〉云：

> 余紹興己卯之冬負丞永之零陵（湖南零陵縣治）。

又本集一二二〈新喻知縣劉公墓表〉云：

> 紹興二十有九年冬十月十有九日，萬里迎侍老親來吏零
> 陵，過湘江，遇公（劉廷直諤卿）於野店，驩甚。

萬里自贛掾秩滿，返南溪家居。紹興二十九年冬，自吉水迎侍老親
經湘江抵永州零陵，就縣丞任。其職掌一縣糧馬、徵稅、戶籍、巡
捕之事。官職雖卑，進士出身者多任此官，使之歷練民事，方能入
朝爲官。

在零陵任內，與萬里平生有密切關係者，爲以弟子禮謁見張浚與
胡銓。

先論晉謁二師之年月。崔譜以爲紹興二十九年己卯，萬里爲零陵
丞見張浚，劉譜延後一年，以爲在三十年，〔註1〕皆有失考。按羅大

〔註 1〕崔譜以爲萬里調零陵丞即往謁張浚，殆未加考證；劉譜則據《鶴林玉
露》所云：「數月乃得見」立論，殊不知羅大經所記未必可盡信。至
於夏譜竟言萬里之調零陵在紹興三十年，亦誤。

經《鶴林玉露》五云：

> 楊誠齋爲零陵丞，以弟子禮謁張魏公。公時以遷謫故，杜
> 門謝客。南軒（張欽夫）爲之介紹，數月乃得見，因跪請
> 教。

〈誠齋楊公墓誌〉云：

> 丞零陵時，張忠獻公謫居焉，勉先君以正心誠意之學。先
> 君佩服其言，遂以誠名其齋。

所記相同，并謂萬里晉謁張浚於永，唯未記年月。考本集一○○〈跋
張魏公答忠簡胡公書十二紙〉云：

> 紹興季年，紫岩謫居於永，澹庵居於衡，二先生皆六十
> 矣。……萬里時丞零陵，一日併得二師。

「季年」，此處蓋泛稱，并不專指紹興三十二年，蓋張浚三十一年十
月判潭州，三十二年經理兩淮，皆已不在永州。本集一一八〈胡公行
狀〉云：

> 二十六年（宜爲二十五年）檜卒，公（胡銓）量移衡州；
> 三十一年正月，公與忠獻公（浚）偕命自便。時忠獻公謫
> 零陵，公自衡造焉，館於讀易堂。

據此，三十一年正月，張浚胡銓并在讀易堂，萬里以弟子禮晉謁，即
在斯時斯地。本集二〈故少師張魏公挽詞三章〉其三云：

> 讀易堂邊路，曾聞赤鳥聲。
> 心從畫前到，身在易中行。
> 憂國何緣壽，思親豈欲生。
> 不應永州月，猶傍兩窗前。

即萬里緬懷師恩，追憶永州讀易堂往事，可作旁證。又按隆興元年冬
萬里有〈見澹菴先生舍人〉詩亦可爲旁證。詩云：

> 三歲別公千里見，端能解榻瀹春芽。[註2]

據此上推三年，即紹興三十一年，其謁胡銓以及張浚即在此時。時胡
銓年六十，張浚年六十五，并在讀易堂，故萬里題跋謂「二先生皆六

〔註 2〕本集二。

十矣！……萬里時在零陵，一日併得二師。」據此又知萬里仕贛，雖曾見胡銓，并未拜師，至是方以弟子禮晉謁。

　　次言晉謁談話內容及以「誠」名齋經過。萬里以弟子禮晉謁張浚於永，其訪談內容，萬里未作詳細之自記，唯曾請胡銓撰〈誠齋記〉，間述經過，爲最信實。《澹菴文集》一八〈誠齋記〉云：

　　盧陵楊侯廷秀，清白其家，學問操履，有角立傑出之譽，戰其藝場屋中丙科則喟然曰：時方味詔言，吾乃得志，得毋以詔求合乎則羞，前之爲更棟宏博之學以息剴補黥，於是呷其呫嗶，上規姚姒，下逮羽陵群玉之府，至於周桂魯壁汲冢泰山漢渠唐館之藏，奧篇隱衷，抉摘殆盡。沈浸醲郁，擷葩咀英，詞藻粲發，往往鈎章棘句，怪怪奇奇，可嘉可愕。業既成則又喟曰：是得毋類韓子所謂俳優者之辭耶。又盡棄其學而爲子思中庸之學，紹興戊寅丞零陵，乞言於大丞相和（魏）國公以鍵其志，公報以正心誠意之說。則又喟曰：夫與天地相似者非誠矣乎！公以是期吾，吾其敢不力，乃揭其藏修之齋而屬予記之。夫名生於實不足者，昔有以堯名其門者，又有以堯名其堂者，堯豈可幾及也哉？爲是名者，實不足也。茲齋之名毋乃浮於實乎？曰：不然！古者盤銘以德，不忘德也；罪銘以勤，不忘勤也。今將朝夕於是，以無忘公之忠誨而惟誠之思。夫誠可能也至爲難，誠而不至，便與天地不相思，名何有哉！故予畏名如畏虎，非畏名也，畏竊其名而實不至焉者也。然則侯之志篤矣。由是而充焉，豈止行一邑乎？吾知其去是邑而翱翔於承明也必矣，遂刻之石。

此記爲最早之實錄。記中所云張浚「報以正心誠意之說」爲萬里所敬服，後竟以「誠」名其齋，而請胡銓作記，以謹慎莊嚴其事；加以胡銓與張浚同受萬里以弟子之禮拜於讀易堂，最能詳悉其事，所記自可徵信。〔註3〕

　　　　　　　　　　　　　　　　　　　　　　　　　　
〔註3〕按記中所云萬里「戊寅丞零陵」，誤。

　　萬里卒後，長子長孺撰〈誠齋楊公墓誌〉，亦有簡略記述其父與張浚事及以誠名齋之經過：

> 丞零陵時，張忠獻公謫居焉，勉先君以正心誠意之學。先君佩服其言，遂以誠名其齋。厥後侍讀東宮，光宗皇帝嘗書二大字，用金裝以賜，海內咸稱先君為誠齋先生云。

此段記述，大抵依據胡銓〈誠齋記〉及本集九八〈跋御書誠齋二大字〉、〈跋御書御製梅雪詩〉。〔註4〕子記其父，所言亦必有據，自可采信。

　　稍晚有羅大經《鶴林玉露》五之有關記載：

> 楊誠齋為零陵丞，以弟子禮謁張魏公。公時以遷謫故，杜門謝客，南軒為之介紹，數月乃得見。因跪請教。公曰：元符貴人，腰金紆紫者何限，惟鄒志完、陳瑩中姓名與日月爭光。誠齋得此語，終身厲清直之操。

羅大經，宋廬陵人，距萬里時代甚近，又屬同郡，其書記述有關萬里事竟多達二十條。本條所記張、楊談話內容，未見胡銓記或萬里自述，其或據傳聞，真偽難辨，唯與事實並未違離，或另有所本。逮乎《宋史》本傳，亦有記載有關張、楊事：

> 時張浚謫永，杜門謝客，萬里三往不得見，以書力請，始見之。浚勉以正心誠意之學，萬里服其教終身，乃名其讀書之室曰誠齋。

《宋史》所記，除本諸本集以及胡銓〈誠齋記〉、楊長孺〈墓誌〉外，亦采羅大經《鶴林玉露》。

　　再次言張浚在永州論萬里詩問題。《鶴林玉露》一四載萬里丞零陵，有〈春日絕句〉，得張浚之賞識，評以「胸襟透脫」：

> 楊誠齋丞零陵日，有春日絕句云：梅子流（留）軟齒牙，芭蕉分綠上窗紗。日長睡起無情思，閒看兒童捉柳花。張

〔註4〕本集九八〈跋御書誠齋二大字〉云：「淳熙十三年三月十九日……皇帝陛下欣然索一大研命磨潘衡墨，染屠覺竹絲筆，乘興一揮『誠齋』二大字『贈待讀楊檢詳』六小字，識以清賞堂印。」同卷〈跋御書御製梅雪詩〉云：「今上皇帝陛下在東宮榮觀堂宴群僚日，既為臣萬里親灑宸翰，作誠齋二字，復書御製賞梅詩一首五紙。」

　　　紫岩見之曰：廷秀胸襟透脱矣。

按此說誤。後世學者如周汝昌氏竟采信以申述萬里詩之「透脱」則不免謬誤。〔註5〕按羅大經所引所謂〈春日絕句〉，原題實作〈閑居初夏午睡起二絕句〉。其一云：

　　　梅子留酸軟齒牙，芭蕉分綠與窗紗。
　　　日長睡起無情思，閑看兒童捉柳花。

其二云：

　　　松陰一架半已苔，偶欲看書又懶開。
　　　戲掬清泉灑蕉葉，兒童誤認雨聲來。〔註6〕

二絕句作於乾道二年丙戌，時作者丁憂家居，距隆興元年夏離零陵已然三年；而張浚卒於隆興二年八月，自未見此二絕句，遑論「透脱」之品評？

　　按乾道二年間，萬里作詩論詩，有朝「透脱」傾向，此二絕句作於是年夏季，已初吐先聲。中秋後，有〈和李天麟二首〉。其一云：

　　　學詩須透脱，信手自孤高。衣鉢無千古，丘山只一毛。
　　　句中池有草，字外目俱蒿。可口端何似，霜螯略帶糟。

其二云：

　　　句法天難秘，工夫子但加。參時且柏樹，悟罷豈桃花。
　　　要共東西玉，其如南北涯。肯來談簡事，分坐白鷗沙。〔註7〕

二詩以禪喻詩，寫出作者對學詩之看法，以為勤下工夫，不斷參究，自達「透脱」之境。「透脱」，原係宋儒之理想，期經生活之體驗，窮理致知以達至高無上之境界。就讀書言，則如《捫蝨新語》所云：「讀書須知出入法。始當求所以入，終當求所以出。見得親切，此是入書法；用得透脱，此是出書法。」就作詩言，則如《滄浪詩話》所云：「學詩有三節，其初不識好惡，連篇累牘，肆筆而成；既識羞愧，始生畏縮，成之極難；及其透徹，則七縱八橫，信手拈來，頭頭是道矣。」

<hr>

〔註5〕周註《楊萬里選集》：〈引言〉頁9～頁12。
〔註6〕本集三。
〔註7〕本集四。

（〈詩法〉）又如《養一齋詩話》二所云：「先愛敏捷，次必艱苦，終歸大適：學詩之三境也。」萬里〈荊溪集序〉亦有相近之說。

　　是年冬季，萬里免喪，曾一度至湖南長沙，見張欽夫、張定叟、劉恭文、甘彥和、侯彥周、吳伯承等，多有酬唱，其間有〈蜀士甘彥和寓張魏公門館用予見張欽夫詩韻作二詩見贈和以謝之〉五律二首。其一云：

　　　　說著岷江士，未逢眉已申。殷勤來相府，邂逅得詩人。

　　　　不是胸中別，何緣句子新。談今還悼昔，喜罷反悲辛。〔註8〕

所云：「不是胸中別，何緣句子新」即是「胸襟透脫」之印證。據此以觀，品評萬里〈閑居初夏午睡起〉詩「胸襟透脫」，或其時果有其事，而品評者或爲李天麟、甘彥和、張欽夫、張定叟、劉恭文、侯彥周、吳伯承等，然絕非張浚。羅大經殆據廬陵傳聞，以張浚盛名故而轉嫁；又以張浚與萬里關係始於永州零陵時期，而以詩誤繫其時，乃失之審考。

第二節　友於張栻張杓兄弟

　　楊萬里與張栻張杓兄弟有深厚之淵源與畢生之友誼。張栻，字欽夫，號南軒；張杓，字定叟，并爲張浚子。二人與萬里初識，當在紹興三十一年正月萬里仍丞零陵，以弟子禮謁張浚時期。羅大經《鶴林玉露》五載萬里之得謁張浚，乃由張栻之介紹并經數月方得見。羅氏所記未見他書，亦未見萬里自述，是否屬實可據，則甚難斷。倘果如其言，則萬里之得識張栻，在張浚之前。唯疑萬里之得謁張浚，或經胡銓之介紹，而張栻張杓兄弟隨侍父側，乃得以平輩交往。由於萬里得張浚之賞識與張浚得萬里之崇仰，影響所及，張氏兄弟與萬里之友誼，自始即有隆厚之基礎，日後滋養增進，遂成莫逆，終其畢生，未嘗或渝。

　　定交之後一月，萬里乃丞零陵，張氏父子仍在永州。時萬里與

〔註8〕同上。

張栻過從已密。本集四五〈和張欽夫望月詞〉序，略述其唱和情況：

> 欽夫示往歲五月詠歸亭侍坐大丞相望月詞。予於辛巳（紹
> 興三十一年）二月既望夜歸，讀書於誠齋。甲夜漏未盡二
> 刻，月出於東山，清光入窗，欣然感而和焉。

次年（紹興三十二年壬午），萬里〈跋張欽夫介軒銘〉：〔註9〕

> 欽夫之文清於氣而味永，吾見之多矣，而猶恨其少。讀此
> 銘詩欣然，殊慰人也。君子之於水木竹石，愛之與眾人豈
> 異也。眾人之愛水木竹石也，愛水木竹石而已矣。欽夫愛
> 唐氏之石而得乎介，又以其得而施及於唐氏，則其愛也，
> 水木竹石而已乎！有來觀者，其愛與欽夫同不同未可知
> 也。一笑而書其後，所以一笑者，予欲書而忘其書也。

按紹興三十二年張氏父子已離永州，而萬里仍在零陵丞任。二人在零陵交往約一年，自是各奔仕途，聚散頻數。考其零陵別後之聚合有：

（一）乾道二年多長沙南軒之集：是年冬萬里丁憂服除赴臨安，途經長沙，見張氏兄弟。張浚卒於隆興二年秋，張氏兄弟正居喪中，萬里之來訪，有悼念恩師，並慰問張氏兄弟之意。有〈見張欽夫二首〉、〈見張定叟〉。〔註10〕

（二）乾道七年臨安之會：是年春萬里就國子博士任，張栻任左司員外郎。二人並在臨安。三月以張說除簽書樞密院事，張栻在經筵極言不可，八年二月出知袁州，其間萬里極力抗疏留栻，並遺允文書，以和同之說規之。「栻雖不果留，而公論偉之」（《宋史》本傳）頗反映於公於私，萬里能忠能義，隆情厚誼在焉。計二人同列立朝，不過一年，且未有酬唱。

萬里與張栻畢生知己相交。萬里師事張浚，呼張栻為「友兄」，〔註11〕二人交游詳〈交游考〉。

〔註 9〕本集九八。
〔註10〕二詩并見本集四。據本集七二〈怡齋記〉，知是年參與南軒雅集者，除張氏兄弟外，尚有吳伯承、邢魯仲、侯彥周、劉炳先兄弟等。
〔註11〕本集六五〈與張嚴州敬夫書〉。

　　張栻弟杓，與萬里過從之密不若乃兄，然亦保持相當程度之友
誼。零陵別後，二人聚合有：

　　（一）乾道二年多長沙南軒之集（見前）。

　　（二）淳熙元年春嚴州之會：按是年萬里出知漳州，經嚴州，時
張杓通判嚴州。有〈雨裏問訊張定叟通判西園杏花二首〉（本集六）。

　　（三）淳熙十一年多至十三年臨安之會：按萬里淳熙十一年多抵
京就吏部員外郎，十三年爲樞密院檢詳。其間張杓知臨安，至十三年
秋，張杓赴瀟湘，萬里有〈送張定叟二首〉（本集二〇）。計臨安之會
約二年。

　　（四）紹熙元年，同列立朝：按是年萬里借煥章閣學士爲接伴金
國賀正旦使，兼實錄院檢討官，張杓爲刑部侍郎。萬里有〈記張定叟
煮笋經〉詩（本集二八）。十一月萬里漕江東，合計二人同列立朝未
及一載。

　　至於二人交游情況，亦詳〈交游考〉。

第三節　結識詩人蕭德藻

　　蕭德藻，字東夫，自號千巖居士，福建閩清人，著《千巖摘稿》。
萬里爲之作序，間述二人結識經過云：

> 吾友蕭東夫，余初識之於零陵，一語意合，即襆被往其館，
> 與之對床。時天暑，東夫詰朝欲蚤行。五鼓，東夫先起，
> 吹燈明滅，搔首若有營者，余亦起視之，蓋東夫作詩一章
> 以贈余別也。余即和以答賦，東夫喜曰：「定交如定婚，吾
> 與子各藏去一紙。」自是別去，各不相聞者十有六年。淳
> 熙丁酉，余出守毘陵，東夫丞龍川，相遇於上饒之西郊，
> 一揖而別。」〔註12〕

淳熙丁酉，上溯十六年，爲紹興三十一年，時萬里丞零陵，與德藻結
識即於其時。

〔註12〕　本集八一。

　　據張端義《貴耳集》卷上載，德藻曾學詩於曾幾。曾幾有《茶山集》，係最崇仰黃庭堅之詩人，并曾請益於韓駒與呂本中。劉克莊《後村大全集》九七〈茶山誠齋詩選序〉，方回《瀛奎律髓》一六〈陳與義道中寒食詩〉批語欲歸之入江西派。其詩風輕快，部份近體，鮮活不著力，已開楊萬里先聲。范晞文《對床夜話》二引德藻語：「詩不讀書不可爲，然以書爲詩不可也。」顯然欲掙脫江西派之窠臼，而另闢蹊徑，與萬里論詩雖未必盡同，然同欲擺脫江西派則一。二人初識，即「一語意合」殆由於此；德藻詩之得萬里賞識，亦由於此。

　　蕭、楊既以文字交，結識之後，酬唱在所不免，唯蕭詩集流傳不廣，〔註13〕散失亦多，清代雖經光聰諧〈有不爲齋隨筆〉之蒐集，〔註14〕然爲數不多，其和萬里歌詩亦已亡佚無存；至於萬里和德藻詩不過二首，并在永州零陵丞時所作，其一作於紹興三十二年初秋，題爲〈和蕭判官東夫韻寄之〉。乃初識別後之和作：

　　　湘江曉月照離裾，目送車塵至欲晡。

　　　歸路新詩合千首，幾時乘興更三吾？

　　　眼邊俗物只添睡，別後故人何似臞？

　　　尚策爬沙追歷塊，未甘直作水中鳧。〔註15〕

首二句力寫零陵曉別之情；頷聯問蕭何時乘興來訪。「三吾」，作者自註：「浯溪、浯臺、峿亭，永人語爲三吾。」此處代指永州；頸聯借李白戲杜甫故事以寄思念；末聯謙詞壯語，有積極之意義。其二作於隆興元年上元後，題爲〈武岡李簿回多問蕭判官東夫〉；乃問候之詩：

　　　客有來從天一隅，相逢喜問子何如。

　　　橘洲各自分馬首，湘水更曾烹鯉魚。

　　　心近人遐長作惡，離多合少可無書。

　　　得知安穩猶差慰，敢道韋郎跡也疎。〔註16〕

〔註13〕方回《瀛奎律髓》六。

〔註14〕見光聰諧《有不爲齋隨筆》卷丁。

〔註15〕本集一。

〔註16〕同上。

「離多合少」正是二人日後交遊之情況（詳〈交游考〉）計其零陵別後之聚合如下：

（一）淳熙四年丁酉，萬里出守毘陵，德藻丞龍川，相遇於上饒之西郊，赴任匆匆，一揖而別，〔註17〕其時在該年四月。〔註18〕

（二）淳熙六年己亥，萬里移廣東常平茶鹽，離毘陵，返吉水家居，尚未赴任，正值德藻秩滿歸，訪於南溪。

二人聚合可考者如此，至於書疏往還侯問及其他接觸則有：

（一）淳熙十二年萬里上〈荐士錄〉，向時相王淮荐德藻，以為德藻「文學甚古，氣節甚高，其志常欲有為，其進未嘗苟合，老而不遇，士者屈之。」〔註19〕

（二）淳熙十四年姜夔遊杭，經蕭德藻之介紹，袖書謁萬里。

（三）紹熙二年萬里駐金陵，遣騎以書候德藻，德藻寄詩一編曰《千巖摘稿》，萬里序之。

蕭德藻詩有名於時，萬里序其《千巖摘稿》云：

> 余嘗論近世之詩人若范石湖之清新，尤梁溪之平淡，陸放翁之敷腴，蕭千巖之工致，皆余之所畏者。

知當時萬里已將范、尤、陸、蕭並為四家，〔註20〕四人自隆興以來已享詩名，本集一一四〈詩話〉云：

> 自隆興以來，以詩名者，林謙之，范至能、陸務觀、尤延之、蕭東夫。

〔註17〕 同註 12。

〔註18〕 本集八有詩〈丁酉四月十日之官毘陵舟行阻風宿楓陂江口二首〉、〈舟次西徑〉、〈餘干泝流至安仁〉、〈宿小沙溪二首〉、〈玉山道中〉、〈入常山界〉……敘其之官旅程。「玉山」在上饒東北。楊、蕭之見於上饒西郊，殆在其時。時萬里東北行赴毘陵，德藻南行丞龍川（廣東龍川縣西北）。

〔註19〕 本集一一三。

〔註20〕 萬里除在〈千巖摘稿序〉中以四人並列外，本集三九〈謝張功父送近詩集〉、四一〈進退格寄張功父姜堯章〉；一一四〈詩話〉亦並稱之。姜夔〈白石道人詩集自敘〉引尤袤語，以范、楊、蕭、陸為四家。

四家之中，萬里結識德藻最早，後竟各以詩享名於當世，二人自結識
而深交，尤具更深一層之意義。

第四節　采石告捷之震撼與〈海䲡賦〉

　　關於采石戰役，較詳細之史料，有徐夢莘之《三朝北盟會編》與
李心傳之《建炎以來繫年要錄》；其次《金史》、《宋史》、《大金國志》、
《歸潛志》、《建炎以來朝野雜記》、《宋史記事本末》、《宋論》等亦有
記載。

　　按南宋與金百餘年之和戰歷史，大小戰役頗多，唯其間金人積極
欲一舉滅宋之戰爭有二：一為建炎二年之南侵；一為紹興三十一年海
陵之南侵。〔註21〕海陵，為金太祖完顏阿骨打庶長子遼王宗幹之次
子，生於天輔六年，漢名亮，年十八隨梁王宗弼南征，頗有戰功。熙
宗皇統四年為中京留守。自是干朝政、結黨羽，陰謀篡弒，自其為岐
王時，曾作詩曰：

　　蛟龍潛匿隱滄波，且與蝦蟆作渾和。

　　等待一朝頭角就，撼搖霹靂震山河。〔註22〕

已初見其南侵之意圖。《金史》一二九〈張仲軻傳〉云：

　　宋余康弼賀登寶位，且還，海陵以玉帶附賜宋帝曰，使謂
　　宋帝：「此卿父所常服，今以為賜，使卿如見而父，當不忘
　　朕意也。」使退，仲軻曰：「此希世之寶，可惜輕賜。」上
　　曰：「江南之地，他日當為我有，此置之外府耳。」由是知
　　海凌有南伐意。

〔註21〕　其後，金章宗之宋金戰爭，乃起於韓侂胄之北伐；至於宣宗雖有意
　　　　　南下，然并無滅宋決心。蓋自兀朮北還，海陵被弒，金人已不敢輕
　　　　　言南侵。

〔註22〕　《三朝北盟會編》二三一引。又《大金國志》一四云：「上遣施宜生
　　　　　往宋為賀正使，隱畫工於中，即敕密寫臨安之湖山城郭以歸。上令
　　　　　繪為軟壁，而圖已像策馬於吳山絕頂，後題以詩有『自古車書一混
　　　　　同，南人何事費車工；提師百萬臨江上，立馬吳山第一峰。』之詩
　　　　　句。」亦可見即位後尤積極南侵之蓄意。

又云：

> 朕（海陵）舉兵滅宋，遠不過二、三年，然後討平高麗、
> 夏國。

尤見其稱帝後之蓄意統一中國之野心，於是設計挑釁，激怒高宗，以
爲南侵之口實，如使王全見宋主，面數其罪，當殿侮宋，以達成其南
侵之目的。〔註23〕唯海陵南侵主張，除心腹張仲軻、李通等外，朝野
人士頗多反對者，如張浩，耶律安禮，孔彥舟、祁宰、耨盌溫敦思忠
等，或婉言勸阻，或直言諫諍。〔註24〕然海陵決意南侵，戰爭終不可
免。正隆六年（紹興三十一年）九月，金軍分七道大舉南侵。〔註25〕

在南宋應變方面，如工部侍郎沈介上封事論備戰之策，以爲征、
和、守三者之說歸於一，然後敵可備；〔註26〕何宋英上書指出時弊
〔註27〕等，皆顯示朝野對國是無比關切，時既無力征伐，守策又未
定，金兵南侵，其唯乞和。清代趙翼以爲高宗利害切己，量度時勢，
「和」乃對金出路之一。〔註28〕然自胡銓上封事以屈己求和爲大辱
後，就義理申說，志士仁人莫不以屈膝求和爲不可忍之事。逮乎王
全公然侮宋，敗盟之事已顯。侍御史汪澈云：

> 天下之勢，強弱無定形，在吾所以用之。陛下屈己和議，
> 厚遺金繒，而被輒出惡言，以撼吾國，若將唾掌而取，三
> 尺童子，無不痛憤。願陛下赫睿斷，置師江干，而專付閫
> 外之任，蓋兵上流，而增重荊襄之勢，渡勢淮甸，以守其
> 要害，嚴備海道，以過其牽制。然後以不共戴天之仇，在

〔註23〕 《建炎以來繫年要錄》一九○詳載王全侮宋內容。《金史》〈本紀〉
　　　　五亦略記其事。除王全侮宋爲明目張瞻之挑釁外，他如《大金國志》
　　　　一四載其託異夢，假手取江南；又如《金史》一二九〈張仲軻傳〉
　　　　載其納叛亡，盜買馬等，在在見其南侵意圖。
〔註24〕 見《金史》八三〈張浩傳〉、〈耶律安禮傳〉；七九〈孔彥舟傳〉；八
　　　　三〈祁宰傳〉；八四〈耨盌溫敦思忠傳〉。
〔註25〕 《金史》四四〈兵志〉、姚從吾〈金朝史講義〉第五講。
〔註26〕 《三朝北盟會編》二二六。
〔註27〕 《三朝北盟會編》二二七、二三○。
〔註28〕 趙翼《廿二史劄記》二六。

原之戚，下詔以告中外，將見上下一心，其氣自倍。幾會
之來，間不容髮，在陛下斷之而已。〔註29〕

於是高宗以金人無禮要脅，公然侮辱，乃決心備戰，下詔親征。詔中
有云：「輒因賀使，公肆嫚言，指求將相之臣，坐索漢淮之壤，吠堯
之犬，謂秦無人」，顯示大辱難忍，於是宋金御駕親征，戰爭終告爆
發。面對金人號稱百萬之大軍，宋人分十一路駐守抗敵；〔註30〕而一
時忠義之士，激於愛國熱情，紛起抗金，〔註31〕而陷於中原義民，亦
分中原、山東、淮北，暴起於敵後。〔註32〕然「自戊午（紹興八年）
講和，以至於今二十餘年，朝政不綱，兵備弛廢，國勢衰弱，內外空
虛。近歲以來，天啓聖心，稍加振理，始復早有條緒。然宿弊已深……
任國政者，不聞有寇忠愍之謀，典宿衛者，不聞有高烈武之請，使諸
將惰心，六軍解體。」〔註33〕楊萬里曾於慶元間〈答虞祖禹兄弟書〉
中，追憶當年在零陵所聞所感：

先是紹興辛巳（三十一年），某爲零陵丞，其冬逆亮大舉入
寇，傳聞朝廷將有浮海避狄之議，同官相顧，皆無人色。
某與妻子自分無地措足，此不足道也，而二親亦相顧無
色。……〔註34〕

據是知南宋朝野抗敵之勝算機會，實極渺茫。時金主亮大軍臨采石，
別以兵爭瓜州。南宋以劉錡爲江淮浙西制置使，屯揚州。金人留精
兵阻之，別以重兵入淮西，大將王權不從錡節制，不戰而潰，首棄
廬州，退屯和州，又退守揚州，錡亦還鎮江。金兵陷滁州，高宗欲
航海，陳康伯力贊親征，樞臣葉義問督江淮軍，虞允文參謀軍事。

〔註29〕　《建炎以來繫年要錄》一九〇。
〔註30〕　《三朝北盟會編》二二九載：吳璘駐成都，姚仲駐漢州，王彥駐安
　　　　　康、吳拱駐襄陽、李通駐江陵、田師中駐武昌，戚方駐潯陽、李顯
　　　　　忠駐池陽、王權駐建康、劉琦駐京口，李寶守海道江陰軍。
〔註31〕　《宋史記事本末》七四〈金亮南侵〉。
〔註32〕　尚重濂撰〈兩宋之際民眾抗敵史研究〉，《新亞學報》第五卷第二期。
〔註33〕　《朱子大全集》二四。
〔註34〕　本集六七。

金主率大軍，臨采石磯，臨江築壇祭天，而別以兵攻瓜州，謀取建業。宋命李顯忠代王權，命虞允文往蕪湖促顯忠接收權軍，並犒師采石。及允文至，則權已去，顯忠未至，而敵騎充斥，宋師三五星散，解鞍束甲坐於道旁，皆權敗兵。允文立召諸將，勉以忠義。並曰：「金帛誥命皆在此，以待有功。」眾因請出戰。金舟第一批抵南岸七十艘，直薄宋軍，宋軍殊死抵抗，中流駐軍以海鰍船衝敵船，皆平沈，會有潰軍自光州至，允文授以旗鼓，使從山後轉出爲疑兵助威。金兵敗績。允文因大犒將士，部份將領沿流截擊，捷報再傳，人心大振，史稱「采石之捷」。〔註35〕海陵受挫之餘，欲移師揚州重圖大舉，然前阻於長江天險，後有金世宗獨立遼陽之憂，糧運不繼，軍心渙散，內潰瓜州，海陵終爲諸將所弒。金軍北還，宋人得以喘息。綜觀海陵之敗，一以「空國以圖人國」〔註36〕之戰略錯誤；二以金世宗自立，軍心浮動；而尤要者，爲虞允文采石之捷，使金兵士氣瓦解；憑險而守，使金兵無法橫渡。楊萬里曾強調采石之役舟師勝利之意義：

> 南北各有長技，若騎、若射，北之長技也；若舟、若步，南之長技也。……當時（紹興末）山東之功，采石之功，不以騎也，不以步也，舟焉而已。當時舟勝則勝矣。〔註37〕

虞允文一戰成名，采石之捷，造成海陵失敗與被弒。李心傳云：「采石之役，若非虞允文身在兵間，激勵諸將；則將士潰亡之餘，將鳥奔獸散之不暇。使敵人一渡江，則大事去矣。」〔註38〕允文采石之捷，使宋得維於不敗而偏安百餘年，其功不僅係戰果之大小，而在於一介書生，以大無畏之精神，肩負不必負之責任，故當時朝野上下，自引起無比之震撼。萬里因作〈海鰍賦〉以賦其事。并作序云：

〔註35〕 見《宋史》三八三〈虞允文傳〉，本集一二○〈虞公神道碑〉，《要錄》一九○至一九七。
〔註36〕 《金史》：〈海陵記〉。
〔註37〕 本集六二〈上壽皇論天變地震書〉。
〔註38〕 《要錄》一九四。

　　紹興辛巳，逆亮至江北，掠民船，指麾其眾欲濟。我舟伏於
　七寶山後，令曰：「旗舉則出江！」先使一騎偃旗于山之頂，
　伺其半濟，忽山上卓立一旗，舟師自山下河中兩旁突出大江，
　人在舟中，踏車以行船；但見船行如飛，而不見有人。虜以
　為紙船也。舟中忽發一霹靂礮；蓋以紙為之，而實之以石灰
　硫黃；礮自空而下，落水中，硫黃得水而火作，自水跳出，
　其聲如雷；紙裂而石灰散為煙霧，眯其人馬之目，人物不相
　見。吾舟馳之，壓賊舟，人馬皆溺，遂大敗之云。〔註39〕

略述水戰情況，賦中以牙斯比擬完顏亮，寫其寇邊飲馬，斷流投鞭之
豪壯及「斃於瓜步之棘叢」之經過，并歸結論云：「因觀蒙衝、海鰌
于山趾之河汭，再拜勞苦其戰功；惜其未封以下瀨之壯侯，冊以伏波
之武公。抑聞之曰：在德不在險，善始必善終。吾國其勿恃此險，而
以仁政為甲兵，以人才為河山，以民心為垣墉也乎！」采石告捷之震
撼，予人啓示良深：與敵求和，猶與虎謀皮，終不可恃；長江采石，
形勢險要，然敵軍投鞭足以斷流，亦不可恃。故萬里以為「勿恃此險，
而以仁政為甲兵，以人材為河山，以民心為垣墉。」唯有上下一心，
共赴國艱，修守戰之備，以實邊防，方是保國衛民之策。此一觀念，
自萬里從王庭珪受業以來，即受反秦檜反和議政策之影響，復經胡
銓、張九成、張浚等前輩之主戰反和之經歷及觀念影響，其念乃深，
及至采石之捷，尤得證驗。此一觀點乃成萬里對金之不二政見，至其
終老，未嘗或易。由於愛國憂國之情，而際此強敵窺伺之局勢下，萬
里不時表現其關切，如紹興三十二年夏，金兵發兵數萬圍海州，鎮江

〔註39〕　本集四四。按紹興三十一年十一月宋人在瓜州采石抗金勝利，為宋
　　　　人最喜誇張之戰役。宋詩中詠此戰役最詳者，莫過於員興宗《九華
　　　　集》二〈歌兩淮〉。員興宗嘗任國史編修官，有《采石戰勝錄》（〈紹
　　　　興采石大戰始末〉）收入《九華集》。此外宋人所記采石戰役尚多，其
　　　　較著者除《建炎以來繫年要錄》、《三朝北盟會遍》外，有《正隆事
　　　　跡記》、《煬王江上錄》、《中興遺史》、《中興小記》、《揮麈錄》、《采
　　　　石斃亮記》、《中興禦侮錄》、《金人敗盟記》等。萬里〈虞公神道碑〉
　　　　（本集一二〇）亦詳其事。

都統制張子蓋，幸得張浚指示，敗金於石湫堰。冬，金兵十萬屯河南，進窺兩淮，張浚以大軍屯駐盱眙、泗、濠、廬州等地，金兵雖未進擊，但索割海、泗、唐、鄧、商等地。國防在危急間，強敵伺隙即犯，有責任感之詩人自然發乎詩章。萬里有〈曉立普明寺門，時已過立春，去除夕三日爾，將歸有歎〉云：

> 催科不拙亦安出，吾民瀝髓不濡骨。
>
> 邊頭犀渠未晏眠，天不雨粟地流錢。（卷一）

關切邊防之安全與民生因戰爭所付出之龐大代價，於此可見一斑。

第五節　壬午焚詩與零陵存稿

　　宋樓鑰《玫瑰集》二〈送楊廷秀秘監赴江東漕〉云誠齋詩「一官定一集，流傳殆千卷。」元方回《瀛奎律髓》一〈登覽類〉云：「誠齋詩一官一集，每一集必變。」時人或後人皆以為萬里詩求變與多變。而求變之始，蓋自壬午之焚詩。本集八〇〈江湖集序〉云：

> 予少作有詩千餘篇，至紹興壬午七月皆焚之，大概江西體也。今所存曰《江湖集》者，蓋學後山及半山及唐人者也。予嘗舉似舊詩數聯於友人尤延之，如「露窠蛛卹緯，風語燕懷春」；如「立岸風大壯，還舟燈小明」；如「疎星煜煜沙貫日，綠雲擾擾水舞苔」；如「坐忘日月三杯酒，臥護江湖一釣船」。延之慨然曰：「焚之可惜」，予亦無甚悔也。

又〈荊溪集序〉云：

> 予之詩始學江西諸君子，既又學後山五字律，既又學半山老人七字絕句，晚乃學絕句於唐人。學之愈力，作之愈寡。

又〈南海詩集序〉云：

> 予生好為詩，初好之，既而厭之，至紹興壬午，予詩始變，予乃喜，既而又厭之。

壬午，即紹興三十二年，據萬里序知其所焚少作有千餘篇，大概為江西體，顯示萬里三十六歲以前，囿於時代詩風，全然係江西派之崇慕及追求者。其毅然焚稿，顯示企圖創造之意念與決志。然詩之改變，

常經漸進途徑。讀其《江湖集》，仍不難發現其學江西之痕跡。如本集一〈涉小溪宿淡山〉：

> 徑仄愁斜步，溪深怯正看。破船能不渡，晴色敢辭寒。
>
> 白退山雲細，青還玉宇寬。險艱明已濟，魂夢未渠安。

詩中生澀瘦硬，仍然江西餘風。萬里生平服膺黃山谷詩，[註40] 其詩話亦屢稱賞山谷詩法，其入江西門徑之深，自可想見。壬年焚詩之後，萬里欲拋棄模擬江西，轉而模擬王安石與陳師道。王安石詩特立獨行，有一己之格調；陳師道雖爲江西派中人，而能自創詩格。萬里擬經此一途徑以求變新。壬午癸未二年於零陵詩中，亦頗見其求新求變之心態：

（一）取第眞成漫，言良獨奇新。（卷一〈送施少才赴試南宮〉）。

（二）誰爲君王供帖子，丁寧綺語不須工。（卷一〈立春日有懷〉）
　　　—— 以上壬午詩。

（三）誰謂陳三（后山）遠，犪張下筆親。（卷一〈仲良見和再和謝焉〉）

（四）意得翻難雋，聲希只自奇。（卷一〈和司法張仲良醉中論詩〉）—— 以上癸未詩。

　　就實踐上亦顯示其模擬之新路。例如：卷一〈立春日有懷〉：「一杯嚥下少陵詩」，擬陳師道「酌我岩下水，嚥子山中篇。」又如同卷〈除夕前一日歸舟夜泊曲渦市宿治平寺〉：「冷膓凍壁更成眠」，擬陳師道「冷窗凍壁作春溫」。又如同卷〈和仲良春晚即事〉：「我語眞彫杇，君詩妙斲泥。」擬陳師道「平生斲泥手，斤斧恐長休。」皆爲明證。萬里自謂「學之愈力，作之愈寡」，計自壬午焚詩後，開始存稿，六年間集成《江湖集》五百八十二首，而壬午初秋至除夕，得四十三首，癸未上元至夏四月，得四十九首。總計萬里零陵存詩凡四季，得九十二首。就量而言，堪稱豐碩；就內容言，亦頗繁富。

〔註40〕 本集四〈和李天麟〉、〈秋懷〉、七〈燈下讀黃山谷詩〉、三八〈書黃盧陵伯庸詩卷〉。

萬里零陵存詩，試圖棄江西、創新局；《誠齋集》中早期作品已有努力之成果，然江西畢竟爲一大宗派，其影響所及，根除不易。如萬里六十之後，竟爲江西派總集作序，增補呂本中宗派圖以爲江西續派，并比喻爲南宗禪。〔註41〕就詩言，早期如卷一〈和張仲良春晚即事〉，晚期如卷三九〈足痛無聊塊坐讀江西詩〉亦是明證。林希逸《竹溪鬳齋十一稿》《續集》一二〈陳子寬詩集序〉論萬里自言焚棄少作千首，爲棄江西以求新路云：「然觀公見行諸集，此等句既變之後，未嘗無之。豈變其無可變者，其不可變者終在耶？」洵爲知音。

第六節　〈浯溪賦〉借古喻今

楊萬里有〈浯溪賦〉，云：

> 予自二妃祠之下，故人亭之旁，招招漁舟，薄游三湘。風與水其俱順，未一瞬而百里。欸兩峰之際天，儼離立而不倚。其一怪怪奇奇，蕭然若仙客之鑑清漪也；其一寒寒諤諤，毅然若忠臣之蹈鼎鑊也。怪而問焉，乃浯溪也。蓋峿亭峙其南，峿臺歸其北；上則危石對立而欲落，下則清潭無底而正黑；飛鳥過之，不敢立跡。予初勇於好奇，乃疾趨而登之；挽寒藤而垂足，照衰容而下窺。忽焉心動，毛髮森豎；乃躓故步，足至水滸；剝苔讀碑，慷慨吊古。（本集四三）

按「二妃祠」「故人亭」皆在永州零陵。「浯溪」「峿亭」「峿臺」永人語爲「三吾」，〔註42〕本皆唐人元結「旌吾獨有」之意，而於「吾」字，增以偏旁，創爲形聲字。〔註43〕浯溪，在永州祁陽縣南五里，山溪匯集，風景奇勝。元結遂卜居之；又在其南建峿亭，其北築峿臺。有〈大唐中興頌〉磨崖碑遺跡。元結〈中興頌〉，頌揚唐肅宗中興唐室於表，而譏刺其奪明皇帝位於裏。明瞿佑《歸田詩話》云：「元次

〔註41〕 本集七九〈江西宗派詩序〉、八三〈江西續派二曾居士詩集序〉及三八〈送分寧主簿羅寵材〉。
〔註42〕 本集一〈和蕭判官東夫韻寄之〉自註。
〔註43〕 元結〈峿臺銘〉、〈峿亭銘〉。

山作〈大唐中興頌〉，抑揚其詞以示意，磨崖顯刻於浯溪上；後來黃魯直、張文潛皆作大篇以發揚之，謂肅宗擅立，功不贖罪。繼其作者，皆一律。識者謂此碑乃唐一罪案爾，非頌也。」萬里丞零陵，遊浯溪，「剝苔讀碑，慷慨弔古」，則此賦之作在記遊之外，並寓弔古深情。賦中以唐玄宗影射宋徽宗，以唐肅宗影射宋高宗，借古史諷時勢，疑作於采石之捷前後。

萬里〈浯溪賦〉與范成大〈館娃宮賦〉皆一時齊名傳誦之作，後世亦十分稱賞。宋岳珂《桯史》三云：

> 靈巖中宮為蘇永勝概，弔古者多詩之，近此王義豐、楊誠齋為之賦，植意卓絕，脫去雕篆哇吟，余得之王英伯，錄藏焉。義豐賦館娃曰（文略）。誠齋賦浯溪曰（文略）。義豐賦中稱先生，蓋時從范石湖成大游。誠齋則以環轍湘衡，過顏（平原）元（次山）碑下耳。二地出處本不倫，筆力到處，便覺夫差、肅宗無所逃罪，獨恨管子趨霸之說不可以訓，如為唐謀則忠。今兩刹中皆無此刻，而醒夢複語往往滿壁間云。

洎乎元明二代，復有評論。元劉壎《隱居通議》四云：

> 誠齋先生楊文節公萬里嘗作古賦，然其天才宏縱，多欲出奇，亦間有以文為戲者，故不錄。惟〈浯溪賦〉言唐明皇父子事體，厥論甚富，因錄其詞曰（文略）。誠齋此賦，出意甚新，殆為肅宗分疏者。靈武輕舉，貽笑後代，其議議千人一律，而此賦獨能推究當時人情國勢，宛轉辨之，犁然當於人心，亦奇已。結語乃步驟〈後赤壁賦〉：「門戶視之，不見其處。」亦本唐人〈湘靈鼓瑟詩〉：「曲終人不見，江上數峰青。」中間有曰：「觀馬嵬之威垂，渙七淬之欲離；殫尤物以說焉，僅平達於巴西。」此四句形容最妙。

明瞿佑《歸田詩話》云：

> 元次山作〈大唐中興頌〉，抑揚其詞以示意，磨崖顯刻於浯溪上。後來黃魯直、張文潛皆作大篇以發揚之，謂肅宗擅立，功不贖罪。繼其作者皆一律。識者謂此碑乃唐一罪案

爾，非頌也。惟石湖范至能八句云：「三頌遺音和者稀，形
容豈有刺激辭。絕憐元子春秋法，卻寓唐家清廟詩。歌詠
當諧琴搏拊，策書自管璧瑕疵。紛紛健筆剛題破，從此磨
崖不是碑。」然誠齋楊萬里〈浯溪賦〉中間云：「天下之事，
不易於處，而不難於議也。使夫謝奉策於高邑，稟重巽於
西帝，違人欲而圖功，犯眾怒而求濟，則夫千麾萬旒者，
果肯為明皇而致死耶？」其論甚恕。

按〈浯溪賦〉上承北宋歐陽修、蘇軾一脈，散體行文，韻腳時藏於句
尾虛字，流利自然，不著痕跡。劉壎所云：「步驟後赤壁賦」，已略有
所見。〈浯溪賦〉為萬里借古諷今之成功傑作，述唐於表，說宋於裏，
而重點則在議論，以抒己見：

惟彼中唐，國已膏肓；匹馬北方，僅獲不亡。觀其一過不
父，日殺三庶，其人紀有不斁矣夫！曲江為籠中之羽，雄
狐為明堂之柱，其邦經有不蠹矣夫！水、蝗稅民之畝，融、
堅椎民之髓，其天人之心有不去矣夫！雖微祿兒，唐獨不
實厥緒哉？觀馬嵬之威垂，渙七萃之欲離；殫尤物以說焉，
僅平達於巴西；吁不危哉！嗟乎！齊則失矣，而楚亦未為
得也。靈武之履九五，何其亟也？宜忠臣之痛心，寄《春
秋》之二三策也。雖然天下之事，不易于處，而不難於議
也。使夫謝奉冊於高邑，稟重巽於西帝；違人欲以圖功，
犯眾怒而求濟；天下之士，果肯欣然為明皇而致死哉？蓋
天厭不可以復祈，人潰不可以復支；何哥舒之百萬，不如
李郭千百之師？推而論之，事可知矣。且士大夫之捐軀以
從吾君之子者，亦欲附龍鳳而攀日月，踐台斗而盟帶礪也。
一復莅以耄荒，則夫一呼萬旒者，又安知其不掉臂也耶？
古語有之：投機之會，間不客褻。當是之時，退則七廟之
忽諸，進則百世之揚觶；嗟肅宗處此，其實難為之。

此段文字議唐玄宗朝之亡有三因：（一）「一過不父，日殺三庶」，玄
宗耄荒，納子壽王李瑁婦楊貴妃，故云不父；又誣太子李瑛、鄂王李
瑤、光王李琚有異謀，於開元二十五年廢為庶人，天下冤之。故萬里

云：「其人紀有不斁矣夫！」（二）「雄狐爲明堂之柱」。「雄狐」指楊
國忠，終爲李林甫所結納，助紂爲虐，官至宰相後，朝政日衰，逼反
安祿山，致哥舒翰於敗亡，終爲陳玄禮率軍士殺死於馬嵬驛。其人得
政，而張九齡則如匣中之扇，棄置不用，良可痛惜，故萬里云：「其
邦經有不蠱矣夫。」（三）玄宗朝水災、蝗災嚴重，〔註44〕加以宇文
融、韋堅搜括民財，取悅皇帝，未能天聽自我民聽，故萬里云：「其
天人之心有不去矣夫。」基於上述原因，玄宗朝之敗已顯，故萬里云：
「雖微祿兒，唐獨不霣厥緒哉？」終於玄宗幸蜀，肅宗即位靈武，事
在「不易于處」，玄宗已敗，「天厭不可以復祈，人潰不可以復支。」
至於肅宗則人心所向，故「哥舒之百萬，不如李郭千百之師」，勝與
敗實基於人心之向背，且值「投機之會，間不客樣」之際，退則唐亡
而七廟忽諸，進則唐得以興，而百世揚觶，然譏評多有，其事之不公
平如此。二者選擇，萬里以爲肅宗即位，其時其地，方能維繫中外人
心，繼唐阼於不墜。萬里此賦議論，一反元次山、黃魯直、張文潛以
來以爲「肅宗擅立，功不贖罪」之見，藉以影射并肯定宋高宗即位臨
安，以爲「一復菹以毫荒，則夫一呼萬旟者，又安知其不掉臂也耶！」
若高宗不即位以維宋朝殘局並謀中興，天下志士誰復爲領袖？萬里之
論，確能大處著眼，注重政治之現實，論斷洵稱公允。此賦之能名於
當時，或即緣於其觀點已獲普遍認同，而不啻文章之華采而已。

〔註44〕　《唐書》〈五行志〉載開元十四年天下十五州水災；十五年秋，天下
　　　　十三州大水；又載開元三年，河南河北蝗災，四年山東蝗災，二十
　　　　五年貝州蝗災。

第四章　除臨安府教授未赴

第一節　符離潰敗詩人愁邊

　　孝宗隆興元年，萬里零陵丞秩滿，交接之後，夏四月爲避同寮追送之勞，留二絕簡諸友，「半夜猶聞郡樓鼓，明朝應失永州山」，〔註1〕乘夜離別零陵，經由水路舟行，泊冷水浦，〔註2〕又陸路車行憩連嶺店，〔註3〕早行夜宿，〔註4〕安抵吉水南溪，以待人事命令之發佈。家居間，生活恬淡安靜，偶與親朋往還，〔註5〕並不時留意國家大事。

　　家居時期正值宋孝宗新立，帝起用老臣宿將，手書召見當時判建康府之張浚。張浚力陳和議之非，期圖恢復。孝宗加張浚以少傅，封魏國公，除江淮宣撫使。改元隆興後，進張浚爲樞密使，都督江淮，開府建康。四月召見，定北伐大計，出師渡江。適值李顯忠、邵宏淵二將來獻進取之策，張浚遂遣顯忠出濠州，宏淵出泗州。一月之間，連復靈璧、虹縣、宿州，金兵大敗，一時人心振奮，中外鼓舞，義兵降卒紛紛來歸。既而金以十萬兵來攻宿州，顯忠、宏淵二將因私憾不合，致宿州失陷，

〔註1〕本集二〈夜離零陵以避同寮追送之勞留二絕簡諸友〉，癸未詩。
〔註2〕本集二〈泊冷水浦〉。
〔註3〕本集二〈憩連嶺店〉。
〔註4〕本集二〈早行見螢〉。
〔註5〕如本集二〈新居蒻芳〉、〈送茉莉與慶長叔〉諸詩。

大軍並丁夫等十三萬眾，一夕大敗於宿州北符離集（安徽宿縣北），器甲資糧，委棄殆盡。張浚時在盱眙，亟渡淮入泗，已而復退維揚，奏乞致仕，又乞遣使求和。孝宗怒曰：「方敗而求和，是何舉措？」於是下詔罪己，云：「朕明不足以見萬里之情，智不足以擇三軍之師，號令既舛，進退失律。浚與諸將貶竄有差。」事在是年六月四日。

　　符離之潰，南宋興圖恢復之計，因此一蹶不振。主和議者引為藉口，大肆抨擊張浚。孝宗乃罷張浚都府，進用湯思退作宰相，盡撤邊防，割地求和，消息傳來，愛國志士無不痛惜。萬里聞之，以主戰與復者之志受挫，而和議者之聲高漲，藉〈讀罪己詔〉（本集一）抒其無限感懷。詩云：

　　　　莫讀輪臺詔，令人淚點垂。
　　　　天乎容此虜，帝者渴非熊。
　　　　何罪良家子，知他大將誰。
　　　　願懲危度口，倘復鴈門踦。（其一）
　　　　亂起吾降日，吾將強仕年。
　　　　中原仍夢裡，南紀且愁邊。
　　　　陛下非常主，群公莫自賢。
　　　　金臺尚未築，乃至羨強燕。（其二）
　　　　只道六朝窄，渠猶數百春。
　　　　國家祖宗澤，天地發生仁。
　　　　歷服端傳遠，君王但側身。
　　　　楚人要能懼，周命正惟新。（其三）

其一借漢武帝之〈哀痛詔〉，[註6] 比擬宋孝宗之〈罪己詔〉，并指出孝宗渴望賢臣佐國，然時相史浩力阻北伐，不足輔佐中興。符離潰敗，在李邵二人之不和，至於宋金大將之比，張浚不弱於金。故勸孝宗宜以高宗當年倉皇南渡為戒鑒，並寄望恩師張浚重建中興信心。其二作者自云降生以還已近四十，而靖康之恥未雪，中原未復，南紀半壁又岌岌可危，因而讚美孝宗之積極恢復，期望主和群僚，宜以國家為重，

〔註 6〕《漢書》〈西域傳〉。

勿自為身謀，并以為金不足羨，不必畏而求和。其三規諫孝宗處身反側，推行善政；并期幡然改變求和之政策。若信心不堅，而下詔罪己，救國尤艱，宜警惕謹慎，力圖復興。

符離潰敗後，未幾，萬里赴調臨安府教授，〈路逢故將軍李顯忠以符離之役私其府庫士怨而潰謫居長沙〉（本集二）詩云：

> 貪將如中使，兵書不懼今。
> 只悲熊耳甲，誰怨裹蹄金。
> 賈傅奚同郡，朱游獨折心。
> 書生何處說，詩罷自長吟。

按《宋史》載符離一役，宋軍大敗，金人獲甲三萬，南宋軍資器械，喪失殆盡，而李顯忠軍敗，還見張浚，納印待罪，責授果州團練副使，筠州安置，改潭州安置。在兵敗期間，有關顯忠之傳言不少，《清波雜志》據〈符離記〉載：隆興改元夏，符離之役，王師入城，點府庫，有金一千二百兩，銀二萬兩，絹一萬二千匹，錢二萬五千貫，米豆共萬餘石，布袋十七萬條。《續宋中興編年資治通鑑》云：「宏淵與顯忠不相能，而顯忠又私以其金帛，不以犒士，士憤怨，遂潰而歸。」可見其時中傷顯忠之傳言甚盛，人云亦云，真偽莫辨。萬里處於其時，亦不免受影響，而有「朱游獨折心」，以朱雲請斬敗將佞臣為比，並有書生無助與自作自吟之歎，認定顯忠自飽私囊之劣行。考顯忠事，時議不一。《宋史》〈李顯忠傳〉敘符離之役，不幸為邵宏淵掣肘，以致潰敗；而犒士之事誣顯忠自飽私囊，亦出於宏淵挑唆。又按淳熙十五年萬里撰〈丞相太保魏國正獻陳公（俊卿）墓誌銘〉（本集一二三）云：「……顯忠等已進破宿州，虜亦大發河南之兵以來。顯忠孤身鏖戰城下，自朝及昃，殺傷過當，虜氣懾焉。中興以來，王師之捷，鮮有此舉。會夜雨不相知而驚，虜潰而北，我師潰而南。而流言以為我師大失利，虜且乘勝而至，主和議者又侈其說以搖眾……其實所亡失財（才）數千人。」此墓誌銘撰於顯忠事件大白之後，自可相信。顯忠自謫潭州，後移撫州，乾道元年還會稽，進上將軍，賜第於杭州，

顯見朝廷明白眞相。而萬里路逢顯忠時，正值流言最盛之際，乃對敗軍之將多所指責，蓋兵敗心態，人所雷同。赴杭途中，〈道逢王元龜閣學〉（本集二），萬里有詩云：

> 秋日纔升卻霧中，先生更去恐群空。
> 古誰云遠今猶古，公亦安知世重公。
> 軒冕何緣關此老，江山所過總清風。
> 我行安用相逢得，不得趨隅又北東。

按張浚爲都督，興師北伐，王元龜（大寶）極力支持。及至符離潰敗，謗議紛然。湯思退主和議，欲罷張浚，元龜仍支持主戰，於是引去。元龜主戰與萬里相和，故詩行之間表露欽佩元龜之高風亮節，不與奸佞同流，並對孝宗於符離一役後，意志動搖，任用湯思退之和議，不禁憤慨沮喪與感慨。

第二節　張浚舉荐赴調臨安

萬里零陵丞時期，以弟子禮謁張浚，浚報以正心誠意之學。自是，受知於張浚。隆興改元，張浚除樞密院，都督建康，萬里在永，師徒二人仍保持聯繫。〔註7〕張浚入相，正值萬里秩滿，乃荐舉之。未幾，除臨安府教授，〔註8〕於中秋前告別親朋，〔註9〕赴杭就任。自吉水出發，途經建安寺、大櫟壚、白沙渡、新塗、泊樟鎮、堆錢嶺、楊塘店、長林、東塘（江西地盡於此）、〔註10〕沙溪、張家店、蔣蓮店、楓平、下梅、度息、廟山、龍頭山，終抵臨安。每至一地，萬里有詩記行，或記風景，或敘情懷，而〈宿度息〉一首，最能代表其時心境：

〔註7〕本集四九〈賀張丞相判建康啓〉、〈賀張魏公少傅宣撫啓〉、〈賀張丞相除樞使都督〉。本集一一五〈張魏公傳〉。

〔註8〕本集四九〈謝張丞相荐舉書〉、〈除臨安府教授謝張丞相啓〉，《宋史》本傳。

〔註9〕本集二〈中秋前兩日別劉彥純彭仲莊于白馬山下〉、〈赴調宿白沙渡族叔文遠攜酒追送走筆取別〉。

〔註10〕本集二〈午憩東塘近白干江西地盡于此〉：「欲行猶小駐，咫尺便他鄉。」

薄雲翳佳月，風爲作金篦。

我行以事役，雲行亦忙爲。

如何今夕寒，只與客子期。

忘情豈我輩，能禁秋興悲。

短檠不解事，喚我哦新詩。〔註11〕

既抵臨安，萬里首往拜會正任中書舍人之恩師胡銓。師徒自零陵一別，已然三載，其〈見澹菴胡先生舍人〉（本集二）云：

澹翁家近醉翁家，二老風流莫等差。

萬帽朱耶飽煙雨，白頭紫禁判鶯花。

補天老手何須石，行地新堤早著沙。

三歲別公千里見，端能解榻瀹春芽。

品茗敘舊，無限歡欣。〔註12〕詩中於東道主人胡銓任中書舍人一職，甚表不平。中書舍人，主文翰之事，草制誥，簽判諸房文件，而胡銓愛國之臣，自紹興戊午上高宗封事，已名聞中外，當給與大任，以治危邦，扶亂世。胡銓爲萬里畢生崇仰之恩師，於其剛介與清高之情操，推崇備至，故寄望乃深。

　　胡銓之外，恩師王庭珪時任國子監主簿，乃並訪之。〔註13〕未幾，庭珪南歸，萬里有詩送之，有云：

瀘溪在山不知年，瀘溪出山即日還。

黃紙苦催得高臥，青霞成癖誰能那。

詔謂先生式國人，掉頭已復煙林深。

路旁莫作兩疏看，老儒不用橐中金。〔註14〕

庭珪爲南宋著名詩人，萬里年十七拜其爲師，自聞胡銓戊午上高宗封事事件而景仰於庭珪朋友之義，慷慨直言，特立獨行，不畏權貴之人格風貌，〔註15〕故詩中乃隱約表露。時萬里三十七歲，而庭珪八十四

〔註11〕赴杭途中紀行詩，見本集二。

〔註12〕本集二〈澹菴座上觀顯上人分茶〉。

〔註13〕本集二〈爲王監簿先生求近詩〉。

〔註14〕本集二〈送王監簿民瞻南歸〉。

〔註15〕詳〈交游考〉。

歲，相交二十載，感情深摯自非尋常。

除胡銓、庭珪爲舊識外，萬里藉未就任前，結識新友，與馬公弼，〔註16〕趙茂甫，〔註17〕趙彥德，〔註18〕湯叔度，〔註19〕符君俞，〔註20〕胡季永，〔註21〕岳大同〔註22〕相互往還，或遊西湖，或相唱和，〔註23〕皆有詩紀之。

第三節　一月之間喪親哭師

隆興二年上元前，萬里仍未赴任，得聞父病，乃西歸南溪。萬里身爲獨子，無兄弟姐妹，奉養唯憑。仕贛期間，父母依之；丞零陵時，父母亦依之。零陵秩滿返家時，雙親健康已不如前，曾詩云：

吾父先歸吾未可，我母已行猶顧我。
兒女喜歸未解悲，我愁安得似兒癡。
牆頭人看不須羨，居者那知行者嘆。
昨日幸晴今又雨，天公管得行人苦。
吾母病肺生怯寒，晚風鳴屋正無端。
人家養子要作官，吾親此行誰使然。〔註24〕

〔註16〕馬公弼，名彥輔，見本集二〈跋馬公弼省幹出示山谷草聖浣花醉圖歌〉自註。生平不詳。
〔註17〕趙茂甫，名師暢，見本集二〈謝趙茂甫惠浙曹中筆蜀越薄牋〉自註。生平不詳。
〔註18〕趙彥德，名不悤，見本集二〈和趙彥德旅懷是夕渠誦詩鼓琴〉自註。生平不詳。
〔註19〕湯叔度，名灝，池陽人，見本集二〈和湯叔度雪〉自註，生平不詳。
〔註20〕符君俞，名昌言，朱崖人，見本集二〈和符君俞卜鄰〉自註。生平不詳。
〔註21〕胡季永，名泳，胡銓長子，詳〈交游考〉。
〔註22〕岳大用，名甫。詳〈交游考〉。
〔註23〕本集二〈同君俞季永步至普濟寺晚泛舟西湖以歸得四絕句〉、〈用岳大用甫撫幹雪後遊西湖，早飯顯明原，步至四聖觀，訪林和靖故君，觀鶴聽琴，得四絕句，時去除夕二日〉。
〔註24〕本集一「負丞零陵，更盡而代者未至，家君攜老幼先歸，追送出城，正值泥雨，萬感驟集」。

由於自吉水至臨安，路程遙遠，奔波艱辛，而父老母病，故未偕往，不意至臨安未久，猶未赴任，而父病轉篤，乃急速南歸。〈甲申上元前聞家君不快西歸見梅有感〉（本集二）云：

　　千里來爲五斗謀，老親望望且歸休。

　　春光儘好關儂事，細雨梅花只做愁。

老親瞻望，速歸爲宜，於是「官路桐江西復西」，歸心似箭，沿途春色雖美，已不復有遊賞風光之餘裕。

　　二月父苪病寢，逮萬里歸，苪喜，疾乃小愈。聞六月仲潘夕忽呼萬里曰：「吾夢登蓬萊山，且誦玉川子乘此清風欲歸去之句，何祥也。」自是病益殆。八月四日早作掖以坐，嘿然而逝。享年六十有九，〔註25〕卜吉於縣之同水鄉介山毛夫人之墓域。既葬，胡銓爲撰墓誌銘。〔註26〕

　　八月二十八日，距楊苪卒後不足一月，萬里最敬仰之恩師張浚亦卒。一月之內，喪親哭師，悲痛哀傷，何可言喻，乃作挽詞三章：

　　出晝民猶望，回軍敵尚疑。

　　時非不吾以，天未勝人爲。

　　自別知何羔，從誰話許悲。

　　一生長得忌，千載卻空思。（其一）

　　手麾日三舍，身馭月重輪。

　　始是岷峨秀，前無社稷臣。

　　向來無破斧，何用更洪鈞。

　　只使江淮草，明年不作春。（其二）

　　讀易堂邊路，曾聞赤鳥聲。

　　心從畫前到，身在易中行。

　　憂國何緣壽，思親豈欲生。

〔註25〕《胡澹菴文集》二五〈楊君文卿墓誌銘〉載楊苪病逝，詳紀月日。崔驥撰譜，竟未徵引，而自作揣測，以爲楊苪死在寒食後，又疑在初夏，皆無據。

〔註26〕胡銓撰〈楊君文卿墓誌銘〉，萬里作〈謝胡侍郎作先人墓銘啓〉（本集五〇）

　　不應永州月，猶傍雨窗明。（其三）〔註27〕

並作文祭之，有「踽踽小子，受之惟深」〔註28〕之句。其雙重創痛，
如「寒醒非不睡，薄醉奈何愁」，「半生災疾裡，誰遣未休休」，「貧
于螢不煖，心與燭俱灰。此意悠悠著，從誰細細開。病來更憂患，
淚盡只餘哀。」〔註29〕又如「硬黃字裏眞添瘦，重碧杯中且避愁。」
〔註30〕而尤足代表者，則爲次年（乾道元年）〈寒食上塚〉詩：

　　逕直夫何細，橋危可免扶。

　　遠山楓外淡，破屋麥邊孤。

　　宿草春風又，新阡去歲無。

　　梨花自寒食，時節只愁予。〔註31〕

萬里丁憂家居，上父塚有感而發。詩中除悼亡父，亦隱約寄哀於恩師
張浚。「新阡去歲無」，正是喪親哭師；「時節只愁予」，正是意含憂國，
而非尋常時序之感歎。

　　由於丁憂居喪，臨安教授乃未赴就任。原本遠道自江西來都下，
雖謙稱「黃塵征袖滿，卻愧著朝衫」，〔註32〕然歡欣之情已難自掩；
不意丁父憂，而朝衫未著。恩師既歿，荐引乏人，仕途不禁渺茫。本
集六七〈答虞祖禹兄弟書〉中，萬里追憶云：「自張魏公先生荐試館
職而不克就，自是知己希矣，自分老死州縣矣。」其情可以想見。

　　丁憂家居期間，萬里作詩不輟，常與親族中能詩者相酬唱，如族
叔祖彥通、文遠叔、元舉叔、昌英叔等。〔註33〕其中昌英與萬里年紀
最近，過從最密，唱和亦最頻繁，截至昌英之官蔴陽，二人唱和竟達
二十餘首。〔註34〕其他友人如王宣子、周仲覺、傅山人、盧山人、蕭

〔註27〕　本集二〈故少師張魏公挽詞三章〉。

〔註28〕　本集一〇一〈祭張魏公文〉。

〔註29〕　本集二〈和周仲覺三首〉。

〔註30〕　本集二〈和元舉叔見謝載酒之韻二首〉。

〔註31〕　本集二。

〔註32〕　本集二〈到龍山頭〉。

〔註33〕　本集二、三。

〔註34〕　本集二、三、四、五有萬里與昌英酬唱詩，計乾道元年，有十三首，

伯和、胡季永、羅巨濟、周仲容、王才臣等亦偶有往還唱和。〔註35〕
本集七七〈送王才臣赴秋試序〉略敘其丁憂三載之生活情況云：

> 予退居于南溪之北涯三年，戶不閉而無客，未嘗掃迹而出，
> 無所於往。間一出則遇鄉里之達官要人，鳴珂傳呼，則又
> 匿草間以俟其過乃敢行。及所至，或逢商有無，議什百，
> 紛如也；聞予來則泯默罷去，若燥濕，若酸鹹，至於時之
> 所指，以爲迂儒寒士。達不多於予，而窮不少於予者，則
> 往往日來而月不去，晨坐則際夕，賓主面有饑色，而談有
> 餘味。人不惟以嗤居者，亦以嗤來者。不惟人之嗤也，予
> 亦自嗤。

浮世百態，人情冷暖，往往如斯。萬里字裡行間，感慨多有，與其憫
農、憫貧之古道熱腸，并無二致。如其〈憫農〉云：「稻雲不雨不多
黃，蕎麥空花早著霜。已分忍飢度殘歲，更堪歲裡閏添長。」又如〈農
家歎〉云：「兩月春霖三日晴，多寒初暖稍秧青。春工只要花遲著，
愁捐農家管得星。」又如〈旱後郴寇又作〉云：「去歲今夏旱相繼，
淮江未淨郴江沸。餓夫相語死不愁，今年官免和糴不？」〔註36〕雖丁
憂家居，然不時關懷貧苦民眾之生計，仁厚情懷，令人感動。

第四節　上書樞密獻《千慮策》

乾道二年冬，萬里服除，自廬陵赴長沙，然後入京。途經濠原路，
過連嶺，分宜、袁州、萍鄉、醴陵、龍回而至長沙。〔註37〕本集七二〈怡
齋記〉云：「乾道丙戌之冬，予自廬陵抵長沙，謁樂齋先生侍講張公（栻），
公館予於其居之南軒。是時積雨未霽。一夕湖風動地吹，北雪踰洞庭，

　　二年有七首，三年有二首，四年有三首。
〔註35〕　本集二、三、四。
〔註36〕　〈憫農〉隆興元年詩，見本集二。〈農家歎〉、〈旱後郴寇又作〉乾道
　　　　元年詩，見本集二及三。
〔註37〕　本集四有〈濠源路中〉、〈連嶺遇雨〉、〈分宜逆旅逢同郡客子〉、〈袁
　　　　州路遇晴〉、〈將至萍鄉欲宿爲重客據館及出西郊〉、〈將至醴陵〉、〈宿
　　　　龍回〉諸詩。

被長沙城中。予生長南方，未嘗十月雪之爲見，見十月雪自長沙始。」
知萬里抵長沙，居南軒在冬十月。其間與張欽夫、張定叟、劉恭父、甘
彥和、侯彥周、吳伯承等游，時相唱和。〔註38〕冬末離長沙，東行赴都
下，張欽夫賦詩三首送之。〔註39〕是年除夕，途宿臨川戰平，未曾返家，
有「終年不爲客，除夕卻辭家」之遠遊感歎，〔註40〕有「紫陌相逢誰不
客，青燈作伴未爲孤，何須家裡作時節，只問旗亭有酒無」之羈旅孤獨。
〔註41〕三年正月，東行赴臨安，途經安仁岸、鳴山、弋陽縣、靈山、沙
溪、順溪、白沙；然後改舟行至嚴州、釣臺，〔註42〕終抵臨安，寓居「無
憂館」。〔註43〕未幾，上書陳俊卿應求樞密，并獻《千慮策》三十篇。
本集六三〈見陳應求樞密書〉，萬里自述所以見陳俊卿之由云：

> 自樞密之召也，天下皆曰：「此吾陳公也，其不以爵位而來。」
> 及其至也，國人皆曰：「吾能識之，此吾小都督也。」樞密
> 其必有以得此也。此某所以見也。

又云：

> 負天下之望而當天下之愛者，紫巖一老之而已耳。今天下
> 之人不見紫巖，而其愛樞密也與紫巖不異。樞密其必有以
> 得此也。此某之所以見也。

又云：

> 某也紫巖門下之士也，思紫巖而不見，見紫巖之所與如見
> 紫巖焉。而況天下之愛之如此也哉。此某之所以見也。

又云：

> 樞密之相其君亦近爾，而能不動聲色，不驚觀聽，不觸威
> 怒，不泄機括，不崇朝而清群小，何其神哉……此某之所
> 以見也。

〔註38〕本集四。
〔註39〕《南軒集》一。
〔註40〕本集四〈除夕宿臨川戰平〉。
〔註41〕本集四〈又除夕絕句〉。
〔註42〕本集四，丁亥春季諸詩。
〔註43〕本集四〈都下無憂館小樓春盡旅懷〉。

按乾道二年十二月，朝廷以葉顒爲尚書左僕射，魏杞右僕射並同平章事，陳俊卿同知樞密院事並參知政事，皆一時之選，且多爲反和派之人物，與萬里政治觀點及師承關係相合。其中陳俊卿以用人爲己任，且與張浚父子有舊。〔註44〕故乾道三年春，萬里上書屢言「紫巖」，自稱「紫巖門人」，并於書末述張栻之推介：

> 某也著書三十篇，極言當世之病，而無所悅於時之耳目，欲有獻於上，貧未能也。友人廣漢子張子（栻）曰：陳公不可以不投以副。某是以來如樞密之門，雖不見其欠一士，亦豈不能收一士。樞密之用某與否，則非某也，樞密也，命也，天也。

三年二月，虞允文召至闕，除知樞密事。〔註45〕以陳俊卿之推荐，萬里初受知於允文；及召見，允文待以國士，并許荐上。本集六三〈見虞彬甫樞密書〉云：

> 自至都下，獨一見副樞陳公，天幸又逢樞密之至，私竊自喜將得其從也。且陳公曰：「吾將言子於虞公。」其之所以來也，某有書三十篇，極陳天下之事而不知時之所諱，欲有獻於上而未能，某貧故也。敬納其副於東閣。……某之此來也，樞密不謂之去不敢去，不謂之留不敢留，將惟樞密之所以命。

又本集六七〈答虞祖禹兄弟書〉云：

> 歲在丁亥（乾道三年），先師相（允文）召來自西，初拜樞密。一日莆田陳魏公（俊卿）攜某所著論時事三十策以觀於公。公曰：「不意東南有此人物。」於是招某一見，待以國士，面告以將荐于上。

按《千慮策》三十篇，凡君道三策，國勢三策，治原三策，人才三策，論相二策，論將二策，論兵二策，馭吏三策，選法二策，刑法二策，冗官二策，民政三策，作於乾道三年。〔註46〕所論精闢，受知於允文，

〔註44〕《宋史》三八三〈陳俊卿傳〉。
〔註45〕《宋史》三八三〈虞允文傳〉。
〔註46〕本集八七至八九《千慮策》，凡三卷；江西巡採進本刊行別本二卷。

待以國士，并願爲荐引，然立朝機會仍然未卜。萬里嘗藉〈跋蜀人魏致堯撫幹萬言書〉，以發抒空有大志未得申展之情懷：

> 雨裏短檠頭似雪，客間長鋏食無魚。
> 上書慟哭君何苦，政是時人重子虛。〔註47〕

詩中明以馮諼比魏致堯，暗以自喻，言其生活貧苦，人微言輕；雖上書懇切，關心國是，然言者諄諄，聽者藐藐，事與願違，歸於子虛烏有。於是有感於「清和天裏不歸去，六月長途作麼生」。〔註48〕六月允文宣撫四川，荐引乃告無門。萬里於是即謀歸計，自都下經桐廬、金溪、新塗，西歸吉水家居。〔註49〕

乾道四年，虞允文仍宣撫四川，舉荐無望，萬里其唯賦閑家居，除與親戚友好唱和，〔註50〕偶亦與田父相接觸。〔註51〕仕途不得志而家居，生活頗見疏散，形之於詩尤爲明顯。總計全年所作，僅十六首而已。

乾道五年，萬里望仕之心尤切。蓋自丁憂家居以還，業已六載，自以爲「不應久閑散，便去羨功名」。〔註52〕八月陳俊卿爲左相，虞允文還朝召爲樞密，尋拜尙書右僕射同中書門下平章事兼樞密使。〔註53〕萬里作啓申賀，〔註54〕其〈賀虞樞密還朝啓〉云：

> 頃辱取其一編之書，欲荐進於九重之覽，許以東南之人物，
> 至於傾倒其腹心，見則盡歡，去乃太息，退而矜國士之遇，

此書當時已單行，據其中〈治原〉上云：「今天子即位五年於此矣。」（卷八七）知其成書於乾道三年。至於何時著手寫作則無考。羅大經《鶴林玉露》一三云：「楊誠齋初欲習宏詞科，南軒（張栻）曰：『此何足習，盍相與趨聖門德行科乎？』誠齋大悟，不復習，作《千慮策》。」未詳所據，錄以備考。

〔註47〕 本集四，丁亥詩。
〔註48〕 本集四〈新熱送同邸歸客有感〉。
〔註49〕 本集四，丁亥夏詩。
〔註50〕 本集四，丁亥秋冬詩。
〔註51〕 本集五〈次日醉歸〉：「……有叟喜我至，呼我爲君侯；告以我非是，俛笑仍掉頭。……」
〔註52〕 本集五〈秋日晚望〉。
〔註53〕 《宋史》三八三〈陳俊卿、虞允文傳〉。
〔註54〕 本集五○。

聞者猶疑。雖未拜知己之恩，此已不淺。

重申乾道三年春上《千慮策》及待以國士之舊事。仲冬，乃分別致書
陳俊卿與虞允文，〔註55〕表達求仕之意。歲晚，有〈寄張欽夫〉詩，
亦流露其不安賦閑家居之心意：

> 工瑟曾緣利，鳴琴豈負予。
> 髮于貧裏白，詩亦病來疏。
> 知己俱霄漢，孤蹤且簿書。
> 三年知免矣，一飽會歸歟。〔註56〕

乾道六年，萬里終得官職，除知隆興府奉新縣，并於暮春赴任。然
萬里甚病作邑，〔註57〕且違立朝之願，故交職期月後，即致書陳俊
卿云：

> 于攜其三十篇之書，荐之於今相虞公，欲相與言之上而立
> 之朝，此意之淺深厚薄何如也？事之濟否尚足校哉！故其
> 心之於門下，雖未拜賜過於拜賜矣。然違離三年而每歲無
> 一書以修敬者，遠與貧實爲之也。

同時并致書虞允文云：

> 頃者一見之初便辱待以國士，別去三年，疇昔之遇，謂相
> 公忘之矣。而近此里中羅主管某之歸，又辱寄金玉之音，
> 然則區區之姓名，公猶未忘也。〔註58〕

二書并向陳、虞左右二相報告奉新治事，然仍未忘《千慮策》與立朝
之心願，及至同年十月，經虞允文之荐舉，始召爲國子博士，終於達
成立朝之望，而《千慮策》之寫作目的亦如願以償。

第五節　家居收徒羅椿永年

羅椿，字永年，永豐人。乾道三年夏六月，拜萬里爲師，時萬里

〔註55〕本集六三。
〔註56〕本集五。
〔註57〕本集六三〈與左相陳應求書〉：「半生病以爲邑。」又本集六五〈與
　　　　張嚴州敬夫書〉：「半生惟愁作邑。」
〔註58〕以上二書并見本集六三。

方上《千慮策》，歸自都下。本集七七〈送羅永年序〉。敘其初識甚詳：

> 今年（乾道三年）六月予皈自都下，一書生來謁予，羅其姓，椿其名，永年其字，永豐之人也。問其所以來，則曰「椿，世吏也，今去吏而儒是習，遂不自量其不肖，來見麻陽縣尹達齋先生，先生不鄙，揖而進之，以爲可教，是以在此。」自是與予相過。

據此知羅椿初學於楊輔世，又由輔世之介，師事楊萬里。是年十二月羅椿返家省母，告辭并求言於萬里。萬里云：

> 子皈矣，吾言亦奚以爲。永年曰：「椿之命儒也，邑之人悦我者之眾，未若嗤我者之眾也，得一言，悦者信，嗤者息矣。」予曰：「子之邑人固嗤夫命儒者乎？」永年曰：「非嗤夫命儒者也，嗤我之用儒變吏也。」予曰：「然則嗤之所在，在子者不加多，在彼者不加少矣！且用儒變吏與用吏變儒，孰可孰不可也？用皂隸而變公卿者無之乎？用暴客而變衣冠者無之乎？用樲棘變臺池也，用豺狼變父子兄弟也，不惟用吏變儒而已也。吾不以嗤夫嗤子者，吾以悲夫嗤子而不自嗤者，彼不病其悲，子獨病其嗤，何也？」

羅椿所學與萬里之所授爲何，未得而知。省親後不久，殆又至吉水學於萬里。至乾道五年冬，又歸永豐，萬里有詩送之云：

> 誰道三年聚，能勝一別多。
> 歲寒知子可，心折奈吾何。
> 所喜如椽筆，能揮卻日戈。
> 老夫留病眼，看子中文科。〔註59〕

淳熙四年，羅椿解試不第，五年曾訪萬里於毘陵；至慶元初，仍過從甚密。（詳見〈交游考〉）羅大經《鶴林玉露》一一云：

> 吾郡羅椿，字永年，誠齋高弟也。清貧入骨，一介不取，頗有李方叔、謝無逸之風味。累舉於禮部，竟不第，自號就齋。

永年雖屢試不第，而風格高尚，或有得於萬里之教導而潛移默化歟！

〔註59〕 本集五〈送羅永年歸永豐〉。

附錄：《千慮策》之政治主張

　　萬里《千慮策》，取「千慮一得」而命名，內含君道三策、國勢三策、治原三策，人才三策、論相二策、論將二策、論兵二策、馭吏三策、選法二策、刑法二策、冗官二策、民政三策，凡三十策，分門別類，甚有條理。策成於乾道三年，所論針對符離潰敗後之和議環境，可視爲萬里其時之政治言論。茲分別述之：

一、君　道

　　萬里論君道，可歸爲三點：（甲）謹誠嗜慾正心誠意：「人主之治天下，必正其治之之主，人臣之相其君，必先正其人主之主，而小人敵國之欲傾人之國也，必先敗其人主之主而已。」所謂「人主之主」，實即君心；君心之修養，在能謹戒嗜欲，兢業勤儉。蓋「勤儉創業之心一變而爲逸慾樂成之心，主已敗矣。」故萬里勸勉孝宗「以天子之聖明仁孝而加之以典學之緝，兢業如舜，勤儉如禹，不邇聲色如湯，不盤于遊田如文王，則所以正心誠意以立其致治之主者至矣。」「願聖天子罷毬馬之細娛，而求聖賢之至樂，收召天下耆儒正學之臣，與之探討古今之聖經賢傳，深求堯舜三代漢唐所以興亡之原，而擇其中，以之正心修身，日就月將，聖德進矣。」（乙）養志：「古之君子，得有爲之君而輔之，以求立天下之大功，則必有以養其君之志。」「養其君之志，懼其速而折，折而沮也；及其國力已強，兵氣已振，事機之來而不可失，勝形之見而不可禦。」此已隱然指出未養志之患。「新天子（孝宗）即位之初，《春秋》鼎盛，聖武天挺，超然有必報不共戴天之心，克復神州之志，天下仰目而望，庶乎中興之有日也。然親征之詔朝下，而和議之詔夕出，元戎之幕方開，而信使之軺已駕，紛紛擾擾以於今，而國論卒歸於和。」故萬里勸勉孝宗養志以謀議詳策熟，重新鼓作，以主戰反和激勵之：「進則成混一之功，守則成南北之勢，何至於以一小折自沮，而汲汲以議和。」（丙）執柄以明用明以公：萬里強調國君權柄之尊，以爲「柄也者人主之山淵」、「人主不

可離於柄」。然而權柄之運用關乎治亂，而進退人才，罷行政事，號令出納，賞罰可否，莫不以柄。故主張人主「執柄以明，用明以公」，以求下情上達，忠義得彰。因此萬里勸勉孝宗「盍於燕閒之餘思漢唐群小之禍」。

二、國　勢

　　萬里洞悉南北敵我之勢，其論國勢可歸爲三點：（甲）對敵之態度：「古之敵國對壘而未有息肩之期者，其處之大略有四：一曰謀。二曰備，三曰應，四曰隨。……謀人者其國興，備人者其國安，應人者其國僅存，而隨於人者其國必亡。」以爲「應」「隨」則國不守，「謀」「備」方爲良策。（乙）守淮守江並重：萬里以爲南宋以「全楚爲家。吳越爲宮」，北對金虜，宜惜尺寸之地。故強調江淮防守並重，蓋江爲「淮之虢」，淮爲「江之虞」，唇齒相依，有淮則有江，無淮則無江，因此建議朝廷「以待沿江之工而待淮」，「則沿淮之州有所恃而無所懼」。（丙）主守爲上策：自符離潰敗之役，朝廷不敢輕言主戰伐金，萬里雖受張浚影響而主戰，然衡諸形勢，乃退而求其次而主守，故云：「爲今之計，和不如戰，戰不如守。和則懈，戰則力，故曰和不如戰，戰則殆，守則全，故曰戰不如守……天之於我國家蓋必有時矣。可以俟，不可以躁。……臣願朝廷盡人事以周其待，待其來而決其策，不以小利而輕試吾之大技，不以小鈍而中怠吾之大計，則中興之全功不在今日而在何日耶？」

三、治　原

　　萬里論治原，可歸納爲二點：（甲）重視法度紀綱教化刑政之具：「天子之所以宵衣旰食，公卿大夫之所以竭心盡慮者，惟支持強寇一事而已，至於法度紀綱教化刑政之具，所以開中興而起太平者，皆未及也。」由於朝廷顧此失彼，故萬里指出重視邊防之外，尚宜重視法度紀綱教化刑政之具。（乙）簡化法度信實推行：「今天下之大患，不

在於法之不備，而在於法之太詳；不在於賢人君子之不眾，而在於人才之太多，何則？法備而不必行，人多而不任責故也。」於是主張刪除令之不急者、不可行者及重複者，而達於「法度簡而要，明而信，設者必用，存者必行，不與天下為戲，庶幾天下之可驅。」

四、人　才

萬里論人才，可歸納為二點：（甲）取才重濟世實學：宋代制科取士，規矩繩墨，原本公平，然其弊在於有司試之以莫知所出之題，「奧僻怪奇故事，不過何晏、趙岐、孔安國、鄭康成之傳註，與夫孔穎達之疏義而已」，無關於濟世策謀。故主張：「望朝廷參之以祖宗漢唐制科之本意，立大端而去細目，使士之所治，上之為六經之正經，下之為十七代史與諸子之書，而削去傳注奧僻之問，其學則主乎有用，其辭則主乎去諛，上及乘輿而不誅，歷詆在廷而不怒，使天子得聞草野狂直之論，而士得專意乎興亡治亂經濟之業，庶乎奇傑有所挾者稍稍出矣。」（乙）國君宜惜人才：南宋政治黨同伐異，真才難出。人才之成與壞，在乎國君。故指出：「用才有道，無所不惜者，才之所從富也；不足惜者，才之所從壞也。」

五、論　相

萬里論相，而歸納為四點：（甲）任相當從公議：「聖人不能為天下求宰相，而能為天下受宰相。」故主張：「陛下從其望之所在者而用之，擇之在天下，受之在聖主。」（乙）相貴久任：「聖人惟其受而不求，是以求而必得，得而必任，任而必久，久而必成。蓋得而必任，故其人敢於盡，任而必久，故其功不敗於搖。」（丙）相貴先試而預儲：「古之聖人惟能擇天下甚難之事以試天下之才，故一旦有急而不亂，則試之者熟而儲之者素也。」（丁）相負天下重器：「天子之相，必其人有以自恃，而後其人為足恃。蓋天下，大器也。有有此器者，有負此器者，天子者有此器者也，宰相者負此器者也。」

六、論　將

　　萬里論將，可歸納爲二點：（甲）增重武事訪求將才：「天子增重武事，不改於有事之時，訪求將才，不啻如有事之初。」（乙）將不厭新：「選將不以新，不足以激天下之才。」

七、論　兵

　　萬里論兵，可歸納爲三點：（甲）斂兵：萬里以召募、子弟、盜賊爲斂兵之至計，云：「朝廷召募之法行，故鄉里之黠民有所收；子弟之軍用，故營壘之黠者有所泄；盜賊非大惡者不殺，而貰之以爲軍，故山林之匹夫不至於爲亂。教而擇之，將皆卓然可用，此斂兵之至計也。」（乙）散兵：冗兵虛兵，浪費公帑，宜加散革。故主張「每歲不測遣侍從台諫一人忠而有望者出諸軍，行視而檢押之，則虛冗之弊可以少革也。」（丙）行鄉兵以邊守邊：「以國守邊，不若以邊守邊」，故鄉兵之法可行：「使緣淮郡縣，不禁土豪之聚眾挾兵，而又陰察其才且強者，禮而厚之，時有以少蠲其征役，或因使之除盜而捐一官以報其功，庶幾邊民之樂於戰。一旦有急，敵人未易南下也。」

八、馭　吏

　　萬里論馭吏，可歸納爲四點：（甲）治贓吏自大吏始：萬里以爲馭吏之難，莫難於禁贓吏，於是主張以公平之法禁贓，尤其強調自大吏始，云：「法詳於上，大夫先正」。如此則「天下心服，則何法之不可盡行，何贓之不可盡禁也哉。」（乙）均吏祿：「今天下之吏祿，二浙之簿尉月給至於逾百緡，而二廣之縣令不及其半，至於江淮荊湖，則又往往州異而縣不同，蓋有豐不勝其豐，而約不勝其約者矣。」此乃各地吏祿不均所造成豐約差距之弊。至於士之貧者，扶老攜幼，千里而就一官，祿既菲薄，而飢寒以居，狼狽以歸，其貧約尤困。故主張「均天下之吏祿，使其至遠者如其近者，增其寡者如其豐者。」其旨殆在激勵遠吏之士氣，使不陷於困乏。（丙）用法從嚴：「願天子奮

不測甚大之威，不問吏之大小，取其敗而尤者一二人殺之，則天下之人震慄而莫敢爲矣。」殆殺一儆百，用法從嚴，其效乃著。（丁）歲舉廉吏：以法嚴懲贓吏，其術足使吏懼於貪，然未必樂於廉，故主張歲舉廉吏，以鼓勵吏樂於廉。云：「願朝廷內委宰相侍從台諫，外委監司太守，歲舉廉吏一人，而天子親擇其尤者，不測擢之爲台省之職，雖未至如唐之相楊綰，亦庶乎廉吏之俗勝，貪吏之俗衰，俗所尚而樂趨之，不過數年，贓吏之刑亦不必用矣。」

九、選　法

萬里論選法，可歸納爲二點：（甲）責大體略小法以除信吏之弊：萬里以爲選法之弊在於信吏而不信官，使吏部之權旁落於吏而適足以爲吏輩取富之源。究其緣因在忽大體而謹小法。故主張「略小法而責大體，使夫小法之有所可否，而無繫於大體之利害，則吏部長貳得以出意而自決之，要以不失夫銓選之大體，而不害夫法之大意……責大體而略小法，則不決於吏，而吏之權漸輕，吏權漸輕，然後長貳之賢者得以有爲，而選法之弊可以漸革。」（乙）增重吏部尚書之權：凡注擬州縣之百官，下至於簿尉，而上至於守貳，此吏部之權，然拘於文法之應格，尚書考察百官與奪之權未重。萬里以爲吏部尚書之注擬，不應疑其私，而應增重其權，云：「精擇尚書而假之以與奪之權，使得以精擇守貳縣宰而無專拘之以文法，庶乎天下不才之吏可以汰，而天下之治猶可以復起。」

十、刑　法

萬里論刑法，可歸納爲二點：（甲）寬仁有度限以五鞫：寬仁爲儒者政治之基礎，然仁而無止，則將以仁天下，適以殘天下，故「溥之以無止之心，而約之以有止之仁」爲其論刑法之基本精神。「國朝之法，獄成而罪人以冤告者，則改命他郡之有司而鞫焉，鞫止於三而同焉，而罪人猶以冤告也，亦不聽。……而議者以爲，聖人之仁，當

盡天下之情，而勿限以三鞫。……然自朝廷行之十有餘年，獄訟日滋，蠹弊日積，姦民得策，而無辜者代之死。」基於此種情狀，乃主張：「少增三鞫之舊法而止於五，使天下之無罪而死者還其生，而有罪以生者還其死。」（乙）詳慮審處，嚴執刑法：「法不執而多爲之岐，孰不從其徑而入哉？法徒設而自廢其禁，孰不掉臂而入哉？」「有法而不用，則民知其法之不足忌，有法而民不忌，是故布之號令不曰號令而曰空言，垂之簡書不曰簡書而曰文具。」故詳慮審處，嚴執刑法，方足以防民姦。

十一、冗　官

　　萬里論冗官，可歸納爲三點：（甲）嚴任子試吏之法：萬里以爲冗官之源不在進士而在任子，主張「嚴任子試吏之法，三歲一試，而補吏者不過五百，則來者徐而官曹漸清。」（乙）省監司冗員：「每路之監司止設提轉之二職，而轉運止於一員，析離茗以隸於刑，舉常平以飯於漕。」（丙）省郡邑冗員：「大郡之兵官不踰於二，而小郡則止於一，大邑之征設官者一，而小邑則兼以令丞；至於幕職有簽書而又有判官者，簿尉之可併省者，則存其一而廢其一。」

十二、民　政

　　萬里論民政，可歸納爲三點：（甲）罷和買淮衣等不合理租稅：基於吏治敗壞，仇民以建功，橫斂以自肥，而下情又未能上達，民唯飲恨而不堪負荷煩重之苛征，故主張罷除不合理之租稅。（乙）嚴格督察監司：「聖人之爲天下，不使民有所怒而不洩，則其怒有當之者，怒而不洩者，惟無發也，一發則必極於大亂而不可止。君相之於監司，盍亦如唐開元之精擇採訪使，而又專責台諫以督察之，歲取其功罪之尤者，明著之以示天下，而不次陟黜一二人焉，以聳其懦，台諫急則監司警，監司警則郡縣肅，庶幾民怒之少洩，不至於一旦如潰洪河決蟻壤。」（丙）去屯田之名，舉兩淮之屯田不授之兵而授之民，田以

口授，業以世守：兩淮爲南宋邊防要塞，爲吸引民遷之淮，優恤兼施，以致「兩淮無餘田而有餘穀，朝廷有兵食而無兵費，邊上之粟如山，而內地之餉漸可省。」此萬里所謂「辭屯田之名以享屯田之實」在此。

　　綜觀萬里自君道而民政凡十二項之政治主張，乃針對乾道間之政治現實而立論，廣泛討論國勢與國務，究其基本精神，係以民生爲本，以國防爲先，在抗敵以求自保上，著重選將用兵之廣求愼擇以實邊防之道；在安內以謀進步上，探索法度之效率、人才之選用、吏治之整飭、刑法之審處、選法之修訂、冗官之減省等興革之策，指陳得失，剖析精闢，並提出具體匡正良方。各項所論惜乏整體性之徹底探討，唯其具體主張，皆留心天下利病，深謀安邦定國之道，極具建設性意義，非僅爲謀晉身見用立說而已。

第五章　奉新六月

　　本集六七〈答虞祖禹兄弟書〉云：「某自乾道庚寅爲邑於洪之奉新，是時年四十四矣。」庚寅（即乾道六年）萬里四十四歲。自隆興二年丁憂家居以來，已賦閑六載，其間曾上《千慮策》，致書幷謁見陳俊卿、虞允文，皆顯示閑散已久，望仕心切。由於陳、虞之安排，萬里得除知隆興府奉新縣。〔註1〕雖非十分稱意，亦勝於賦閑家居。於是奉母攜孥赴任，其間過白沙度，得長句呈胡銓，有「今年寒食還相聚，明年寒食知何處。」〔註2〕之離情別緒；又長句寄周必大，有「自憐無地寄病身，四海知己非無人；老窮只是詩自娛，春色撩人又成句。」〔註3〕之自憐無奈。既至奉新，幷於四月二十六日交職，〔註4〕乃致啓以謝右相虞允文及洪帥吳明可（按：洪，即隆興府。）其〈知奉新到任謝虞右相啓〉云：

　　……得地百里，敢曰褊小而不爲，以二相遣之而姑來，故黎
　　民見之而差敬。責苟云塞，功奚足言。伏念某涉世作癡，信

〔註1〕本集五二〈知奉新到任謝虞丞相〉、六三〈與左相陳應求書〉、〈與虞
　　　彬甫右相書〉。
〔註2〕本集六〈遇白沙渡得長句呈胡澹菴先生〉。
〔註3〕本集六〈長句寄周舍人子充〉。
〔註4〕本集七一〈竹所記〉：「今年（乾道六年）四月予來爲邑於新吳。」卷
　　　七九〈達齋先生文集序〉：「甲戌同舉於禮部……後四年，某自贛掾辭
　　　滿……後十二年某宰奉新。」卷七一〈懷種堂記〉：「又明年（乾道六
　　　年）予來令奉新。」〈與張嚴州敬夫書〉：「於四月二十六日交職矣。」

書成誤，頗參諸老之杖履，守其所聞。備嘗仕途之濤瀾，聽
其自靖。頃緣下客之末，墮在荐書之中，一日虛名，旁行四
海。半生孤憤，上徹九關，忽忘其愚，凜欲自試。夫何東南
之二士召見於君，皆爲滕薛之大夫，而況於我罷飫天只，流
落安之，自分遂收其聲光，從此永遯於江海。茲逢衆正復聚
本朝，但欣同類之先登，未覺孤蹤之猶棄。……非主人之不
憐，皆薄命之至此。惟是新吳之邑，密邇山谷之居，士多能
文，民亦簡訟。儻無兵革，得免攟科之繹騷。〔註5〕

其懷志心跡，據此可觀。其〈知奉新縣到任謝吳帥啓〉云：

某才不逮志，學無近功，以虛名自誤，其半生困窮坐此，
知治道不在於高論，習氣奈何？今之士皆以濟世而自期，
及乎上使之爲邑而不敢！小猶如許，大亦可知……。〔註6〕

既宰奉新，虛名高論皆不足恃，其縣雖小，治之亦未易，經初仕贛
掾，丞零陵，萬里恆有「半生惟愁作邑」之歎。蓋作邑事務冗繁，
民事財賦，皆得顧慮周詳，處理得當，故與吳明可啓中云：「治道不
在於高論」。然既奉令知奉新縣，萬里唯秉所學，細察民事，以求應
變處治之方，終決推行儒者仁寬之策。推行期月，效果卓著。其〈與
張嚴州敬夫書〉詳述施政之方及成效云：

半生惟愁作邑，自今觀之，亦大可笑！蓋其初，不慮民事，
而慮財賦。因燕居深念：若恩信不可行，必待健決而後可
以集事，可以行令，則六經可廢矣。

按六經爲儒家經典，大旨乃儒家之仁政思想，反對健決躁速之強烈手
段以達施政目的，而主張推行恩信。萬里本儒家傳統，主推行恩信仁
政爲其施政原則。又云：

然世皆舍而己獨用，亦未敢自信。自念書生之政，舍此則
又茫無據依，因試行之，其效如響。蓋異時爲邑者，寬己
而嚴物，親吏而疏民，任威而廢德。及其政之不行，則又

〔註5〕本集五一。
〔註6〕本集五一，吳明可時帥洪州（隆興府），周必大《省齋文稿》五〈奉
　　　新宰楊廷秀攜詩訪別次韻送之〉自註：「吳明可帥豫章。」並同。

加之以益深益熱之術；不尤其術之不善，而尤其術之未精；
前事大抵然也。

按萬里所行，成效卓著，據此經驗，瞭然於為邑者「寬己而嚴物，親
吏而疏民，任威而廢德」基本觀念之錯誤，以及政令推行受阻而「不
尤其術之善，而尤其術之未精」之辦法不可行。又云：

某初至，見岸獄充盈，而府庫虛耗自若也。於是縱幽囚，罷
逮捕，息鞭笞，去頌繫，出片紙書「某人逋租若干」，寬為
之期，而薄為之取：蓋有以兩旬為約，而輸不滿千錢者。初
以為必不來，而其來不可止！初以為必不輸，而其輸不可
卻。蓋所謂片紙者，若今之所謂「公據」焉，里詣而家給之，
使之自持以來，復自持以往，不以虎穴視官府，而以家庭視
官府。大抵民財止有此，要不使之歸於下而已。〔註7〕

按萬里之目的在於使逋租者得輸其租，所云「幽囚」「逮捕」殆指因
逋租過重，而遭幽囚逮捕者，斯民以貧，非拒輸租，若加以鞭笞頌繫，
或可收一時之效，然終不可行；且里胥、邑吏、獄吏非盡廉仁，中間
剝取，而縣令不察，則民之縲絏、飢寒、癘疫自相繼貧困而至。關於
廉仁，萬里〈與任希純運使寶文書〉云：「無廉於其躬，無仁於其民，
此某所當憂也。」特予指出：時吏之缺乏廉仁。故云：「瘠上肥下，
古之為邑也，今則反是。」〔註8〕萬里知奉新前三年曾上《千慮策》，
其〈民政〉上篇，曾強烈抨擊吏治之弊：

臣聞民者，國之命而吏之仇也；吏者，君之喜而國之憂。
天下之所以存亡，國祚之所以長短，出於此而已矣。且吏
何惡於民而仇之也？非仇民也，不仇民則大者無功，而其
次有罪：罪驅之於後，功啖之於前，雖欲不與民為仇，不
可得也。是故一政之出，上有意而未決，則吏贊之；上有
命而未行，則吏先之。……朝廷將額外而取一金，以問於
某土之守臣，必曰：「可也。」民曰：「不可」，不以聞矣。
不惟不以聞也，從而欺其上曰：「民皆樂輸。」又從而矜其

〔註7〕本集六五。
〔註8〕同上。

> 功曰：「不擾而集。」上賦其民以一，則吏因以賦其十；上
> 賦其民以十，則吏因以賦其百。朝廷喜其辦，而不知有破
> 家鬻子之民；賞其功，而不知有願食吏肉之民！

并且舉以實例證明：如「往歲郴寇之作，亦守臣和糴行之不善所致
也」；又如「江西之郡，蓋有甲郡以絹非土產而言於朝，乞市之於乙
郡者，此何謂也？民所最病者，與官爲市也；始乎爲市，終乎抑配。」
又如「有所謂和買者，已例爲正租矣；又有所謂淮衣者，亦例爲正租
矣；今又求鄰郡之絹，是三者之絹，與正租之絹，爲四倍而取之矣！
民何以堪而吏不以聞！」故萬里以爲「此必有姦焉」，「此必有私之者
矣！」〔註9〕職是之故，萬里治奉新，寬仁爲上，親民爲先，施恩重
信，於是，「戢追胥不入鄉，民逋賦者，揭其名市中，民歡趨之，賦
不擾而足，縣以大治。」〔註10〕其致書恩師胡銓云：

> 始至之日，深念爲邑者，平生之所病，欲試行其所學，而
> 有所未敢信，欲效世之健吏，而又有所必不能，二者交於
> 心而莫知所定，卒置其所必不能者，而守其所不敢信者，
> 於是治民以不治，理財以不理，非不治民也，以治民者治
> 其身也，非不理財也，以理財者理其政也。其身治者，其
> 民從；其政理者，其財給。某雖不佞，行之期月，亦庶幾
> 焉。用此，知天下無不可爲之事也。〔註11〕

又致書虞允文云：

> 某之至奉新，其始不民事之憂而催科之憂，非不民事之憂
> 也，民事不外乎理曉也；非催科之憂，民財不可以仁免也。
> 既不可以仁而免，又不可以威而取，於是立之期而示之信，
> 罷逮捕，息笞箠，去囚繫，寬爲之約，而薄爲之收。行之一
> 月，民無違者。某嘗見今之言辦事者，以爲恩信不如才力，
> 書生不如健吏，非以身試之，烏敢以意疑之哉！〔註12〕

〔註 9〕本集八九《千慮策》：「民政」上。
〔註10〕《宋史》四三三〈儒林傳〉。
〔註11〕本集六五〈與胡澹菴書〉。
〔註12〕本集六三〈與虞彬甫右相書〉，有二通，此其第二通，作於乾道六年

二書言簡意賅，明確表達知奉新經驗之精神，以爲「其身治者，其民從，其政理者，其財給」，注重牧民者本身之修爲，并否定「恩信不如才力，書生不如健吏」之論。奉新之得以大治，可視爲萬里經理之得法，以及《千慮策》中馭吏民政思想理論之得以落實，作邑信心乃加增進。其致陳俊卿書云：

> 某塞員於茲者（奉新）暮月矣，半生病於爲邑，既已爲之，亦無甚病焉。〔註13〕

書中已肯定作邑非難。治奉新有成，萬里謁先聖，作〈奉新謁先聖文〉：

> 某至愚極陋，亦爲使邑，夙夜祗懼，未知所以免於敗績者。
> 聞之夫子曰：「子率以正，孰敢不正。」某雖不敏，請事斯語。〔註14〕

「子率以正，孰敢不正」，洵可視作萬里作邑修身之座右銘，畢生奉行不渝，而其人格風格，又可作如是觀。

　　奔忙於奉新公務，憂心於民事催科，奉新六月，萬里心力可謂全然奉獻於作邑，詩作僅得二十一首，其中有挽詩，有送友人詩，有紀行詠物詩，然唱和之作，竟未一見，足見唱和閒情，已深埋於冗繁縣務之中。其〈過西山〉詩，最足代表其時情境：

> 一年兩踏西山路，西山笑人應解語：
> 胸中百斛朱墨塵，雨捲珠簾無半句。
> 殷勤買酒謝西山：慚愧山光開我顏！
> 鬢絲渾爲催科白，塵埃滿胸獨遑惜。〔註15〕

詩中藉「西山笑人應解語」以自嘲一己胸中百斛，皆辦理公文案牘之朱墨俗塵，已不能賦如唐朝王勃「畫棟朝飛南浦雲，珠簾暮捲西山雨」之名詩佳句。〔註16〕然縣務冗繁，鬢絲斑白皆愁催科，塵埃滿胸皆因

夏。
〔註13〕本集六三〈與左相陳應求書〉，作於乾道六年夏。
〔註14〕本集一○三〈奉新謁先聖文〉。
〔註15〕本集六。
〔註16〕唐王勃〈滕王閣詩〉：「滕王高閣臨江渚，佩玉鳴鸞罷歌舞；畫棟朝飛南浦雲，珠簾暮捲西山雨。」

作邑，焦慮憂心，獨遑自惜。「畫棟飛雲」「珠廉捲雨」，爲一己之閑逸雅興；「催科頭白」，「塵埃滿胸」，則爲國爲民，怠忽不得。二者不必度長絜大，輕重已然分明。奉新六月，萬里詩篇，雖量少而創意寡，然縣治成就斐然，自得於其「財賦粗給，政令方行，日積無事，岸獄常空」之政績，無怪乎同時致書與胡銓、張栻、陳俊卿、虞允文乃至任希純運使，欣言其事，雀躍歡悅之情，已不言而喻。

第六章　初度立朝

第一節　除國子博士

　　本集一三三有〈國子博士告詞〉，乾道六年十月六日中書舍人范成大行，云：

> 勅左宣義郎國子博士丘崈等常奉禮樂之司成均教養之地，
> 號爲博士，非若他官正繫名儒，始稱清選。爾崈行藝傑出，
> 氣養以剛；爾萬里詞華蔚然，思覃於古，俱以可大之業，
> 際夫有爲之時，歲當郊禋，方欲刺六經而作王制士樂絃誦，
> 要能本三代以明人倫，各勉厥修，毋負所學，可依前件。

　　據此國子博士原爲丘崈（字宗卿，詳〈交游考〉）以調任太常博士，國子博士一職乃懸缺。時萬里宰奉新方六閱月，自未秩滿，由於虞允文之荐於孝宗，[註1] 乃召爲國子博士，補丘崈遺缺。任命忽至，萬里頗感意外，其〈除國子博士謝虞丞相啓〉云：

> 環顧此生，渺無所立，落月滿梁而不寐，山鬼吹燈而莫驚，
> 搔首著書，頗欲爲千載之計，折腰作吏，長恐寒三逕之盟，

[註1]《宋史》本傳：「會陳俊卿，虞允文爲相，交荐之，召爲國子博士。」
〈誠齋楊公墓誌〉：「故相國虞允文荐於孝宗皇帝，召爲國子博士。」
〈與虞祖禹兄弟書〉：「先師相荐之孝宗皇帝而用之也。」《宋史》有
陳俊卿之荐，或別有所據。

淒其皈心，已焉榮望。忽郵傳於細札，俾教胄於成均；起
高士於鷗鷺之群，近時已寡，擢俗吏於山水之縣，此事久
無。〔註2〕

「忽郵傳於細札」，意外欣喜之情，見諸字裡行間。本集六七〈答虞
祖禹兄弟書〉云：

某自乾道庚寅爲邑於洪之奉新，是時年四十四矣。自張魏
公先生荐試館職而不克就，至是知己希矣，自分老死州縣
矣。厎職六閱月，忽有命自天。擢爲國子博士，蓋先師相
（虞允文）荐之孝宗皇帝而用之也。

此書爲萬里晚年作，追述往事，書中「忽有命自天」，有始料未及之
感。由作邑而立朝，知己與荐引之恩，畢生銘感。故萬里平生服膺與
感恩於荐引者，一爲恩師張浚，一爲同年虞允文。羅大經《鶴林玉露》
一○引萬里語云：

士大夫窮達初不必容心，某平生不能開口求荐，然荐之改
秩者張魏公也，荐之立朝者，虞雍公也。二公皆蜀人，皆
非有平生雅故。

人生際遇，頃刻之間，風波萬里，初度立朝，萬里宿願終得以償。十
月詔命下，十一月萬里起程赴杭。本集七一〈懷種堂記〉云：

（乾道六年）五月予來令奉新。三鄉之民，相率作堂，畫
公相於間，以致瞻竚之敬。十一月某日，堂成。予移官成
均。

「成均」原周代大學名，此指宋代大學「國子監」。萬里詔除國子博
士，於十一月間，「冰痕猶帶浪，霜草自成花」之時節，懷「帝城萬
事好」之心情，離隆興奉新，曉發鳴山馹。〔註3〕經靈山、烏石寺、
楊溪，而至臨安就任新職。〔註4〕

萬里自乾道六年冬赴任國子博士，未足一年，即於翌年七月二十

〔註2〕本集五一。
〔註3〕本集六〈詔追供職學省曉發鳴山馹〉，有「冰痕猶帶浪，霜草自成花」，
「帝城萬事好」之句。
〔註4〕本集六〈望見靈山〉〈登烏石寺〉、〈夜宿楊溪曉起見雪〉。

八日遷太常博士。其間，蓋以初度立朝，不免戰戰兢兢，臨淵履冰於國子職務，〔註5〕終辛卯一年，歌詩之作，限於送友人與題賀之作，且僅寥寥五首而已。

第二節　遷太常博士與張栻事件

　　乾道七年辛卯五月，太常博士丘崈，自京出守外郡秀州，〔註6〕太常博士乃告懸缺。同年七月二十八日有太常博士告詞，中書舍人范成大行：

> 勅左奉議郎國子博士楊萬里，六經之道同歸，禮樂之用爲急。故學官有博士員而奉常亦設焉，皆所以訪論稽古而佐興人文也。爾湛思典籍，風操甚屬，縣儒林徙禮寺，職名不殊，東擢之意則厚高議顯相以大厥官，可依前件。〔註7〕

萬里乃應詔，繼丘崈之後，遷太常博士。〈誠齋楊公墓誌〉云：「上疏乞留左司員外郎張栻，黜軍器少監韓玉。栻雖去而玉亦罷，由是名重朝廷，遷太常博士。」《宋史》本傳據之云：「張栻以論張說出守袁，萬里抗疏留栻，又遺允文書，以和同之說規之。栻雖不果留，而公論偉之，遷太常博士。」皆在遷太常博士之前萬里有「抗疏留栻」之舉。考《宋史》四七〇〈張說傳〉云：

> （乾道）七年三月，（張說）除簽書樞密院事……惟左司員外郎在經筵力言之：中書舍人范成大不草詔，尋除說安遠軍節度使。……八年二月復自安遠軍節度使提舉萬壽觀簽書樞密院事。

據此知張說之罷，乃由於張栻與范成大之力言，〔註8〕事在乾道七年。

〔註5〕《宋會要輯稿》四五七一「職官」六二：「（乾道七年）二月二十五日銓試……國子博士楊萬里……典校試卷。」此其職務之一。

〔註6〕本集六〈辛卯五月送丘宗卿太傅出守袁州〉。

〔註7〕本集一三三。

〔註8〕岳珂《桯史》四：「石湖立朝多奇節。其爲西掖時，上用知閣門事樞密都承旨張說爲僉書，滿朝譁然起爭，上皆弗聽。……范徐奏曰：『……閣門官日日引班，乃今郡典謁吏耳，執政大臣，倅貳此也。陛下作福

本集一一五〈張左司傳〉云：

> 張說除僉書樞密院事，栻夜草手疏極言其不可，且詣宰相質責之，語甚切，宰相慚憤不堪，而上獨不以爲忤。……明年（乾道八年）乃出栻知袁州，而申說前命，於是中外譁譁，而說後竟謫死。〔註9〕

據此知張栻之出知袁州，在乾道八年。二月張說復舊命，張栻之出知袁州殆亦同時。其時，萬里就太常博士任已逾半年，知〈墓誌〉及《宋史》所記萬里就太常博士與張栻之出守外郡，前後實誤。

基於與張栻友誼之義以及秉持公論之正，萬里對於張栻之出知袁州甚表不平，乃抗疏留栻，〈上壽皇乞留張栻黜韓玉書〉：

> 臣竊見左司郎中張栻有文武之才，有經濟之學，蓋其父浚教養成就之者三十年，以爲陛下一日之用，陛下知之亦十年矣。……如前日樞臣張說之除，在廷之臣，無一敢言，獨栻言之，人皆以爲成命之難回，而陛下爲之改命……然一旦夜半出命，逐之遠郡，民言相驚，以爲朝廷之逐張栻，是爲張說報仇也。……至於韓玉者，士論籍籍，謂其人狼子野心，工於誕謾，深於險賊……。〔註10〕

同時，〈上虞彬甫丞相書〉：

> 今者竊見張栻驟逐，而韓玉堅留，此朝廷黜陟之大失也。……說者謂栻之議論與丞相議論間有異同，某以爲不然……古者廟堂之上，議論之間，固貴於可否之相濟，而不以異同爲相忤也。孰謂相公之賢，肯以小異爲忤，而以逐賢爲快哉！其知相公之必不然也。是必栻前此樞廷之議，有以召近習之怨，日浸月潤以至於此。〔註11〕

萬里書中以和同之說規虞允文，反映其時虞允文與張栻之間頗有歧

> 之柄固無容議，但聖意以謂有一州郡，一旦驟拔客將吏爲通判，職曹官顧謂何耶？官屬縱俛首，吏民觀聽又謂何耶？』上齋威沈吟曰：『朕將思之』，明日說罷。」

〔註9〕 《宋史》同。

〔註10〕 本集六二。

〔註11〕 本集六三。

見，允文於萬里有荐舉立朝之恩，故萬里書中否認虞張二人之相忤，而歸責於近習之怨。然歧見既成，方有和同之說規勸。萬里雖規勸懇切，以圖留栻，而終告失敗，張栻之出知袁州，乃成定案。

同年四月初二，進士唱名，萬里以省試官待罪殿廬，〔註12〕八月十二日有論趙忠果諡議事。〔註13〕九月七日遷太常丞兼權吏部右侍郎官。計萬里任太常博士自乾道七年七月二十八日至八年九月七日止，凡一年餘，官事繁重，詩作寥寥，僅得十餘首而已。

第三節　升太常丞轉將作少監

本集一三三〈太常丞告詞〉，乾道八年九月七日，中書舍人林機行：

> 勑左奉議郎太常博士楊萬里等，史而求野以言其文勝，名為聚訟以言其說繁，此禮家所以為難也。曲臺列屬，非博雅之士無取焉。爾等克應茲選，同升厥官，究爾所學，助吾著誠去偽之化，顧不美歟，可依前件。

《宋史》本傳云：

> 尋升丞，兼吏部右侍郎官。〔註14〕

據此，萬里在太常，由博士升任丞，兼權吏部右侍郎官，為四品之官。太常丞任內萬里有〈壬辰輪對第一箚子〉〈壬辰輪對第二箚子〉。〔註15〕

〔註12〕　本集六〈四月初二日進士唱名，萬里以省試官，待罪殿廬，遇林謙之說詩，夜歸，又見林東，因紀其事。〉

〔註13〕　《宋會要》一六〇「禮」五八：「（乾道）八年八月十二日太常博士楊萬里等言及右監門衛大將軍吉州團練使贈保寧軍節度使士跂，當靖康間，憤金虜之猘，痛宗國之屯，結豪傑三千人以赴京師，使建炎中復結義士數千，為朝廷取河北，竟以謀泄。虜人執之，腰斬於市。富貴安逸之中而能殺身成仁，其孤忠耿耿，使異方遐域，知吾天族之有人，亦足以挫其銳而奪其氣。請諡曰忠果，從之。」本集九六〈節使趙忠果諡議〉，又有〈葉恭簡公諡議〉及〈光堯太上皇帝諡議〉，蓋皆萬里太常博士任內所議。

〔註14〕　〈誠齋楊公墓誌〉同。

〔註15〕　本集六九。

按宋制，臣僚輪流每五日一入內殿見上，指陳時政得失，稱為轉對或輪對。「劄子」即上皇帝之奏劄。萬里既升太常丞兼吏部右侍郎官，乃有輪對。其壬辰一、二劄子，大抵言吏部以及用人之道：

（一）吏之壅閼上澤，願上勸沮：第一劄子云：「陛下身居乎九重，而心周乎比屋，儲神於蠖濩，而見民情於耕桑隴畝之間。頃嘗捐半賦與民，古者艱難之時所未嘗有也。近嘗出官帑以賑饑，古者匱乏之時所不能為也。有愛民之君如此，為監司守令者其忍負之。顧乃不然！或郡境實旱，而不受民之訴，或縣無上供，而預借民間來年之租，甚者攘肌而及骨，剝民以進身。兩稅自有省限也，或先限而責其至足，常賦自有定數也，或厚斂而獻其羨餘，甚不稱陛下憂恤惻怛之意也。澤不下流，感召旱暵，江湖之上，旱遍數州，天意若曰：『遠民有不被陛下之澤者也。』吏之壅閼上澤如此，可不昭然遠寤哉。」

（二）用人之道，在任賢使能：第二劄子云：「臣聞人主之要道有一，而所以為要道者有二。何謂一，曰用人是也。何謂二，曰任賢，曰使能是也。有正直中和之德者謂之賢，有聰明果敢之才者謂之能。賢者有所必不為，故可任而不疑，能者無所不為，故可使而難御。」又云：「觀賢者必觀其所止，觀能者必觀其所試。」

此外萬里有癸巳輪對第一、第二劄子，〔註16〕疑亦在太常丞任內所上。第一劄子言「災祥雖在乎天，而變災為祥者實在乎陛下矣」，勉以「易曰君子以自強不息」。第二劄子言「乾道新書，猶有牴牾」，以為「牴牾之說大概有二：有因一人之請而改法者，如利害劄子是也；有徇一人之欲而改法者，如援例陳請是也。且夫陳利害者，志在於對揚之塞責而已，或聞之道塗，或假之他人，豈可輕信其請哉！援舊例者，志在於恩紀之僥倖而已，或不應得而得，或不應貸而貸，豈可輕徇其欲哉！」願皇帝陛下「深詔有司於修法之際，凡有此類，乞如范仲淹之論，凡百官起請條貫，合中書會議，必可經久方得施行，如事

〔註16〕 同上。

干刑名，更令大理寺官參詳之，如此則祖宗之法，庶幾盡復其舊矣。」

萬里任太常丞方半年餘，又有新任命。乾道九年四月二十八日有告詞，萬里轉將作少監。太常丞半年以來，詩作寥寥，且爲贈答挽詞送別一類，多不足觀。轉任將作少監後，詩作亦復寥寥，內容亦復贈答挽詞送別一類。〔註17〕

淳熙元年正月，萬里有補外之任命，出知漳州。本集六〈甲午送陳行之寺丞出守南劍〉云：

> 我召公先到，公歸我亦行。
>
> 三年如夢語，一笑可憐生。〔註18〕

本集七〈瓶中梅花長句〉自註云：

> 去年（指淳熙元年）正月予既得麾臨漳，朝士餞予高會于
> 西湖上。〔註19〕

至於萬里之補外，則以母老之故。本集七一〈嚴州聚山堂記〉云：

> 初予官於朝，以母老丐補外，得符臨漳。

既得補外，萬里乃結束初度立朝歷任國子博士、太常博士、太常丞、將作少監凡三年餘之京城官場生活，離別都下，自龍山登舟，出知漳州。〔註20〕

〔註17〕萬里太常丞、將作少監任內詩并見本集六，質量皆貧乏不足觀。

〔註18〕詩中有「野店緣山去，春風並轡輕」，知係甲午春詩。

〔註19〕淳熙二年詩。

〔註20〕本集六〈甲午出知漳州晚發船龍山暮宿桐廬〉。本集七一〈嚴州聚山堂記〉：「得符臨漳，自龍山登舟。」

第七章　待次臨漳與任官毗陵

第一節　待次臨漳家居吉水

　　據萬里〈嚴州聚山堂記〉（卷七一）自述其官於朝，以母老而丐補外，得符臨漳。「以母老而丐補外」，基於人子之孝，出於己意，然「得符臨漳（今福建龍溪縣治）」地遠路遙，山川阻隔，則非所願。故萬里雖補外漳州，並未赴任，而於淳熙元年正月朝士餞別西湖之後，自龍山登舟，入夜發船，暮宿桐廬，朝吉州前行，作歸鄉之計。途中詩云：

　　　　道途奔走不曾安，卻羨山家住得閑。

　　　　記取還山安住日，更忘奔走道途間。〔註1〕

寫盡仕途奔競，勞勞碌碌，羨慕山居安住，悠游自閑。在帝城生活之後，有還鄉家居之企盼。於是「舟行之二日，自鸕鷀灣歷胥口，則兩山耦立而夾馳，中通一溪，小舟折旋其間，行若巷居，止若牆面，偪仄阨塞，使人悶悶。」「又一日宿烏石灘下，曉起而望，則溪之外有地，地之外有野，野之外有峰，峰之外有山。雖不若向之開明豁如者，然北山刺天，若倚畫屏，南山隔水，若來眾賓，玉泉若几研，而九峰若芝蘭玉樹也。於是予之快者復，而悶悶者去矣。」〔註2〕於是上嚴

〔註1〕本集六〈甲午出知漳州，晚發龍山，暮宿桐廬二首〉。
〔註2〕本集七一〈嚴州聚山堂記〉。

州烏石灘，幷有詩紀行：

> 人語相聞數尺間，其如灘惡費人牽。
>
> 已從灘下過灘上，卻立前船待後船。

既至嚴州，得太守曹仲本接待，萬里攜家館於建德縣簿廳。雖「不堪久客只思歸」，〔註3〕然「以呼家僮未來，假館於曹侯者期月」，其間並「嘗從侯散策郡圃」。〔註4〕「郡圃舊亭面東，了無所見，太守曹仲本撤材易地為堂，買地以廣之，正對南山，經始小築，覺江山輻輳」，〔註5〕乃作〈題嚴州新堂〉詩，中有「江山只道不解語，云何惠然堂上聚」之句，曹仲本取「聚山」二字名堂，並徵記於萬里。〔註6〕

嚴州別後，萬里西歸，沿乾道三年赴杭上《千慮策》後西返之舊途。途中未有紀行之作，或以景物依舊，無以興懷。

二月癸酉，虞允文卒，萬里為文以祭，〔註7〕幷作挽詞三章，其三云：

> 一老堂堂日，諸賢得得來。
>
> 但令元氣壯，患不塞塵開。
>
> 名大天難著，人亡首忍回。
>
> 東風好西去，吹淚到泉臺。〔註8〕

虞允文與萬里為同年進士，唯以際遇各異，允文已拜右相，而萬里猶賦閑居，初以《千慮策》受知於允文任樞密時，復受荐舉立朝於允文為右相時，且允文長萬里十七歲，故萬里自稱「某先師相之老門生也」。除以後輩自居外，實感恩於允文之賞識與荐舉，方得以立朝帝京，交游朝士，獲知國君，奠定日後雖曾補外，而重得立朝之基礎。職是之故允文之於萬里畢生之仕途浮沈，實繼張浚之後而有舉足輕重之影響力。微允文，萬里或終老作邑，亦未可知。允文噩耗傳來，萬

〔註 3〕本集三〈攜家小歇嚴州建德縣簿廳曉起〉。
〔註 4〕同註2。
〔註 5〕本集六〈題嚴州新堂〉自注。
〔註 6〕同註2。
〔註 7〕本集一○一〈祭虞丞相文〉。
〔註 8〕本集六〈虞丞相挽詞〉。

里或仍在歸途，尚未抵吉水。〔註9〕

　　是年夏，家居無詩，未詳何故。秋季，有數首詩頗能反映萬里家居之生活與心境。例如〈觀稼〉，寫其生活：

> 三年再旱獨堪聞，一熟諸村稍作欣。
> 老子朝朝弄田水，眼看翠浪作黃雲。

詩中寫出觀稼之喜悅，反映作者「老子朝朝弄田水」之耕耘心血，終得「眼看翠浪作黃雲」之收穫，歸農生活，依稀可見。例如〈秋夕書懷〉，寫其心境：

> 老去還多感，歸來正倦遊。
> 數峰愁外月，一葉靜邊秋。
> 偶憶平生事，眞供獨笑休。
> 燈花吾會得，村酒恰當篘。

又有〈感秋〉，亦寫其心境：

> 舊不愁秋只愛秋，風中吹笛月中樓。
> 如今秋色渾如舊，欲不悲秋不自由。〔註10〕

二詩悲秋多感，或基於中原未復，師友相繼零落，或不過詩人久宦帝京，還鄉家居，而興悲秋之情而已。

　　淳熙二年，萬里仍家居吉水，無意於漳州之任，乃徜徉田園山水之間。如其〈初夏三絕句〉、〈行圃〉、〈看筍六言〉、〈農家六言〉、〈山居〉、〈飯罷登山〉，皆反映其賦閑家居之生活。然賦閑家居并未予萬里以恬適安靜之心境，反而愁緒盈懷。其〈有歎〉云：

> 老來無面見毛錐，猶把閑愁付小詩。
> 若道愁多頭易白，鬢鬢從小鬖成絲。

萬里「愁多」，殆由於補外任命未能如願，時年不過四十九歲，而常自歎年老。是年夏，友人荐之，易地毗陵（即常州），而萬里自謙，

〔註 9〕本集七一〈嚴州聚山堂記〉：「假館於曹侯者暮月。」萬里正月離都下，而二月身在嚴州。又本集六淳熙二年詩〈二月望日〉云：「小雨輕風春一半，去年今日在嚴州。」
〔註10〕本集六。

以「自愧無濟劇才」爲由，上章丐祠，并賦詩云：

> 亦豈眞辭祿，誰令自不才。
> 更須三釜戀，未放兩眉開。
> 道我今貧卻，何朝不飯來。
> 商量若爲可，杜宇一聲催。

詩中自責上章請領祠觀，豈眞辭榮祿；自恨自愧不才，猶貪戀官俸。然爲養親，仍需三釜微俸，因此兩眉未放，愁緒未解。自我省思，雖是貧窮，卻有飯來，而歸結於杜宇聲催，不如歸去。全詩反映萬里仕宦與棄官抉擇間之矛盾，詩中雖以「杜宇一聲催」，爲其抉擇，然「待次臨漳，諸公荐之，易地毗陵」，固先得萬里之契許或要求，據此可知萬里「上章丐祠」，實期盼「易地毗陵」之得以實現。逮乎淳熙四年，終得改知毗陵之任命，而於夏四月十日之官。

際此三載閑居，萬里處於病、貧、愁、閑之中。淳熙二年詩如〈病瘧無聊〉：

> 病身兀兀意昏昏，急掛東窗避夕曛。
> 生看雲生還有雨，忽然雨止併作雲。

〈秋興〉：

> 老裏還多病，貧中卻賸詩。
> 浪愁餘熱在，會自有涼時。

〈中秋與諸子果飲〉：

> 老子病來渾不飲，如何頻報綠尊空。

〈晚步南溪弄水〉

> 從今日日來，愁肺要湔浣。

〈夜坐以白糖嚼梅花〉：

> 先生清貧似飢蚊，饞涎流到瘦脛根。

淳熙三年詩如〈和彭仲莊對牡丹止酒〉：

> 病身無伴臥空山，石友相從慰眼寒。

〈暮春小雨〉：

> 宿酒微醒尚小醺，似癡如病不多欣。

〈中秋前二夕釣雪舟中靜坐〉：
> 去歲中秋正病餘，愛他月色強支吾。
>
> 今年老矣差無病，後夜中秋有月無。

〈秋月〉：
> 惟愁清不極，清極卻成愁。

〈夜雨〉：
> 伴老貧無恙，留愁酒肯廮。

〈秋雨歎十解〉：
> 若言不攪愁人夢，爲許千千萬萬聲。（其一）
>
> 卻把窮愁比秋雨，猶應秋雨少于愁。（其二）
>
> 老子愁來只苦吟，一吟一歎爲秋霖。（其六）
>
> 不是簷聲不放眠，只將愁思壓衰年。（其十）

〈和彭仲莊〉：
> 向來年少今老翁，隨身不去只有窮。

〈胡季永挽詞〉：
> 霜風吹病眼，老淚爲渠潸。

由於閑居，無官身輕，詩作乃多產。計淳熙元年正月出知漳州未赴，返鄉閑居，諸事未定，存詩不過二十五首。淳熙二年，吉水家居，存詩增至四十四首。淳熙三年，仍吉水家居，存詩又增，高達六十九首，究其原因，蓋以幽居釣雪舟、雲臥菴、誠齋有關，〔註11〕閑情逸興，正是詩作多產之源泉。淳熙四年春，仍吉水家居，是季存詩十三首，爲《江湖集》之卷末。至於有關《江湖集》詩之輯存，萬里於淳熙十四年丁未作〈荊溪集序〉，自云：
> 自淳熙丁酉之春，上墍壬午止有詩五百八十二首。

淳熙十五年戊申，萬里作〈江湖集序〉云：
> 舊有存者五百八十首，大兒長孺再得一百五十八首，於是
> 并錄而序之。

〔註11〕本集七〈釣雪舟倦睡〉：「予作一小齋，狀如舟，名以釣雪舟，予讀書其間。」又有〈幽居三詠〉，分別詠釣雪舟，雲臥菴與誠齋。

按萬里自云《江湖集》之數量略有出入，前云：「五百八十二」，而結集爲序則爲「五百八十首」，「再得一百五十八首」，凡七百三十八首。查今存宋本《誠齋集》，《江湖集》凡七卷，壬午詩四十三首，癸未詩一百五十首，甲申詩四十首，乙酉詩五十四首，丙戌詩九十首，丁亥詩八十八首，戊子詩十六首，己丑詩六十六首，庚寅詩三十三首，辛卯詩五首，壬辰詩十四首，癸巳詩十九首，甲午詩二十五首，乙未詩四十四首，丙申詩六十九首，丁酉春詩十三首，凡十五年，存詩七百三十四首，較萬里自計少四首，究其原因，蓋傳鈔之亡佚。

第二節　三載毗陵與荊溪集

　　楊萬里以母老而丐補外，得符臨漳，並非所願，乃逕自都下返吉水，未赴漳州任。自淳熙元年正月餞別朝士後，賦閑家居竟三年餘。其間（淳熙二年夏）友人曾荐之易地毗陵，未果。逮乎淳熙四年夏，方始獲命，復出任官，於四月十日之官毗陵。

　　毗陵，即常州毗陵郡，故治在今江蘇武進縣。萬里由吉水赴毗陵，旅途多采水路。先舟行由贛江，轉信江，沿江東入浙，間進椆陂江口、西徑、餘干，沂流至安仁，宿小沙溪，〔註12〕後改陸路，經玉山，并曾遇故友蕭德藻於上饒西郊，行色匆匆，一揖而別；〔註13〕入常山界，過招賢渡；〔註14〕後改水路，登舟苕溪，過德清，東行泊吳江，而後至毗陵。〔註15〕旅途之中，萬里曾抒心懷：

　　蟲聲兩岸不堪聞，把燭銷愁且一尊。

〔註12〕　本集八〈丁酉四月十日之官毗陵舟行阻風宿椆陂江口〉、〈舟次西徑〉、〈餘干沂流至安仁〉、〈宿小沙溪〉諸詩。所詠各地皆在江西省境，蓋沿贛江而行。
〔註13〕　本集八〈玉山道中〉。玉山在江西上饒東北。本集八一〈千巖摘稿序〉：「余出守毗陵，東夫丞龍川，相遇於上饒之西郊。」
〔註14〕　常山，即今浙江常山。招賢渡，在常山衢縣之間。
〔註15〕　本集八〈苕溪登舟〉、〈舟過德清〉、〈舟泊吳江〉諸詩。吳江，今江蘇吳江，苕溪有東苕西苕，東苕出浙江天目山之陽，東北經德清縣。萬里〈苕溪登舟〉，自在東苕。

誰宿此船愁似我，船篷猶帶燭煙痕。〔註16〕

「把燭銷愁且一尊」，非因離情別緒，而係重出作邑及上章丐祠未果，不禁興發無奈之惆悵。又云：

村北村南水響齊，巷頭巷尾樹陰低。

青山自負無塵色，盡日殷勤照碧溪。〔註17〕

詩中借青山之「自負無塵色」，而自嘲出仕有愧青山；況青山「盡日殷勤照碧溪」，傲然超塵，相形之下，有無限之羞媿，在在顯示萬里重出作邑，之官毗陵，並非中合己意。

常州到任，萬里有〈答常州守陳時中交代啓〉、〈答常州李倅啓〉、〈答常州趙添倅啓〉皆禮儀謙詞；又有〈常州到任謝執政啓〉，云：

一麾出守，初引疾於清漳，再命茲泰，忽考功於馮翊，欣去天之無遠，感易地之有從。伏念某乃心山林漫仕州縣，頃緣諸老頗悅其狷者之風，上達四聰，偶墮在勝流之數，拔乎靡密米鹽之列，寘彼寒空鵷鷺之班……夫何近郡輕畀非才，某敢不策其鈍頑、繼以夙夜，仰惟美意，豈詭其俗吏健決之能，借曰不功，猶守其腐儒撫字之說。〔註18〕

文中除敘其待次臨漳與易地毗陵，其尤要者，乃強調治毗陵之原則：「俗吏健決之能，借曰不功，猶守其腐儒撫字之說。」「撫字」之策，正是儒者施政之精神，多年前奉新作邑之成功經驗已堅定其信念與基礎。「我來荊溪上，敲榜索租錢。」〔註19〕敲榜民賦，刑罰逼索，為萬里所痛；「飽暖君恩豈不知，小兒窮慣只長飢，朝朝聽得兒啼處，正是炊粱欲熟時。」〔註20〕生計困艱，民窮長飢，為萬里所哀。生活貧困之現實與功名富貴之夢幻，使宦情本已淡薄之萬里，常作看破仕途之想：「如何捐此軀，必要博好官；顧謂妻與子，官滿當歸田。我賤汝勿羞，

〔註16〕 本集八〈丁酉四月十日之官毗陵，舟行阻風，宿桐陂江口〉。
〔註17〕 本集八〈玉山道中〉。
〔註18〕 本集五二。
〔註19〕 本集九〈聞一二故人相繼而逝感嘆書懷〉。
〔註20〕 本集一一〈兒啼哭飯〉。

我貧汝勿歎。從汝丐我身，百年庶團欒。」〔註21〕蓋不滿於吏治之健決，而期以儒者之仁愛撫字以治民事，而非以索租增賦爲其先務。

初至毗陵，萬里即奔忙於公務，至秋七月十四日，方始有詩。〔註22〕然直至年終，所作甚寡，不過七首而已。本集八○〈荊溪集序〉曾自述其原因：

> 其（淳熙四年）夏之官荊溪，既抵官下，閱訟牒，理邦賦，
> 惟朱墨之爲親，詩意時往，日來於予懷，欲作未暇也。

「欲作未暇」，反映萬里之官毗陵初期之疲於公務，與缺乏詩歌創作之餘裕閑情。

淳熙五年，萬里之家庭，人事之變遷，生活之形態與詩歌之創作皆有重大之變化：

先就家庭言。萬里妻得重病於五月，曾五易其醫。本集七八〈送葉伯文序〉云：

> 予出守毗陵日一周天矣。未嘗召醫也。今年五月，婦偶有
> 寒疾，於是始召醫。諏其良者，衆對曰：「某子良，州家常
> 用之。」又曰：「某子良，州家常用之。」世言效驗者，必
> 求之於所常用，予欲勿用焉得而勿用。然醫藥紛如，效驗
> 蔑如。蓋五易醫，得葉君偉而後愈。

妻疾之外，重以慈親年近八秩，有懷皈故里之念。其〈上趙丞相（雄）啓〉云：

> 某行身多憂，嗜學寡要，彫一生之肝肺，老而未休；爭百
> 世之聲名，得之奚益。寸心霜降而水落，萬事雲凝而風休。
> 立朝幾何，甚矣其戇，補外再易，惴焉遑寧，奪諸漳濱清
> 涼之鄉，墮在延陵煎急之地，罷於奔命，哀此勞人。……
> 眷乃室家，歷十旬而嬰疾，裹諸聖善，迫八秩以懷皈。念
> 既動而莫收，居之安而則否，承板輿之意，秋風豈爲於鱸
> 魚，困仕塗之艱，夜月孰憐於烏鵲，不有吾子，其將疇

依。……或畀盧陵近舍之麾。〔註23〕

萬里上啓之中，陳述母老妻病之苦衷，期以明年毗陵改秩時，得派任距盧陵不遠之郡縣。啓上未果，次年〔六年〕，竟新除廣東提舉，始料未及。其於〈新除廣東提舉謝丞相啓〉〔註24〕又重申其事，又未果。

　　次就人事之往還言。萬里官毗陵，人事往還固多，唯其可記者，唯與尤袤、范成大與蔡戡之往還。茲分別述之：

　　（甲）尤袤，字延之，毗陵人，爲中興四大詩人之一。乾道七年五月除秘書省丞，與萬里同立朝，爲二人相識之始（詳〈交游考〉）。本集七八〈益齋藏書目序〉云：「一日除書下，遷大宗正丞尤公延之爲秘書丞，吾友張欽夫悅是除也，曰眞祕書焉。予自是知延之之賢，始願交焉。」又云：「既與延之往還且久，既同爲尙書郎，論文討古，則見延之於書靡不觀，觀書靡不記。至於字畫之葳殘，月日之穿漏，歷歷舉之無竭，聽之無疲也。」唯其時殆爲初交，雖互有所知，不過同朝之誼，二人未有酬唱，過從未密可知。逮乎淳熙五年，尤袤去京返鄉毗陵，仕途受挫，異地重逢，秉燭夜話，隆情厚誼，自斯建立。又云：「今年余出守毗陵，蓋延之之州里也，延之持淮南使者之節而皈。一日入郊訪余。余與之秉燭夜語。問其閑居何爲？則曰：吾所抄書今若干卷將彙而目之，飢讀之以當肉，寒讀之以當裘，孤寂而讀之以當友朋，幽憂而讀之以當金石琴瑟也。……延之屬余序其目。余既序之，且將借其書而傳焉。」萬里爲《益齋藏書目》作序外，并謝尤袤之惠訪，作長句云：「淮南使者郎官星，瑞光夜燭荊溪清。平生龐公不入城，令我折卻屐齒迎。……儂歸螺山渠惠山，來歲相思二千里。」〔註25〕至是啓開二大詩人酬唱之端。六年，萬里新除提舉廣東常平茶鹽，三月離毗陵西歸，尤袤作詩送之云：「征轅已動不容攀，回首棠陰蔽芾間。爲郡不知歌舞樂，憂民贏得鬢毛斑。澄清未展須持節，注

〔註23〕　本集五二。
〔註24〕　本集五三。
〔註25〕　本集一○〈謝尤延之提舉郎中自山間惠訪長句〉。

想方深合賜環。從此相思隔煙水，夢魂飛不到螺山。」〔註26〕嗣後萬里赴廣東任，至淳熙十一年二度立朝，與尤袤唱和甚頻，且無間斷，以至終老（詳〈交游考〉）。據是可言淳熙五年毗陵之交會訪談，實爲尤楊二大詩人交誼之轉捩點。

（乙）范成大，字致能，吳郡人，與萬里同年進士，二人是否初識於紹興二十四年則未可考。乾道六年萬里召爲國子博士，七年遷太常博士，其告詞即時任中書舍人范成大行。其時蓋已相識，唯雖同立朝，似無深交。未幾，成大得外放之命，知靜江府，而萬里升太常丞，轉將作少監，至淳熙元年補外，其間數載，二人過從未詳。及至淳熙五年，成大除參知政事，萬里上啓以賀，推崇備至，以爲「自初元以至於今，知政幾二十人，求天下之所謂正臣如公纔一二輩。」〔註27〕自是引爲知己。考《宋史》〈宰輔表〉，成大四月除參知政事，六月甲戌罷，出知婺州，未赴，逕歸吳郡，仕途甚不如意。冬至，成大有懷萬里詩二首，其二云：

多稼亭邊有所思，冬來撚卻幾行髭。

也應坐擁黃紬被，斷角孤鴻總要詩。〔註28〕

萬里和韻二首，其二云：

夢中相見慰相思，玉立長身漆點髭。

不遣紫宸朝補袞，卻教雪屋夜哦詩。〔註29〕

詩中對成大因奸佞以私憾參劾而罷參政與出知婺州表示無限同情與憤慨不平，其間友誼眞摯隆厚，已自可見。二人之贈答唱和，乃始於斯。是年冬，萬里寄題石湖二首，成大次韻有「公退蕭然眞吏隱，文名藉甚更詩聲。句從月脅天心得，筆與冰甌雪椀清。」稱美萬里其人其詩。其後二人贈答酬唱不絕，以至終老（詳〈交游考〉）。

（丙）蔡戡，字定夫，莆田人，乾道間帥江西，曾餉生蟹於萬里，

〔註26〕　《梁谿遺稿》〈送提舉楊大監解組西歸〉。

〔註27〕　本集五二〈賀范至能參政啓〉。

〔註28〕　《石湖居士詩集》二○〈冬至晚起枕上有懷晉陵楊使君〉。

〔註29〕　本集一一〈和范至能參政寄二絕句〉。

〔註30〕然未有贈答酬唱。至淳熙五年，蔡戡使廣東，萬里作詩送之，初啓唱和之端；〔註31〕二年後，萬里提舉廣東，有游浦間詩呈蔡戡，戡和之，有「我來戲作南海遊，兩鬢落葉鳴新秋。」之句。〔註32〕考蔡戡和萬里詩僅此一首，蓋非長於詩之故，唯二人友誼長保，以至終老（詳〈交游考〉）。綜觀尤、范、蔡三氏與萬里酬唱之始，皆在於仕途未如意之時，宦海浮沈，人事堪稱多變。

　　三就生活之形態與詩之創作言。詩歌之創作恆建築於生活之基礎，對萬里而言，此一現象尤爲顯明。〈荊溪集序〉云：

> 戊戌三朝時節賜告，少公事，是日即作詩，忽若有寤（悟），於是辭謝唐人及王陳江西諸君子，皆不敢學，而後欣如之。試令兒輩操筆，予口占數首，則瀏瀏焉，無復前日之軋軋矣。自此每過午，吏散庭空，即攜一便面步後園，登古城，採擷杞菊，攀翻花竹，萬象畢來，獻予詩材。蓋麾之不去，前者未雠，而後者已迫，渙然未覺作詩之難也。蓋詩人之病去體將有日矣。方是時不惟未覺作詩之難，亦未覺作州之難也。

此段文字，萬里不啻自述其生活形態之改變，尤其闡明詩歌創作技巧之欣然得脫。去歲「欲作未暇」之情況已不復見，代之而起者，爲詩歌之多產與公餘之從容遊賞。如其〈春暖郡圃散策〉：

> 春禽處處講新聲，細草欣欣賀嫩晴。
> 曲折遍穿花底路，莫令一步作虛行。

〈休日登城〉：

> 愛他休日更新晴，忍卻春寒上古城。
> 廢壘荒蘆無一好，春來微徑總堪行。

〈苦熱登多稼亭〉：

> 吏散庭空便悄然，不須休日始偷閒。

〈檜逕曉步〉：

〔註30〕本集四四〈從蟹賦序〉。
〔註31〕本集一○〈送蔡定夫提舉正字使廣東〉。
〔註32〕《定齋集》一六〈和楊廷秀游蒲澗之什〉。

意行偶到無人處，驚起山禽我亦驚。

皆反映其公餘從容散策，生活多趣，而毗陵郡圃及其周遭，風光綺麗，有多稼亭，淨遠亭，郡齋，臥治齋，懷古堂，水亭，池亭，荷橋，荷池以及翟園等。或讀書小憩，或登亭遊池，興來筆至，盡入吟咏，況萬里其時作詩甚勤，竟至「閉門獨琢春寒句，只有輕風細雨知」、「先生苦吟日色晚，老鈴來催喫朝飯」、「詩人滿腹著清愁，吐作千詩未肯休」〔註33〕之境，加以作詩技巧之有意「辭謝唐人及王陳江西諸君子」，而思擺脫此一束縛，另闢蹊徑，於是「老來不辦琱新句」、「哦詩只道更無題」、「只教詩中清如雪」，〔註34〕於是自覺「瀏瀏焉無復前日之軋軋」，作詩興味大增，內容廣泛，無所不容，幾無不可入詩之詩材。萬里自計其詩自戊戌正月以至次年二月，凡十有四月，得詩四百九十二首，〔註35〕幾乎一日一詩。其間尤以詠物質量並豐，最可稱美。就所吟咏之物類言，舉凡梅、瑞香、柳、海棠、米囊、牡丹、櫻桃、水仙、蓮子、芍藥、菊、芭蕉、梨、桃、酒蛤蜊、蒲桃乾、鱟醬，芥齏、水精膾、牛尾狸、鴉、雀、蠅、雁、促織，乃至紅葉新柳，風雨霜露等，天上人間，萬象畢來，取人所不敢取之詩材，詩人所不能詩之物類，而觀察入微，表達細緻鮮活，善描小物動態，詩情處處，竟是《荊溪詩集》之成就處，亦是萬里任官毗陵之最大創獲。茲例舉數首以爲代表：

（一）偶爾相逢細問途，不知何事數遷居？
　　　微軀所饌能多少，一獵歸來滿後車。（〈觀蟻〉）
（二）隔窗偶見負暄蠅，雙腳接挲弄曉晴；
　　　日影欲移先會得，忽然飛落別窗聲。（〈凍蠅〉）
（三）穉子相看只笑渠，老夫亦復小盧胡。
　　　一鴉飛立鉤欄角，仔細看來還有鬚。（〈鴉〉）

〔註33〕《荊溪集》：〈清明雨寒〉、〈苦吟〉、〈紅葉〉。
〔註34〕本集九〈寒食雨作〉；十四〈戲筆〉；十一〈晚興〉。
〔註35〕按〈荊溪集序〉作者自云其存詩「四百九十二首」。按宋本全集，《荊溪集》，有丁酉詩二十六首，戊午詩約三百八十首，己亥常州詩七十五首，合計未達四百九十二之數，蓋傳抄散佚。

（四）百千寒雀下空庭，少集梅梢話晚晴；

　　　特地作團喧殺我，忽然驚散寂無聲。（〈寒雀〉）

描繪之細緻，觀物之用心，摹寫之傳神與夫詩材之廣泛，正是萬里淳熙五年詩歌創作之新嘗試與新成就。

第三節　辭滿家居待次與西歸集

淳熙六年，萬里辭滿，正月二十六日，有廣州提舉之任命。〔註36〕雖非所願，然亦無可奈何，其上〈新除廣東提舉謝丞相啓〉〔註37〕中雖申說妻病母老，然仍未克更改新令。曾作〈新除廣東常平之節感恩書懷〉（卷一二）云：

已愧雙旌古晉陵，更堪一節古羊城。

偶逢舊治年頻熟，忽署新銜手尚生。

山與君恩誰是重，身如秋葉不勝輕。

向來百鍊今繞指，一寸丹心白日明。

詩中含蘊歸田之意。其前有〈得小兒壽俊家書〉詩：「徑須父子早歸田，粗茶淡飯終殘年。」〈秋懷〉詩：「從今歸去便歸去，去到無顏見白鷗。」皆有歸去之意。

既辭滿，萬里出舍添倅廳，「一麾來此恰三年，到得終更分外難。」〔註38〕等待代者之來。至「二月晦，代者至，予合符而去」。〔註39〕三月移官廣東常平使者，離常州，父老熱烈相送。詩云：

攔街父老不教行，出得東門已一更。〔註40〕

其受民眾之愛戴可見。萬里作邑，自奉新取得經驗以來，一切以民事為先，至作州荊溪，仍以民本為其原則。古人曾將好官分為「廉吏」、「循吏」與「良吏」。不貪非分之財者，可謂「廉吏」；依法任事者，

〔註36〕　本集一三三告詞。

〔註37〕　本集五三。

〔註38〕　本集一二〈辭滿代者未至〉。

〔註39〕　本集八〇〈荊溪集序〉。

〔註40〕　本集一三〈初離常州夜宿小井清曉放船〉。

可謂「循吏」，然作「良吏」則不僅一介不取，奉公守法，且須具備
民胞物與之襟懷，與視民眾之飢爲己飢，視民眾之溺爲己溺。萬里兼
而有之，作臣可爲能臣，作吏可爲良吏。吾人讀其〈早起〉詩，可見
其認眞負責之態度：

> 不分老鈴下，苦來驚我眠。
> 要知甘寢處，最是欲明天。
> 未了公家事，難銷月俸錢。
> 坐曹臨訟罷，殘燭正熒然。〔註41〕

讀其〈兒啼索飯〉，可見其推己及人之仁厚風範：

> 飽暖君恩豈不知，小兒窮慣只長飢。
> 朝朝聽得兒啼處，正是炊粱欲熟時。〔註42〕

既離常州，萬里西歸鄉里。旅途間舟行爲主，沿運河，經潘葑（江
蘇無錫西北）、無錫、望亭（無錫東南）、許市（無錫蘇州間）、虎丘（吳
縣西北），登姑蘇，謁范成大，并同遊石湖精舍，相互酬唱。〔註43〕訣
別成大後，再登垂虹亭（江蘇吳江東垂虹橋上），過吳江、平望（吳江
西南運河西岸）、梅堰（吳江西南荻塘河濱）、湖州（浙江吳興）、雪溪
（吳興縣南）。三月春盡舍舟餘杭，山行過白昇山（餘杭之南），再登
舟富陽，發窄溪（浙江桐廬東北），經嚴州、安仁市。四月一日過平坦
市、江山縣、禮賢鎮（江山縣南），小憩二龍爭珠，由此出官路入山路。
〔註44〕四月四日出浙東入信州永豐（江西廣豐），上饒。十三日度鄱陽
湖，沿贛江返吉水。自荆溪詩風轉變以來，萬里二月西歸行程，遍歷
千山萬水，凡所見聞，莫不入詩，與自吉水赴毗陵時，詩作質量，大
相逕庭。〔註45〕

〔註41〕 本集一〇。
〔註42〕 本集一一。
〔註43〕 本集八〇〈西歸集序〉；本集一三〈從范至能參政遊石湖精舍坐間走筆〉。
〔註44〕 本集一三〈小憩二龍爭珠蓋兩長嶺夾一圓峰故名，自此出官路入山路云〉。
〔註45〕 本集八由吉水赴毗陵途中詩僅十七首，而由毗陵返吉水詩竟達百

　　既返吉水，夏居竟無詩，究其原因，疑其時壽佺子夭折之故。考是歲二月萬里毗陵辭滿時，有子病篤，曾就醫於孟之漢卿；其離毗陵，曾作詩送醫家孟宗良漢卿，中有「向來吾兒命如絲」之句，〔註46〕「吾兒」殆即壽佺。返家未幾，或舊疾又發而終告不治。〈病中感秋時初喪壽佺子〉云：「病身仍哭子，併作老來情。」喪子之痛，重之以病身，可謂心力交瘁。迨乎中秋，仍在病中，乃禁飲酒，以維健康。未幾康復，詩作逐增，家居唱和，又告頻繁，時與親朋友好如德遠叔、慶長叔、子上弟、克信弟、廷弼弟、李與賢等相往還，其情融融。家居畢竟閑適，其間雖有〈憂患感歎〉：「老去情懷已不勝，愁邊災患更相仍；胸中莫著傷心事，東處銷時西處生。」然不過偶發而已。總計淳熙六年西歸在道及家居待次，凡一年之詩得二百首，萬里自題曰《西歸集》。詩集分二大部分：前半部西歸在道，十之八九爲紀行之詩，蓋每至一地，便予吟詠，旅途二月，得詩高達百首。茲舉二首代表：

（一）許市人家遠樹前，虎邱山色夕陽邊。

　　石橋分水入別港，茅屋垂陽仍釣船。(〈將近許市望見虎邱〉)

（二）外面千山合，中間一逕通；

　　日光自搖水，天靜本無風；

　　春酒渟春綠，林花倦午紅。

　　莫欺山猴子，知我入江東。(〈四月四日午初出浙東界入信州永豐界〉)

後半家居待次，酬唱題贈之作最多，然無可觀；詠物次之，偶有佳作，茲舉二例代表：

（一）秋蠅知我政吟詩，得得緣眉復入髭。

　　欲打群飛還歇去，風光乞與幾多時。(〈秋蠅〉)

（二）瀟瀟灑灑復婷婷，一半風流一半清。

首，佔《西歸集》十之五六。

〔註46〕本集一二〈送醫家孟宗良漢卿〉。按自本集八至一二皆屬《荊溪集》。

不爲暑窗添午陰，卻來愁枕作秋聲。(〈芭蕉〉)
總計家居待次詩又近百首，其成就遠不如前半紀行詩，蓋文人酬唱，重在交際，偶有佳作，亦屬鳳毛麟角。

第八章　廣東三載

第一節　提舉廣東常平茶鹽

　　自淳熙六年正月萬里有提舉廣東之新任命，與代者常州交接之後，西歸吉水，迨乎次年正月，在「奔走豈吾願，詔書促南征」〔註1〕下，赴提舉廣東常平茶鹽任。

　　萬里之官五羊（廣東番禺）旅程迢遞，採水路舟行。曾過泰和縣（江西泰和），并登快閣，觀山谷石刻，賦兩絕句呈知縣李紳公垂、主簿趙蕃昌父。李紳，事跡未詳。趙蕃，字昌父，為泰和主簿，受知於萬里。劉宰《漫塘文集》三二〈章泉趙先生墓表〉云：「方先生之官太和，便坐有齋榜曰思隱，蓋當筮仕之初，已有山林之思，在官清苦，惟以賦詠自娛。以是受知於吉之鄉先生楊公萬里，贈詩有云『西昌主簿如禪僧，日餐秋菊嚼春冰。』又云：『勸渠未要思舊隱，且與西昌好作春。』其所以行之身，加乎民者略可想見。」考劉宰所引詩句，即斯時萬里過泰和所題趙昌父思隱堂詩。〔註2〕趙蕃為官泰和，清高自許，受知於萬里即在其時。二月一日，萬里曉渡太和江，晨炊黃廟鋪，宿海智寺，至萬安（江西萬安）皆有詩紀行，而趙蕃有〈次韻楊廷秀

〔註1〕〈晚出郡城往值夏謁胡端明泛舟而歸〉。按萬里廣東詩見諸本集一五至一八《南海集》，以下不注卷數者皆《南海集》詩。

〔註2〕〈題泰和主簿趙昌父思隱堂〉。

太和萬安道中所寄七首〉，顯示二人相知酬唱情隆誼厚；「何時寄我廣南作，壓倒蕉黃荔子紅。」〔註3〕饒有無限之期盼，日後并時相往還。（詳〈交游考〉）

萬安道中，行役雖苦，然萬里家人乃至騎吏之心境，以春日春華之明媚，而倍感喜悅：

> 攜家滿路踏春華，兒女欣欣不憶家。
> 騎吏也忘行役苦，一人人插一枝花。〔註4〕

萬安出郭，過惶恐灘、皂口（萬安西南），憩分水嶺，有〈憩分水嶺望鄉〉云：

> 嶺頭泉眼一涓流，南入虔州北吉州。
> 只隔中間些子地，水聲滴作兩鄉愁。

又云：

> 嶺北泉流分外忙，一聲一滴斷人腸。
> 浪愁出卻廬陵界，未入梅山總故鄉。

皆見依依難捨之鄉情。社日抵達南康，二月十九日度大庾嶺（江西大庾縣南，廣東南雄縣北，多梅，故又稱梅嶺）。萬里題詩嶺上雲封寺，又興懷鄉之情。詩云：

> 梅山未到未教休，到得梅山始欲愁。
> 知道望鄉看不見，也須一步一回頭。

又云：

> 小立峰頭望故鄉，故鄉不見只蒼蒼。
> 客心恨殺雲遮卻，不到無雲即斷腸。

度嶺之後，改由水路。「攜家度嶺夜秉槎，小泊淩江水北涯」，〔註5〕抵達南雄，而入粵境。二月二十三日，南雄解舟，「順流更借江風便，此去韶州只兩程」，〔註6〕「風頭纔北忽成南，轉眼黃田到

〔註3〕趙番《淳熙稿》一二。
〔註4〕〈萬安道中書事〉。
〔註5〕〈題南雄驛外計堂〉。
〔註6〕〈二月二十三日南雄解舟〉。

謝潭」，〔註7〕過黃田、謝潭、鄭步、鼓鳴林，而抵韶州（廣東曲江）。
雖然「韶州山水勝南雄」，〔註8〕然未多留，即發韶州，過赤水渴尾
灘；三月一日又過摩舍那灘。曾以詩記所見：

> 過盡危灘百不堪，忽驚絕壁翠巉巉。
> 倒垂不死千年樹，下拂奔流萬丈潭。
> 隔岸數峰如筆格，倚天一色染春藍。
> 真陽此去無多子，到日應逢三月三。〔註9〕

未幾抵英州（廣東英德），初見民生狀況：

> 人人藤葉嚼檳榔，戶戶茅簷覆土床。〔註10〕

英州小泊，過真陽峽，其間石山諸峰盡入眼底，而萬里以爲第二峰最
爲奇絕：

> 平生山水看多少，最愛真陽第二峰。〔註11〕

出峽，過沙頭，「過了沙頭漸有村，地平江闊氣清溫」。〔註12〕未幾，
入清遠峽，「只道真陽天下稀，不知清遠亦幽奇」；〔註13〕過胥口，「桄
榔葉垂翠羽鮮，木棉花暖紫霞翻」，〔註14〕滿眼嶺南風物。清明日，
欲宿石門（番禺西北），未到而風雨大作，乃泊靈星小海，有詩六首
紀之。其一云：

> 石門未到未爲遲，小泊靈星也自奇。
> 此去五羊三十里，明朝還有到城時。

風雨次日，抵五羊城，蓋已暮春時節，乃上〈謝到任表〉及〈上趙丞
相啓〉。〔註15〕

　　萬里自吉水赴五羊，壽仁壽俊（即長孺、次公）並隨行。四月，

〔註7〕〈舟過謝潭〉。
〔註8〕〈過鄭步〉。
〔註9〕〈三月一日過摩舍那灘阻風雨泊清溪鎮〉。
〔註10〕〈小泊英州〉。
〔註11〕〈過真陽峽〉。
〔註12〕〈過沙頭〉。
〔註13〕〈題清遠峽峽山寺〉。
〔註14〕〈過胥口鎮〉。
〔註15〕本集四六〈廣東提舉謝到任表〉及五三〈廣東提舉到任謝趙丞相啓〉。

二子以就試故，別萬里而歸，途中致書乃父，萬里「把書五行下，廢書雙淚滴」〈得壽仁壽俊二子中塗家書〉，父子舐犢深情，自然流露：

今年來官下，二子暫我隨。
懸知住不久，且復相從嬉。
鶴書自天降，槐花呼汝歸。
伯也恐我愁，願留不忍辭。
仲也慘不釋，飛鳴思及時。
豈有鳳將雛，雛長禁其飛。

詩中追往思來，情熱衷腸，涕淚不禁泗滂。清代汪薇《詩倫》卷下云：

以就試之故，暫報晨昏，士既習爲干祿之學，不得不爾；
然父子間一時睽隔，已不勝情，如楊氏三世，可感也。（「得
壽仁壽俊二子中途書」條）

洵至公之論。

二子既離五羊而歸，休日賦閑，萬里唯有「閒攜小兒女，橋上看芙蕖」，〔註16〕並不寂寞。入秋，二子來書，得悉以病不及就試，且報來期，萬里乃詩之，云：

兄弟年二十，塵埃路四千。
速來飲官酒，不用一銅錢。〔註17〕

吐語風趣詼諧，幽默之中，尤顯親情之濃郁，而企盼二子儘速南來五羊團聚，尤見諸字裏行間。

就職五羊，任提舉廣東常平茶鹽，掌常平義倉，免役、市易、坊場、河渡、水利之法，視歲之豐歉而爲之斂散，以惠農民，且專舉刺官吏之事，兼並入茶鹽司（參《宋史》〈職官志〉）事務冗繁瑣屑。公餘之暇，萬里最喜閑步官舍西園調劑生活，偶興吟詠，西園風貌乃盡入詩章。如〈五羊官舍春盡晚步西園荷橋〉之「試數荷錢幾個生」寫荷；〈西園晚步〉之「龍眼初如菉豆肥，荔枝已似佛螺兒」寫龍眼荔枝；〈西園早梅〉之「不知天巧能多少，一朵梅花占兩年」寫梅；〈新

〔註16〕〈休日〉。
〔註17〕〈得壽仁壽俊二子書皆以病不及就試且報來期〉。

晴西園散步〉之「試看青梅大幾分」「且看桃花晚荅開」寫梅與桃;〈三月晦日閑步西園〉之「只有草花偏稱意,強留蝴蝶不教歸」寫草花蝴蝶。綜觀官舍西園興詠,莫不以春季爲中心,春風春景,最啓人雅懷之故。

西園之外,萬里亦偶然遊賞城郊勝景:

(一)遊越王臺:越王臺,在廣州越秀山上,漢時南越尉趙佗所築。後趙佗爲南越王,乃名其臺曰越王臺。萬里淳熙七年三月晦日曾遊之,並吟七絕二首。其一云:

> 榕樹梢頭訪古臺,下看碧海一瓊杯。
>
> 越王歌舞春風處,今日春風獨自來。

其二云:

> 越王臺上落花春,一掬山光兩袖塵。
>
> 隨分林盤隨處醉,自憐不及踏青人。

二詩未盡懷古,反多悵然於爲官任重,事必爲民表率,身份所限,未宜任意嬉春,亦不能杯盤隨處而醉。

(二)登連天觀:萬里五羊任內,曾數登連天觀,而賦詩吟詠者,竟高五次,有淳熙七年〈夏至後初暑登連天觀〉、〈六月九日曉登連天觀〉、〈雨霽登連天觀〉、〈晚登連天觀望越臺山〉以及淳熙八年春〈連天觀望春憶毗陵翟園〉。

(三)遊蒲澗:萬里遊蒲澗約二次,一次在淳熙七年秋季,與遊者有蔡定夫等人,遊後有〈遊蒲澗呈周帥蔡漕張舶〉以紀勝。蔡漕即定夫。〔註18〕二在淳熙八年正月二十五日,有〈游蒲澗晚歸〉,描繪春光,不復記蒲澗景觀,蓋重遊未若初遊之新奇與興味,且其時故人蔡定夫已於去歲赴湖南提刑,詩友寥寥,唱和乏人,自減遊興。〔註19〕

〔註18〕 本集一二九〈太令人方氏墓誌銘〉:「余淳熙七年爲廣南東路常平使者,而友人蔡定夫實護漕事,治所皆在番禺。」
〔註19〕 萬里五羊詩作見諸本集一五及一六兩卷。

第二節　持節廣中盪平閩寇

淳熙八年二月五日，萬里有廣東提刑之新任命。〔註 20〕本集一三三〈廣東提刑告詞〉云：

> 勅朝請郎廣東提刑王晈等，國家分道以置使，分使以建臺，鼎峙厥司，各領厥職，而通察列城官吏之臧否，廣之東爲州十數，朕常患其土地險遠，而漕運難，民夷雜處而訟獄繁，常平或虧而茶鹽之利不登也，思欲選擇詳練政經之士，爲朕分理而振舉之，以爾晈質行廉肅，爾萬里志識通敏，爾枅操尚清簡，皆以儒學之彦持節剖符，有聲于時，兹予同畀以三者之命，其往敬哉，使人咸謂朕不忘遠而部刺史能得人如此，則予汝嘉。

本集一二二〈右司王僑卿墓表〉云：

> 汀寇沈師獮于循梅潮惠之間，兵軍有與，公發軷漕下，揆策矢謨，竣事無曠。……予乘傳領表，與公實爲同察，又繼公提點刑獄，情義甚密。

據此知萬里常平茶鹽任時，王晈僑卿爲提刑，其時寇勢未衰，盜賊多有，汀寇沈師尤爲猖獗。繼王晈之後，萬里任提點刑獄。新令下於二月，閏三月初二日，萬里發船廣州來歸亭下，之官憲臺。有詩云：

> 詩人正坐愛閒遊，天遣南遊天盡頭。
> 到得廣州天盡處，方教回首向韶州。

韶州（廣東曲江）爲提刑治所在，於是萬里乃舟行北上，經靈州（廣州西北）過胥口、黃巢磯。途中見蜑戶生活情形，有詩記云：

> 天公分付水生涯，從小教他踏浪花。
> 煮蟹當糧那識米，緝蕉爲布不須紗。
> 夜來春漲吞沙觜，急遣兒童斸荻芽。
> 自笑平生老行路，銀山堆裏正浮家。

蜑戶，爲古代南方沿海民族之一，世代以舟爲家，水居所限，捕魚採珠維生。萬里詩中雖直寫蜑戶之生活狀況，而實寄以同情憐憫沈痛，

〔註 20〕本集一三三〈廣東提刑告詞〉。

係頗特殊之傑作。

　　既過黃巢磯，回望其險，萬里心悸良久，入峽登峽山寺（廣東清遠縣東），首次嘗試「竹枝詞」之寫作，有〈峽山寺竹枝詞五首〉。未幾，泊鴉磯，過顯濟廟前石磯，有〈竹枝詞〉二首。「竹枝詞」，本樂府曲名，源出巴渝，唐代劉禹錫夢得撰新詞，完成「道風俗而不俚，追古昔而不愧」、「奔逸絕塵不可」〔註21〕之〈竹枝九章〉，把握清純樸素俗而不俚之原則，以口語常語，寫目前常景，道兒女常情，白描淡繪，不作琱飾，簡短九首七絕，平實無華寫出夔州百姓風土戀情與生活。詩即成，不脛而走，一時風行，後代詩人多有仿作，遂成詩歌別體，凡以格律較自由類似山歌體之七言絕句，歌詠風土瑣事者，名之爲「竹枝詞」。萬里自《荊溪集》詩風轉變以來，以至《西歸集》、《南海集》，行役山水歌詩多產，口占瀏瀏，乃興起「竹枝詞」創作之靈感。所作〈過顯濟廟前石磯竹枝詞〉二首可爲代表，其一云：

　　　　石磯作意惱舟人，東起波濤遣怒奔；
　　　　撐折萬篙渾不住，石磯贏得萬餘痕。

其二云：

　　　　大磯愁似小磯愁，篙稍寬時船即流。
　　　　撐得篙頭都是血，一磯又復在前頭。

萬里〈南海詩集序〉自云其「竹枝詞」等篇章，「每舉似友人尤延之，延之必擊節，以爲有劉夢得之味。」「延之曾云予詩每變每進。」尤延之之讚賞，容有誇飾，然指出萬里詩之不斷轉變求新，洵爲不二之論。

　　出峽之後，再行前航，泊光口，過虎頭磯，眞陽峽，泊英州，阻風鍾家村。雖是「平生厭行路，投老正追程」，〔註22〕然萬里欲「滿船兒女厭江行，我愛江行怕入城」「不是阻風船不進，何緣看盡萬崔嵬。」〔註23〕心胸從容，而不以行役爲苦，擁有一分欣賞之餘裕。吾

〔註21〕　《黃山谷文集》（光啓堂本）二四。
〔註22〕　〈夜泊英州〉。
〔註23〕　〈阻風泊鍾家村離英州已三日繞行二十里〉。

人讀其〈阻風鍾家村觀岸旁物化〉二首，最能體會萬里之隨遇而安之心境與從容觀物細微深幽之趣。其一云：

> 水蟲纔出綠波來，細看爬沙上石崖。
> 化作蜻蜓忽飛去，幾時飛去卻飛回。

其二云：

> 殼如蟬蛻濕仍新，那復浮嬉浪底春。
> 卻把今身飛照水，不知石上是前身。

此外，既阻風而泊鍾家村，萬里竟能假想風神而作〈檄風伯〉，中云：

> 風伯勸爾一杯酒，何須惡劇驚詩叟。
> 端能爲我霽威否，岸柳掉頭荻搖手。

風止，萬里發陳公徑，過摩舍那灘石峰下，得詩八首紀勝，中有「好山如隱士，避世不自露。不應官道旁，乃有見山處。」清代宋長白《柳亭詩話》卷一評云：

> 此楊誠齋過摩舍那灘作也。乃知康樂、柳州按奇抉險，盡翻山水窠白者，不欲以淺易近人，一覽而盡耳。地理書曰：「眞龍本是閨中女，豈肯抛頭露面行。」洪震老東泉詩：「雲深路絕無人處，縱有佳山誰得知。」又爲誠齋下一轉語。

所言深中萬里觀賞之情，也唯有「我本山水客，澹無軒冕情」，方能「水光動我巾，山色染我衣，舟行將一月，恨速不恨遲」。未幾上濛瀧灘（韶州城南）回望摩舍那灘石峰，有「好山近看未爲奇，遠看全勝近看時」之感，又係別番情趣。明發白沙灘，已近韶州，聞布穀而有所感懷：

> 提壺勸我飲，杜鵑勸我歸。
> 不如布穀子，勤我勤耕耔。
> 我少且貧賤，不但無置錐。
> 筆耒墾紙田，黑水導墨池。
> 借令字堪煮，識宇亦幾希。
> 啼飢如不聞，飢慣自不啼。
> 駿奔三十年，辛勤竟何爲。
> 髮從道途白，面爲風雪黧。
> 夜來白沙灘，老命輕如絲。

洪濤舞一葉，呼天叫神祇。

生全乃偶然，人力初何施。

曉聞布穀聲，如在故山時。

坐令萬感集，初悟半世非。

一險靡不悔，數悔庸何追。

有田不歸耕，布穀眞吾師。

廣東地處僻遠，氓夷雜處，訟獄繁，漕運難。萬里南來爲官，友朋寥落，乃更興懷歸之意。其〈送彭元忠縣丞北歸〉有「廣東之遊樂復樂，勸君不如早還家」句，可爲註腳。

　　至韶州，時已入仲夏。交接之後，未幾即巡行所部，自曲江東北行，至南雄而後返韶州，從事所掌事務。

　　入多，出沒不定之群盜又興，以汀寇沈師爲首之一支，勢力尤強，常爲患於循州（廣東龍川）梅州（廣東梅縣）潮州（廣東潮安）惠州（廣東惠陽）之間。王晄喬卿任提刑時已然，此時又舊火重燃。萬里乃督諸軍求盜梅州，進行平盜任務。梅州地處韶州之東，萬里軍東行，宿曹溪，「今宵雪乳分龍焙，明日黃泥又馬鞍」；〔註24〕上岑水嶺，「危峰上面更危峰，特地無梯上碧空」；〔註25〕過岑水，「是間無馬跡，何處更羊腸，惡路今方始，平生夢未嘗，如何寒刮面，行得汗如漿」。〔註26〕至節，宿翁源縣；至日宿藍坑，一路荒涼岑寂。過猿藤逕（《一統志》：「乳源縣南要道舊名猿藤逕，宋提刑楊萬里討惠潮賊嘗經此。」）有「古路」詩紀平盜之行：

我生倦行路，此行欣不辭。

我豈與人異，厭閒樂馳驅。

王事當有行，忘身那自知。

閩盜入吾部，梅川作潢池。

白羽飛赤囊，碧油走紅旗。

〔註24〕〈督諸軍求盜梅州宿漕溪呈葉景伯陳守正溥禪師〉。

〔註25〕〈上岑水嶺〉。

〔註26〕〈過岑水〉。

> 履霜戒不早，蔓草要勿滋。
> 士皆衝冠怒，人挾報國私。
> 我行梅始花，我歸柳應絲。
> 會當揮螫弧，一笑封鯨鯢。
> 休愁舉确路，即賦競病詩。

征途雖艱辛，然「王事當有行，忘身那自知」，萬里已置死生於度外，豪情萬丈，作〈羽檄召諸郡兵〉詩：

> 閩盜宵窺粵，南兵曉盡東。
> 軍聲動巖谷，旗影喜霜風。
> 貔虎諸方集，欃槍一笑空。
> 區區鼠子輩，不足奏膚功。

郡兵繼東，發瀧頭，過烏沙，宿小粉村，入陂子逕，過長峰逕。萬里云：

> 南中謂深山長谷寂無人煙中通一路者，謂之逕。自翁源至
> 河源，其逕有三：猿藤，陂子各五十里，惟長峰餘百里，
> 過者往往露宿，鑽火以炊。予以半夜一晝，疾行出逕，宿
> 秀溪云。〔註27〕

既宿秀溪，明發曲坑、龍川，「優入蠻溪受瘴煙，一生誰料到龍川」。
〔註28〕發通衢（廣東龍川東五十里），過五里逕、長樂縣（廣東五華東北）、興寧縣（廣東興寧）、程鄉縣（廣東梅縣）。萬里有詩云：

> 長樂昏嵐著地凝，程鄉毒霧噢人腥。
> 吾詩不是南征集，只合標題作瘴經。〔註29〕

顯見南中瘴煙，適應未易，乃有所感而詠。未幾發梅州，過房溪，又逢瘴霧。〔註30〕繼過水車甫（梅縣西南），宿萬安鋪：「來朝還入鰐魚鄉，未到潮陽到揭陽，休說春風歸路遠，只今去路不勝長。」
〔註31〕大有征途迢遞之感。繼過單竹洋逕，彭田鋪、湯田鋪。瘦牛

〔註27〕〈過長峰逕遇雨遣悶十絕句〉自注。
〔註28〕〈明發龍川〉。
〔註29〕〈入程鄉縣界〉。
〔註30〕〈瘴霧〉。
〔註31〕〈宿萬安鋪〉。

嶺，有詩云：

> 行盡天涯未遣休，梅州到了又潮州。
> 平生豈願乘肥馬，臨老須教過瘦牛。
> 夢裡長驚吹劍首，春前應許賦刀頭。
> 夜來尚有餘尊在，急喚渠儂破客愁。〔註32〕

頗見赴潮平賊之心情。繼過金沙洋、揭陽，抵潮州，宿海陽館。既抵
潮州，謁昌黎伯廟。未幾，即平賊班師。詩云：

> 不是潢池赤白囊，何緣杖屨到潮陽。
> 官軍已掃狐兔窟，歸路莫孤山水鄉。
> 便去羅浮參玉局，更登浴日折扶桑。
> 還家兒女搜行李，滿袖雲煙雪月香。〔註33〕

持節廣中，盪平寇盜，戰功自是非凡，然萬里平賊之後，并未自恃，
反而更顯謙恭，并有功成身退，清高自許之胸襟；訴諸於詩，輕描
淡寫，不誇戰功，而描繪平賊實況之作，竟然無有，尤顯示不欲自
矜之意。戰果奏捷，傳至帝京，孝宗大喜，大加褒揚。〈楊公墓誌〉
云：

> 閩盜沈師犯南粵，驚報至，即躬帥師往平之。孝宗大喜，
> 天褒語曰：仁者有勇。又曰：書生知兵。

《宋史》本傳云：

> 盜沈師犯南粵，帥師往平之。孝宗稱之曰仁者之勇，遂有
> 大用意。就提點刑獄，請於潮、惠二州築外砦，潮以鎮賊
> 之巢；惠以扼賊之路。（按：除提點刑獄，宜在平沈師之前，而
> 上箚所請，在甲辰尚左郎官召還後，《宋史》非。）

　　平賊班師，朝韶州行進。發韶州，已是歲末。除夕宿石塔寺，壬
寅（淳熙九年）朝發石塔寺，泊流潢驛；三日宿范氏莊，人日宿味田
驛，登大鞋嶺、叱馭驛，宿南嶺驛，大抵沿海而行。十日炊蕉步得家
書并家釀，云：「潢池東定得西還，病後途中意鮮歡，爲許朝來有新

〔註32〕〈過瘦牛嶺〉。
〔註33〕〈平賊班師明發潮州〉。

喜，庭闈一騎報平安。」〔註34〕荒村愁絕，得家釀幾樽，可謂憂喜參半。十二日過惠州，遊豐湖及東坡白鶴峰故居；〔註35〕夜泊曲灣，明經石灣，友人鞏采若書約觀燈，萬里詩云：「昨暮顛風浪打頭，那知今日得安流」，〔註36〕感懷良多，同時並與鞏采若同遊蒲澗，有「元戎解領三千騎，勝日來尋九節蒲」之句和韻讚美鞏帥。（按鞏帥為廣東路經略安撫使，統平寇事。詳〈交游考〉。）未幾續舟行，順江至南海，過靈州、鴨步、廣巢磯、清遠峽、光口、眞陽峽、碧落洞（英德縣南）、郎石峰。晦日自英州舍舟出陸，過英石鋪、神堂鋪、陳公逕、鵝鼻鋪、南華（曲江縣南），而至曲江。班師回程，旅行惠州、英州等地；各地山川風物，無不盡入吟詠。

　　班師回程，萬里以近半載之時間旅行各地，推行弭盜之方。萬里云：

　　　　淳熙九年內措置兩砦移屯事理施行。

此一辦法之實行，得自其平盜經驗。又云：

　　　　臣前任廣東提刑，嘗因求盜經從惠外之砦，問其巡檢公廨，
　　　　則化爲瓦礫之場矣；問其兵之屋廬，則鞠爲榛棘之墟矣；問
　　　　其將士所在，則皆居城中矣。盜賊每起於山林，而將士乃居
　　　　於城市，此盜之所以無所畏忌也。潮之外砦，臣雖未嘗至，
　　　　而見其將士亦皆居於城中，臣嘗符下兩州，委守臣興修各砦
　　　　廨舍營屋，起發將士移屯，復歸舊處，不得依前安居城中。
　　　　〔註37〕

據此以觀，萬里之計畫，實具體而有成效，平賊之後，貴能設防，否則屢平屢起，田里之間，民屯安業殊難。萬里遠見，洵非僅「仁者知勇」「書生知兵」而已。

　　夏六月萬里業已返曲江官舍，並爲友人范成大作〈聖筆石湖大字

〔註34〕〈初十日早炊蕉步得家書并家釀〉。
〔註35〕〈正月十二日游東坡白鶴峰故居其北思無邪齋眞蹟猶存〉。
〔註36〕〈石灣雨作得鞏帥采若書約觀燈〉。
〔註37〕本集六九〈甲辰以尚左郎官還上殿第一箚子〉。

歌〉，序云：「淳熙聖人賜宴，臨遣端明殿學士參政臣范成大居守金陵，
觴次肆筆，作石湖二大字賜之，以寵其行。臣成大刻石以碑，本分賜
小臣楊萬里，敢拜手稽首敬賦長句。」按王德毅先生撰《范石湖年譜》，
賜書在淳熙八年閏三月十四日，而萬里此歌作於九年六月，距賜書事
已一年有餘。

　　七月，萬里母以八十一高齡去世。〔註38〕本集八○〈朝天集序〉
云：

> 淳熙壬寅七月。既嬰戚還家，詩始廢。

八月五日以平賊之功，詔除直秘閣。本集一三三〈直秘閣告詞〉云：

> 勅朝散郎直秘閣新福建路運副陳孺等。朕以閩廣之間盜賊
> 相翔，肆命執枸，以肅姦慝，爾等備禦惟謹，節制有方，
> 坐令徒黨之禽夷，旋致民萌之安集，式推殊渥，以懋厥功，
> 或陞寓直之華，或昇增秩之寵，往祗休命，益既乃心。

即得新任命，萬里上〈除直秘閣謝宰相啓〉：「某丘園槁人，書策漫仕，
其出也，馬不進而非後；其處也，鳥倦飛而知還，頃將繡指以落南，
偶殄綠林而逐北，上焉天威廟籌之是奉，下焉帥臣將士之服勤，因人
而成，何力之有？」（本集五三）語頗謙恭，未敢以平賊之功自許。
時雖有除直秘閣之新命，然以丁母憂，解官居喪。

　　居喪期間，「游居寢食非詩無所與歸」之萬里竟然無詩，蓋哀母
喪，失恃至痛，孝思至深，乃無意作詩。直至十一年甲辰十月服除，
以大兒長孺之請，方始重操詩筆。〈朝天詩集序〉云：

> 至甲辰十月一日，禫之徒月也，大兒長孺請曰：大人久不
> 作詩，今可作矣乎！予蹙然曰：三年不爲禮，禮必壞，三
> 年不爲詩，詩必穨，善，如爾之請也。是日始擬作進士題。

總結萬里持節廣東，有詩凡四百首。〈南海詩集序〉云：

> 予生好爲詩，初好之，既而厭之。至紹興壬午，予詩始變，
> 予乃喜，既而又厭之。至乾道庚寅，予詩又變。至淳熙丁

〔註38〕　本集一二九〈太令人方氏墓誌銘〉：「淳熙七年……余母年七十有九。」
　　　　　淳熙九年卒，則享年八十一。

　　酉，予詩又變，是時假守毘陵。後三年，予落南初爲常平
　　使者，復持憲節，自庚子至壬寅，有詩四百首。
約計萬里自淳熙七年庚子赴廣東，有詩一百十七首；八年有詩一百八
十九首：九年有詩八十五首，九年七月丁母愛，解官居喪，家居無詩。
直至十一年多服除，方重作詩，而爲《朝天集》之始卷。

第九章　二度立朝

第一節　尙左郎官九上箚子

本集一三三〈吏部員外郎告詞〉：

> 勅朝奉直秘閣賜緋魚袋楊萬里，朕虛郎選以待監司郡守之高第者，又擇儒學之士爲之望。爾刻意耆古，外和內剛，發爲慈祥，動見稱述，三易麾節，民甚安之，擢冠星曹，以贊而長，往其謹法守肅吏姦，用無愧清通之譽，可特授尚書吏部員外郎。

告詞未詳年月，爲萬里諸告詞中唯一失載年月者。考本集八〇〈朝天集序〉：「申辰十月一日，……後二十七日拜除召之命，後十日，就道入京。」則拜除召之命在淳熙十一年十月二十八日。新命既下，萬里乃上〈除吏部郎官謝宰相啓〉，中云：「湖海十年，分絕脩門之夢，雲天一箚，忽傳省戶之除，孰云處士之星，復近長安之日。伏念某老當益嬾，病使早衰。」〔註1〕自淳熙元年補外，得麾臨漳以來，至此二度立朝，其間任官常州，廣東與家居凡十載，故有斯語。

新命既下，後十日（十一月八日），就道入京。考其行程，大抵循舊道舟行東行，經清泥、招賢渡、三衢、蘭溪、鼠山、石塘、釣臺

〔註1〕本集五三。

而抵都下，〔註2〕就尚左郎官任。

既任，萬里〈以尚左郎官召還上殿第一箚子〉，提出任廣東提刑期間平賊防盜之經驗與計畫：

（一）弭盜之素備：「臣聞安民莫如弭盜，弭盜莫如素備。臣竊見天下郡邑有外砦巡檢，或以鎮荒林，或以扼險要者，所以為弭盜之素備。」（本集六九，以下同。）

（二）廣東弭盜之失及改進之方：「名為外砦而將士實居城中者，若潮州之外砦，惠州之外砦是也。潮之外砦，其地大氐茂林千里，大木石圍，在潮梅之兩間，人行其中，終日不逢居民，不見天日，盜藏其山而人莫之覺。朝廷於此設一砦者，所以鎮其荒林，使盜不得而發也。惠之外砦，其地右皆崇山，前左大海，其間僅通一路，自循、梅及潮三州來者，必由此塗。朝廷於此設一砦者，所以扼其險要，使盜不得而過也。」

（三）廣東提刑經驗：「臣前任廣東提刑，嘗因求盜，經從惠之外砦，間其巡檢公廨，則化為瓦礫之場矣。問其兵之屋廬，則鞠為榛棘之墟矣。問其將士所在，則皆居城中矣。盜賊每起於山林，而將士乃居於城市，此盜之所以無所畏忌也。潮之外砦，臣雖未嘗至，而見其將士亦皆居於城中。臣嘗符下兩州，委守臣興修各砦廨舍營屋，起發將士移屯，復歸舊處，不得依前安居城中。」

（四）上箚子之企盼：「臣愚欲望從朝廷行下廣東憲司，催督潮惠守臣，照臣淳熙九年內措置兩砦移屯事理施行，仍差官核實，保明之聞，及行下諸路憲司，稽考郡邑外砦，有僑居城中事體相類潮惠二砦者，並令蓋造廨舍營房，移屯復舊，使荒林之處有所鎮而盜不敢發；險要之地有所扼而盜不敢過，庶幾山林之遠，枹皷不鳴；田里之間，民甿安業。」

萬里提刑廣東，盪平賊寇，乃至實行弭盜工作，為期甚短，即除

〔註2〕本集一九。

直秘閣；又以喪母解官家居，弭盜工作是否得以繼續，則日懸於萬里心中。故〈甲辰以尚左郎官召還上殿第一箚子〉，即暢言廣東弭盜事，期能全其始終。

未幾，〈上殿第二箚子〉，申說「改鈔」之弊，及其改進之方：

（一）「改鈔」之弊：「何謂改鈔？縣以新鈔而輸之州，必改爲舊鈔以受之。夫一歲止有一歲之財賦，一政止有一政之財賦。今也不然。今歲所輸，往往改鈔以補去歲之虧，甚者或以補數歲之虧，後政所輸，往往改鈔，以償前政之欠，甚者或以償累政之欠，是以歲歲有負，任任有逋。廣右已有此弊矣，江浙又甚焉。至有一縣必令償十餘萬緡之逋者，揭浩穰之數以爲督責之符，又豈容酌中制而免害民之患哉。夫所謂積欠者，或以凶荒而減免，或以恩霈而蠲除，或窮民逋負而不可償，或貪吏奄有而不可校，是特其名存耳。以其名而責其實，從何出哉？不過驅縣令以虐取於民爾。」

（二）改進之方：「臣愚以爲莫若截然自今日始，今歲所輸，止爲今歲之數，後政所輸，止爲後政之數，取其累政舊欠之虛數，而與之蠲除，核其任內逋負之多少而爲殿最，庶幾縣令自此可爲，而民力不至重困。臣之愚言儻可仰裨聖主恤民之德意，願下其事推而行之，以禁戕州郡改鈔之弊，仍令監司覺察，毋致違戾。」

萬里「湖海十年」，常州任官之後，又復持節廣東，深體官隱民情，所見改鈔之弊，不過一端，然爲民生設想之胸懷，則彰明可見。

未幾，〈上殿第二箚子〉，申說後世用人偏黨之失與天心公正之可貴：

（一）用人偏黨之失：「執己之見之謂偏，好己之同謂之黨。」其失有四：（甲）「後之用人者不然。某人進則某人之所引其類者皆進；某人退則某人之所引其類者皆退。如其所引之不善也，皆隨某人而退也，不亦善乎。如其所引之皆善之，亦皆隨某人而退也，是可惜也。人才之所以難得，其或在此歟！此偏黨之一也。」（乙）「人有百善而不幸有一過，或以一過而廢其終身之百善，錮人沒世已可惜矣，其人

豈無片善一能，可以濟國家緩急之須乎？此偏黨之一也。」（丙）「人
之才有短長，己之心有好惡。當其惡之也，或以有功能而廢。當其好
之也，或以無功能而遷。有功能而見廢，則人自此惰於赴功，無功能
而遷，則人自此躁於倖進。此偏黨之一也。」（丁）「親且近者則舉信
之，疏且遠者則舉疑之，信之則欺者皆以為忠，疑之則忠者皆以為欺。
此偏黨之一也。」

（二）天心公正之可貴：「人主之心，天之心也。何謂天心？無
親，無疏，無近、無遠，是謂天心。」

萬里提出用人宜本諸天心，公正公平，不宜有偏黨之失。雖云：
「覽觀聖主之設施，固未必有此慮」，然期望「陛下留神省察」，萬里
忠君體國，於此可見一斑。

淳熙十二年，萬里仍在尚左郎官任。時值「大災地震，召求真言」，
[註3] 萬里上〈乙巳輪對第一箚子〉，贊同廣開言路之策，云：「中外
臣子，不間小大，無不賜對，許以盡言，此固善矣。」唯宜留意數事，
云：「豈無聞見輕信，得失相半，或犯嚴忤勢而以言為諱者乎！權貴
近習無所親疏，苟有弄權，即從退斥，此固肅矣，豈無上畏聖明，下
憚物議，或陽退陰進，而害政無形者乎。」於是提出「必思」者數事，
云：「朝政修明矣，必思或舉其小者近者，而遠者大者未有講也。邊
備整輯矣，必思或先其虛名末節，而實務宿弊有未察也。懲贓吏以惠
民非不嚴也，必思以懲疏遠小吏之法為懲貴近權要之法也。禁軍債以
惠軍非不峻也，必思以禁軍債剝割之意為禁將帥交結之意也。」萬里
之諫主用心，可謂良苦。

未幾，上〈輪對第二箚子〉，提出用人宜重名節，云：「臣聞事君
者必嚴進退之節，用人者必養其進退之節。」又云：「在上者以進退
之節而養其下，恤恤然，如藝苗而望其成，進退嚴，然後廉恥立；廉
恥立，然後名節全；名節全然後國家重。」並具體指出時弊，云：「臣

[註 3] 楊長孺〈誠齋楊公墓誌〉。

請試言其一二，州縣之吏，有以滿秩而去者，有以成資而去者。官期及代而不求去，則士皆賤而笑之。今朝廷之百官，未聞有以秩滿而去者，亦未聞有以成資而去者，幸而其間有知廉恥者，謁朝廷而求去，然其意未必誠也，有以去爲留者，有以退爲進者，朝廷未必信也。幸而有誠欲去者，朝廷亦併以前之不誠者視之，亦未必信也。懷祿顧位，惟恐失之。」至於如何革新此風，萬里建議云：「臣愚欲望陛下明告大臣，凡在朝之百官，或以三年爲滿秩，或以二年爲成資，其及代者，朝廷以其賢而欲留之，則畀之以再任。不然，朝廷隨其才力，困其資格而畀之以外任，何必以爵祿羈縻之，使之徘徊傍徨，欲留不可，欲去不能，進不以禮，退不以義，以壞其進退之節，而納之於苟賤之地哉！此亦長養名節之一端也。」萬里爲官，廉潔自重，名節自許，箚子所論，崇尙名節，亦可想見其人。

　　未幾，上〈輪對第三箚子〉，讚美朝廷嚴銓試之法，云：「臣竊見陛下自臨御以來，尤嚴銓試之法，上至於公卿，下及於大夫士，近至於權貴，遠至於寒畯，其子弟以門蔭補官者，非中銓試不許出官。」然同時指出「上之人自立其法，自壞其法」，且舉實證云：「臣竊怪有以國戚而與宮觀，差遣者如張似續；有以勳臣之後，而特差帥司幹官差遣者，如楊文昌，有特令吏部差充憲司幹官差遣者如劉球。此三人者，問其嘗中銓試乎，則皆曰未也。……今有未嘗中銓試之人，而得出官，是銓試之法爲虛器也。上之人自立其法而自壞其法，欲法之必行得乎！臣恐銓法自此而壞，倖門自此而啓。」至於如何銓試，萬里建議云：「臣願陛下深詔執事，自今以始，有出於一時之除授，而未察其中銓試與否者，令吏部勘當，申尙書省及給舍臺諫，如係未經中銓試之人，許宰執得以執奏，給舍得以繳駮，臺諫得以彈罷，雖嶽廟宮觀帶貼職者，亦在所不與。」萬里之秉性剛正，不畏權貴，崇正守法之精神，據此可觀。

　　除輪對三箚子之外，尙有〈論吏部恩澤之敝箚子〉、〈論吏部酬賞之敝箚子〉、〈論吏部差注之敝箚子〉。

其「論吏部恩澤之敝箚子」指出「以法從人」者四端：（一）父祖遺囑者，亦聽其奏輔；（二）諸子已補官而奏孫者；（三）奏孫之法有輪奏，諸房已足，尚有餘數，恩澤卻依長子房分奏補者；（四）被蔭補人已命未受者，聽改授餘親，未有期限。四端皆吏部恩澤之敝，故建議改革云：「臣欲乞痛革其敝，凡奏補恩澤，有引祖父遺囑者不與；有稱生前所奏不理為次數者不與；有一房之孫獨多而引輪奏未足之說者不與；有被蔭人未受身亡而出違一年之限者不與。如此則爭者息而訟者服矣。不惟長仕族遜悌之風，亦以宏聖朝均一之澤，又以塞胥吏受賕之一孔，如有秋毫可採，欲乞裁自聖斷，召有司推而行之。」

其〈論吏部酬賞之敝箚子〉指出銓法原甚善備：「本朝之銓法，若監司，若守貳，若令錄而下，在官之日，有某勞者賞，集其事者賞，皆報其一任之勤，而不以罪行也。賞典之說曰：諸任滿應賞，而本任犯贓及私罪重，若公罪降官，或本職曠闕者不賞，此法善矣。」然而法有未詳備之處，乃生酬賞之敝端：「有以臺諫彈罷者，以監司守臣劾罷者，亦請於吏部曰：我在任有某賞，今當與我也；又我雖非善罷而未嘗經取勘體究也。又曰：我之賞以某事，我之罷不以某事。……夫考任且不理，而獨欲理酬賞乎！有罪之未幾而論其功，行罰之方新而畀其賞；是春雨秋霜同夕而降也，何以示勸懲於群臣乎！」於是萬里建議改革云：「臣愚欲乞自今以始，凡監司守貳令錄而下，凡以臺諫之所彈，監司守臣之所劾而罷者，在任之賞不以何等色目，令吏部並不得推行，以革濫賞之敝。」

其〈論吏部差注之敝箚子〉指出：「尚書左銓差注之闕，來者以格而得，注者以格而授」為其原則，然而亦生敝端：「京朝官授諸司幹官是也。幹官之格，有以通判資序而授者，有以第二任知縣資序而授者，蓋其與所以重其官也。然挾通判之資者，可以入破格之太守，挾第二任知縣之資者，可以入破格之郡丞，彼豈肯折而入於幹官乎！是故尚左之幹官，高者不肯入，卑者不得入，於是揭闕於墻壁」，因而造成「有九年而不授者，若廣東提刑司幹辦公事是也；有七年而不

授者，若廣西提舉司幹辦公事是也；有六年而不授者，若廣東經略安撫司幹辦公事是也」之不良現象，於是萬里建議改革云：「臣愚欲乞用吏部通差之法，如諸路帥憲漕鹽茶常平之司，除參議機宜主管宮寺闕差注無滯之外，有所謂幹辦公事一闕，如或在近地而出闕半年不授者，在遠地如川廣而出闕一季不授者，許令尚書左選權發下侍郎左選差注經任，有舉主關陞職令者一次，庶幾尚左不至於有闕而無員，侍左不至於有員而無闕。」

　　以上「差注」、「酬賞」、「恩澤」之敝，蓋已久積。萬里云：「臣所領尚左銓綜之職，其事有三，曰差注，曰酬賞，曰恩澤，三者之敝去，則銓曹之法清矣。」雖在任未久，而能洞悉明察，指出時弊，提出革新建議，蓋其事由來已久，故胸有成竹，乃得於任官吏部時，借上箚子以申述所聞見，建議成熟具體，周延無礙。

第二節　吏部郎中陳政荐士

一、上壽皇論天變地震書

　　淳熙十二年五月二十三日，萬里除吏部郎中。本集一三三告詞云：

　　　爾明經達學，論議持正，踐楊滋久，譽日轉聞，擢冠星曹，
　　　精力於職，功論稽狀，積閱當遷，爰率彝章，用晉厥次，
　　　往祗茂渥，益勉爾庸，可特授尚書吏部郎中。

既除，五月二十四日，萬里應詔，〈上壽皇論天變地震書〉，極陳時政，[註4] 提出「言有事於無事之時者」十事：

　　（一）「南北和好踰二十年，一旦絕使，敵情不測；而或者曰彼有五單于爭立之禍，又曰彼有匈奴困於東胡之禍，既而皆不驗。道塗相傳，繕汴京城池，開海州漕渠，又於河南北簽民兵，增驛騎，製馬櫪，籍井泉，而吾之間諜不得以入，此何者為耶？臣所謂言事於無事

〔註4〕本集六二，《宋史》節引入傳。

之時者一也。」申言絕使之害，蓋絕使則不明敵情，守戰之間，難得成效。

（二）「或謂金主北歸，可爲中國之賀，臣以中國之憂正在此。此人北歸，蓋懲創於逆亮之空國而南侵也。將欲南之，必固北之。或者以身鎮撫其巢，而以其子與壻經營其南也。臣所謂言有事於無事之時者二也。」口言敵情不可忽視，以爲金人鎮撫其北之後，必生南侵心。

（三）「臣竊聞論者或謂緩急淮不可守，則棄淮而守江。是大不然。昔者吳與魏力爭而得合肥，然後吳始安；李煜失滁、揚二州，自此南唐始蹙。今日棄淮而保江，既無淮矣，江可得而保乎？臣所謂言有事於無事之時者三也。」申言守江需先保淮，棄淮則江亦不保。

（四）「今淮東西凡十五郡，所謂守帥，不知陛下將使宰相擇之乎，使樞廷擇之乎？使宰相擇之，宰相未必爲樞廷慮也；使樞廷擇之，則除授不自己出也。一則不爲之慮，一則不自己出，緩急敗事，則皆曰非我也，陛下將責之誰乎？臣所謂言有事於無事之時者四也。」申言淮東西十五郡守帥之擇宜明確而周全，方不致於敗事。

（五）「南北各有長技，若騎若射，北之長技也，若舟若步，南之長技也。今爲北之計者，日繕治其海舟，而南之海舟則不聞繕治焉。或曰吾舟素具也，或曰舟雖未具，而憚於擾也。紹興辛巳之戰，山東采石之功，不以騎也，不以射也，不以步也，舟焉而已。當時之舟，今可復用乎？且夫斯民一日之擾，與社稷百世之安危，孰輕孰重？事固有大於擾者也。臣所謂言有事於無事之時者五也。」申言南北長技不同，宜更新軍備，繕治海舟。

（六）「陛下以今日爲何時耶？金人日逼，疆場日擾，而未聞防金人者何策，保疆場者何道，但聞某日修某禮，文也，某日進某書，史也，是以鄉飲理軍，以干羽解圍也。臣所謂言有事於無事之時者六也。」申言防金保疆，爲國是先務。

（七）「臣聞古者人君人不能悟之，則天地能悟之。今也國家之

事，敵情不測如此，而君臣上下處之如太平無事之時，是人不能悟之矣，故上天見異。相傳異時熒惑犯南斗，邇日鎭星犯端門，熒惑守羽林，臣書生不曉天文，未敢以爲必然也；至於春正月日青無光，若有兩日相摩者，茲不曰大異乎？然天猶恐陛下又不信也……迺五月庚寅，又有戌夜地震，茲又不曰大異乎？且夫天變在遠，臣子不敢奏也，不信可也，地震在外，州郡不敢聞也，不信可也；今也天變頻仍，地震輦轂，而君臣不聞驚懼，朝廷不聞咨訪。人不能悟之，則天地能悟之，臣不知陛下於此悟乎否乎？臣所謂言有事於無事之時者七也。」申言天變地震，人君當有所悟，早察敵情，預訂應變之方。

（八）「自頻年以來，兩浙最近則先旱，江淮則又旱，湖廣則又旱，流徙者相續，道殣者相枕，常平之積名存而實亡，入粟之令上行而下慢。靜而無事，尙未知所以賑之救之；動而有事，將何仰以爲資耶？臣所謂言有事於無事之時者八也。」申言兩浙江淮兩廣頻年多旱，常平之積，入粟之令，皆未發揮功效，有以賑救。

（九）「古者足國裕民，惟食與貨。今之所謂錢者，富商、巨賈、閹宦、權貴，皆盈室以藏之，至於百姓三軍之用，惟破楮劵爾。萬一如唐涇原之師，因怒糲食，蹴而覆之，出不遜語，遂起朱泚之亂，可不爲寒心哉？臣所謂言事於無事之時者九也。」申言楮劵濫行印造之弊，若不能兌現，價值則貶，而成爲害民之政。按南宋楮劵，有「關子」「公據」「會子」等名色，由於有利可圖，官府大量印製。萬里於淳熙十六年〈轉對箚子〉，又重申其事，云：「印造楮劵之數，亦可少減。」

（十）「古者立國必有可畏，非畏其國也，畏其人也。故苻堅欲圖晉，而王猛以爲不可，謂謝安、桓沖，江左之望，是存晉者二人而已。異時名相如趙鼎、張浚，名將如岳飛、韓世忠，此金人所憚也。近時劉珙可用則早死，張栻可用則沮死，萬一有緩急，不知可以督諸軍者何人？可以當一面者何人？而金人之所素憚者又何人？而或者謂，人之有才，用而後見。臣聞之記曰：『苟有車，必見其式；苟有

言，必聞其聲。』今日有其人，而未聞其可將可相，是有車而無式，有言而無聲也。且夫用而後見，非臨之以大安危，試之以大勝負，則莫見其用也。平居無以知其人，必待大安危，大勝負而後見焉，成事幸矣，萬一敗事，悔何及耶？昔者謝玄之北禦苻堅，而郗超知其必勝；桓溫之西伐李勢，而劉惔知其必取。蓋玄於履屐之間無不當其任，溫於蒲博不必得則不為，二子於平居無事之日，蓋必有以察其小而後信其大也，豈必待用而後見哉！臣所謂言有事於無事之時者十也。」申言用人之道，在平居無事之日，察其小而信其大，不必大用而後見。

　　除「十事」之外，萬里並提出「十二勿」：

　　（一）勿矜聖德之崇高而增其所未能。

　　（二）勿恃中國之生聚而嚴其所未備。

　　（三）勿以天地之異變為適然，而法宣王之懼災。

　　（四）勿以臣下之苦言為逆耳，而體太宗之導諫。

　　（五）勿以女謁近習之害政為細故，而監漢唐季世致亂之由。

　　（六）勿以仇讎之包藏為無他，而懲宣、政晚年受禍之酷。

　　（七）責大臣以通知邊事軍務，如富弼之請，勿以東西二府異其心。

　　（八）委大臣以薦進謀臣良將，如蕭何所奇，勿以文武兩途而殊其轍。

　　（九）勿使賂宦者而得旄節，如唐大曆之弊。

　　（十）勿使貨近幸而得招討，如梁段凝之敗。

　　（十一）勿以海道為無虞。

　　（十二）勿以大江為可恃。

　　並申言「以重蜀之心而重荊、襄，使東西形勢之相接；以保江之心而保兩淮，使表裏唇齒之相依。」「增屯聚糧，治艦扼險，君臣之所咨訪，朝夕之所講求；姑置不急之務，精專備敵之策。庶幾上可消於天災，下不墜於敵姦。」在在皆以邊防之整飭，訂守戰之策為先務，雖書生之論，然忠臣愛國，憂心悄悄，不作空談，不為虛論，剴切說

明，鞭辟入裏，洵爲當前守國安邦之宏謨。

　　書上，不報。本集一一二〈東宮勸讀錄〉楊長孺誌云：

　　　　先是五月二十四日，誠齋上封事極言天災、地震、虜情、
　　　　邊備、君德、國事、君子、小人凡三千餘言，不報。余處
　　　　恭因講讀之暇，嘗爲太子誦之。太子諫聽稱善，故知誠齋
　　　　姓名云。

書上雖未報，然經余處恭之誦讀於太子，而得名入東宮，奠定日後擢
兼太子侍讀之基礎。

二、荐士六十上王淮丞相

　　本集一一三〈淳熙荐士錄〉楊長孺識云：

　　　　淳熙乙巳，誠齋爲吏部郎中，時王季海爲丞相，一日丞相
　　　　問誠齋云：「宰相何最急先務？」誠齋云：「安得人才而用
　　　　之？」誠齋取筆疏六十人以獻，隨所記憶者書之，退而各
　　　　述其長，上之丞相，此卷是也。棄藏于家，雜然而書，初
　　　　無先後之序，皆無優劣之意。

萬里於政治之急務，向重人才之用。乾道間上書陳應求樞密所獻《千
慮策》中，即有「人才」上中下三篇，主張才貴能用，用不必疑，任
賢使能，廣求眞言。曾云：「今則不然，先命有司而試之以莫知所從
出之題，既又親策於廷，而雜之以奧僻怪奇之故事，不過於何晏趙岐
孔安國鄭康成之傳注，與夫孔穎達之疏義而已，此豈有關於聖賢之妙
學，英雄豪傑濟世之策謀也哉。……使士之所治，上之爲六經之正經，
下之爲十七代史與諸子之書，而削去傳注奧僻之問，其學則主乎有
用，其辭則主乎去諛，上及乘輿而不諛，歷詆在廷而不怒，使天子得
聞草野狂直之論，而士得專意乎興亡治亂經濟之業，庶乎奇傑有所挾
者稍稍出矣。」據是知萬里於人才之品德之外，注重濟世實學，故其
荐士於王淮，即本諸此原則；而所荐六十人，皆能述其所長，尤見萬
里識人之深入。茲臚列所荐士姓名及其所長如下：

　　1. 朱　熹　學二程，才雄一世，雖賦性近於狷介，臨事過於

果銳，若處以儒學之官，涵養成就，必爲異才。

2. 袁　樞　議論堅正，風節峻整，今知處州。

3. 石起宗　立朝敢言，作郡有惠。

4. 祝　懷　奇偉之節，恬退之心，士論所稱，久置閑散。

5. 鄭　僑　立朝甚勁正，持節有風采。

6. 林　枅　外溫中厲，遇事敢爲。

7. 蔡　戡　器度凝重，學問該洽。

8. 馬大同　文學政事，士林之英；至於持節，風采甚厲，官吏皆肅。

9. 鞏　湘　今之儒先，世之吏師。

10. 京　鏜　性資靜慤，文辭工致。

11. 王　回　俊辯而敏乎而裕。

12. 劉堯夫　嘗冠釋褐，立朝敢言。

13. 蕭德藻　文學甚古，氣節甚高，其志常欲有爲甚進，未嘗苟合，老而不遇，士者屈之，今爲湖北參議官。

14. 章　穎　早冠多士，其學益進，立朝鯁挺，公論推表。

15. 霍　篯　儒而知兵，長於議論；至於兩淮利害，尤其所諳。

16. 周必正　工於古文，敏於吏事，臨疑應變，好謀而成。

17. 張貴謨　上庠名士，有才謀，可應時須。

18. 劉清之　得名儒朱熹之學，傳乃祖原甫之業。

19. 湯邦彥　學邃於易，得先天之數，才濟於用，有經世之心。

20. 王公袞　儒者能斷，吏事敢爲，剗繁摧姦，尤其所長。

21. 莫　漳　長於史學，達於吏治。

22. 張　默　魏公之姪，能傳胡文定《春秋》之學，所至作吏，皆有能聲。

23. 孫逢吉　學邃文工，吏用明敏，沈介德和、黃鈞仲秉以國士待之，梁牓陞朝，前知袁州萍鄉縣。

24. 吳　鎰　吳以文詞受知名勝，如張安國、沈德和、黃仲秉，

皆以國士待之，京官，今知郴州郴縣。

25. 王　謙　風力振聳，勇於摧姦，立朝蹇蹇，士論歸重。

26. 譚惟寅　文辭甚古，志操甚堅，嘗除太學博士，今知郴州。

27. 但中庸　有學有文，操守堅正，持節布憲，風采甚屬。

28. 韓　璧　直諒修潔，人稱其賢。

29. 李　誦　恬退難進，廉吏之表，陛朝，今爲江州德安知縣。

30. 余紹祖　德勝於才，廉而有惠，新江陵府通判。

31. 葉元瀠　和而有立，早有奇節，故相葉顒子昂之姪。今爲
江西提舉司幹官待次。

32. 廖德明　所學正，遇事能斷，選人，前韶州教授。

33. 趙充夫　廉明彊濟，治行甚高，陛朝，今知臨江軍新喻縣。

34. 左昌時　吏能精密，所至有聲，新知眞州。

35. 胡思成　和粹而賢，敏達於政，嘗知安豐軍。

36. 趙像之　能文練事，淡如寒畯，今爲隨州通判。

37. 孫逢辰　儒術飾吏，廉操痛人。

38. 劉德秀　議論古今，切於世用，鄭榜，京官，今知湘潭縣。

39. 施淵然　工於古文，恬於仕進，前任監和劑局，今任祠祿，
陛朝。

40. 祝禹圭　氣節正方，議論鯁挺。

41. 張　泌　器宇粹和，文辭工致，與其弟濤，俱有令名，前
輩稱吳中二陸。

42. 李大性　四六詩句，甚有律令。

43. 李大異　嘗冠別頭，仕優進學，作文下語，準柳儀曹。

44. 李大理　學問彌洽，吏事通明。

45. 曾三復　以文策第，以廉褆身，作邑有聲，盡罷橫斂，梁
榜。

46. 曾三聘　刻意文詞，雅善論事。蕭榜，選人，前西外宗學
教授。

47. 徐　　徹　詩句明爽，牋奏典重。作邑愛民，辨而不擾。鄭榜，陞朝。今知臨江軍清江縣。

48. 趙彥恂　吏能精敏，不擇劇易。戊辰王榜。前知衡州，今任宮觀。

49. 王　　濱　治郡有聞，惠而能辨。前知吉州，正當茶寇之鋒，修城治兵，寇不敢近。今任宮觀。

50. 虞公亮　力學有文，子弟之秀，雍公之子，尚淹下僚。

51. 陳　　謙　學問深醇，文辭雄俊，聲冠兩學，陸沈下僚。

52. 李　　沐　大臣之子，而綽有寒酸之操，甲科之雋，而益屬文辭之工。

53. 李耆俊　其進雖非科級，其文尤工四六，今知柳州。

54. 嚴昌裔　學甚正，守甚堅，蓋嘗師張魏公，而友欽夫。

55. 陳　　字　事母至孝，作郡甚辨，臨事應變，事集而民不擾。

56. 盧宜之　作文有古人關鍵，日進未已，至於吏能，乃其餘事。

57. 蘇　　渭　通敏更事，最善四六，任子之流，所不易得。

58. 鄭　　郇　持身甚廉，愛民甚力，嘗知南雄州保昌縣，殊有治行。太守虐政，一切反之，民情翕然，至今去思。

59. 趙善佐　爲政和而有威，治賦緩而自辨，章貢吏民，無不安之。

60. 胡　　澥　名臣之子，修潔博習，州里有聞，能世其家。今爲撫州宜黃丞，其父字邦衡云。

　　綜觀萬里所荐六十人，皆生平所熟知，其間並多有相酬唱之詩友，亦有名相恩師如張浚、虞允文、胡銓之後，然皆以能文、練事、氣節而舉荐，賢能並重，可謂知人。

　　按王淮季海於淳熙九年九月拜左丞相，梁克家右丞相。本集一二〇〈宋故少師大觀文左丞相魯國王公神道碑〉云：

> 二公對持國秉，同心輔政。上虛己信任，士夫翕然皈重，
> 天下顯然望治。公（王淮）首以進賢報上爲己任。

又云：

> 上嘗訪公以當世人物，公言儒學政事之臣如京鏜、謝深甫、
> 鄭僑、何澹、袁說友、呂祖廉、尤袤、謝諤、閻蒼舒、羅
> 點、范仲藝、洪邁、沈揆、陸游、倪思、莫叔光、宇文介、
> 謝師稷、王正己、趙思、趙汝誼、何萬、鄧駉、陸九淵、
> 劉穎、趙鞏、詹元宗、吳燠、陳仲諤、詹騤、周頡、黃黼、
> 蔡戡、林枅、李璧、鄭鍔、趙彥中、豐誼、詹儀之、方有
> 開，皆一時之選也。上皆用之。……故淳熙人物之盛，至
> 今以爲美談。

據此知王淮與梁克家分別拜左右丞相以來，同心輔政，荐引人才，集
思廣益、以進賢爲己任，而所荐舉人才，部份與萬里所荐者相同。唯
萬里荐士於淳熙十二年，王淮進賢報上，自非受其影響。唯王淮爲相
之前，既識萬里。本集一○二〈祭王丞相文〉云：

> 爰自乾道，壬辰仲冬，刺經頌臺，我初識公，公爲貳卿，
> 我則貳丞。葭玉六胊，傾豁悃誠。公自此升，雲騫漢騰，
> 我自此退，契闊一星。我再郎署，公宅元輔。

二人初識在乾道八年於臨安，至淳熙十二年已有十餘年交誼，疑萬里
「我再郎署」得以二度立朝，爲吏部郎中，係由於王淮之提攜荐引（詳
〈交游考〉）。職是之故，王淮問萬里以「宰相何最急先務？」萬里乃
推誠「疏六十人以獻」，以爲王淮進賢之參考。

第三節　東宮侍讀受知太子

本集一一二〈東宮勸讀錄〉楊長孺識云：

> 淳熙乙巳，史方叔侍郎既以敷文閣待制奉祠，於是東宮闕
> 侍讀一員，時經營欲得之者甚眾。一日詹事余處恭、萬楚
> 輔見梁丞相問云：宮僚闕勸讀官如何？余葛二公對曰：今
> 日請間固欲白此。乃合辭以誠齋爲荐。丞相可之，既而廟

堂諸公將進，擬在選中者凡七八人。余、葛又與廟堂議損
其數，凡經營者皆削其姓名，乃定議以吳春即、陳蹇叔、
胡子遠、何一之及誠齋凡五人，連名進擬。八月初八日早
進呈。上閱至胡子遠云：也得。又閱至誠齋云：遮箇好也
麼。遂得旨，以誠齋兼侍讀。

又云：

命既下，初九日余、葛二公與諭德沈虞卿、侍講尤延之上
講堂。皇太子問云：新除楊侍讀得非近日上封事極言者乎！
余處恭對曰：是也。其人學問過人，操履剛正，甚誠實又
甚眞，尤工於詩。太子曰：極好！此間亦有數人經營欲得
之，皆是由徑政不要此等人。今除楊侍讀極好。余、葛諸
公既退，更相賀以讀宮僚皆得端人正士，不容憸人曲學於
其間也。

又云：

先是五月二十四日誠齋上封事極言天災地震、虜情邊備、
君德國勢、君子小人凡三千餘言不報，余處恭因講讀之暇，
嘗爲太子誦之。太子諫聰稱善，故知誠齋姓名云。

萬里子長孫隨父居臨安，耳聞目見，所述萬里兼侍讀之經過詳盡可
信。據其所識，知萬里〈上壽皇論天變地震書〉爲余處恭所賞識，經
轉誦而受知太子。侍讀闕員，又由於余處恭偕同葛楚轉合荐之於時相
梁克家，進呈孝宗，乃得擢兼侍讀。其時在「經營欲得之者甚眾」之
情況下，萬里中選，余處恭居功最偉。二人日後竟成莫逆之交，以至
老死。（詳〈交游考〉）

淳熙十二年八月八日兼太子侍讀。萬里任侍讀期間有〈東宮勸讀
錄〉（卷一一二），載其勸讀甚詳：

（一）讀《陸宣公奏議》

（甲）〈論沿邊守備事宜狀〉中，萬里申言禦戎之策云：「上策大
槩有四：曰修身、曰愛民、曰用人、曰立政。儆戒無虞，罔失法度，
罔遊于逸，罔淫於樂，修身也。任賢勿貳，去邪勿疑，用人也。疑謀

勿成，立政也。罔違道以干百姓之譽，罔咈百姓以從己之欲，愛民也。
四策備矣，又以無怠無荒，朝夕策勵以終之，如是則中國安強，主德
無可議，國勢無可窺，四夷安得而不來王乎。此堯舜馭戎之上策也。」
又云：「本朝馭戎之道，亦盡善矣。來寇則與之戰，不來則與之和。
與之戰如眞宗澶淵之役是也；與之和如列聖屈己而與之幣是也。是以
聖聖相承，中國承平者一百六十有六年，自漢唐以來未有也，惟宣和
間聽王黼童貫之言，用趙良嗣之策，遣使自海道約金人以滅遼。遼則
滅矣，而中國始有靖康之禍。此結夷狄以取夷狄之過也。至今勞聖主
之憂，可不戒哉。」又云：「堯舜三代之後，馭戎之策惟陸宣公得之，
豈特唐可用也，至今可用也。」（乙）〈乞不殺竇參及免簿錄莊宅三狀〉
中，萬里云：「參之譖贄也不遺餘力，而贄之救參也，亦不遺餘力，
君子小人之存心，其相去近遠何如哉。論德宗者，皆知其猜忌刻薄受
欺姦諛，是固然矣！至於參之譖贄，何其灼然不惑，斷然不受歟！使
任贄有終，豈特可以還貞觀開元之隆哉。」《東宮勸讀雜錄》引太子
言：「太子曰：參譖贄而贄救參，此全非私意，全是公義。又曰參之
姦邪而相之，此德宗無知人之明也。」萬里又云：「德宗一歲樂於得
二萬七千緡之羨餘，而忘於失京城百萬之民心，陸贄所以極論其不可
也。大抵天下之財有常數，過常數而為羨餘者，非增其所當取，則必
減其所當與。增其所當取者掊克也，減其所當與者割剝也。裴延齡以
掊克割剝而得官職，德宗得羨餘而失民心，人臣得官職而人主失民
心，人主亦何利於此哉。」讀奏議既終篇，萬里執牙篦白太子。太子
曰：「侍讀每於講讀之間，議論多所發明，甚有開發。」

（二）讀《資治通鑑》

讀〈宋文帝紀〉至「元嘉二十七年魏主遺帝書」萬里云：「文帝
南朝之賢主也，在己無失德，在民無虐政，元嘉之政，比隆文景，然
殺無辜害忠良之罪，猶足以招魏主嫚書之辱，使其在己有失德，在民
有虐政，則魏主之書辭止乎此乎？」太子聞之，「竦然曰：極是！極
是！」讀至「崔浩撰魏國記」，萬里云：「本朝之仁恩至仁宗而愈深，

其待臣下，大抵恩勝威，禮勝法，有佚罰而無濫刑，祖宗相傳以爲家法，未嘗有大誅殺也，而況於族乎！」太子聞之曰：「祖宗相傳只是一個仁字。」〈東宮勸讀雜錄〉云：「萬里讀通鑑至魏太武誅崔浩多所連及事，極論魏法之虐。既就坐，詹事葛邲曰：『歷代仁厚未有如本朝者』，因及小人欲害君子，必指爲朋黨，爲誹謗，祖宗未嘗罪焉，不過竄謫而已。惟陳東以諫死，既而光堯悔之。萬里曰：『此事非光堯之意，蓋權臣汪黃之意也。汪黃惡其發己之姦而誅之，而其謗及光堯爾。』太子曰：『所謂黨者即類之謂也，君子小人各有其類，豈得以黨爲罪哉。』又曰：『嘗讀《骨鯁集》，見陳東上書，其意甚忠，但汪黃視之以爲讎，故殺之也。』既退，萬里贊葛詹事曰：『陳東之論甚佳。』葛曰：『此是大節目，不可使東宮不知。』」據此知論述崔浩事而兼及陳東。讀至「上欲伐魏，王元謨勸之」，萬里云：「夫元謨者輕而喜功，貪而虐下，是何足付哉！一敗之餘，邑里蕭條，元嘉之政衰焉。」讀至「王元謨圍滑臺」，萬里云：「以此而戰，杜牧所謂浪戰者歟！如是欲取人之國，不爲人取，國之幸矣」。讀至「魏太子晃監國」，萬里云：「欲免小人之禍，何由而可？一曰正心，二曰講學，三曰近君子，庶幾可以免乎！」讀至「每上燕集，在坐者皆令沈醉，嘲謔無度」，萬里云：「君而嘲謔其臣，則君不君，臣而嘲謔其君，則臣不臣。天下之綱有三，天下之常有五，而莫不重於君臣。至於君臣嘲謔，三綱五常於是盡廢矣。此劉宋之所以不永也。」

（三）讀《三朝寶訓》

《東宮勸讀雜錄》云：「萬里讀《三朝寶訓》至祖宗不殺羔羊，不食水禽及袴紋倒側等事。太子云：祖宗之德，仁儉二字而已。」又云：「萬里讀《三朝寶訓》至唐末孟昭圖朝上疏、暮不知所在。萬里執牙篦曰：『唐僖宗與宦官田令孜陳敬瑄同處，議天下事，左拾遺孟昭圖上疏諫，田令孜屏不奏，矯詔貶昭圖嘉州司戶，沈於蟆頤津。』太子憤然曰：『至矯詔，則唐事無可言者。』萬里曰：『唐自高力士以後，宦官用事，至於唐亡。』太子曰：『高力士以後，宦官至三千人。仇士良

謂天子不可使觀書親近儒生。』萬里曰：『此仇士良致仕，其黨送歸求
其教，士良誨之曰：天子觀書近儒生，見前代興亡，則我輩疏斥矣。
當以田獵聲色玩好娛悅之，則我輩親矣。其黨皆拜謝而去。士良至自
稱定策國老，謂文宗爲負心門生天子。文宗不勝其忿，遂與李訓鄭注
謀，欲殺之。甘露之禍，誅戮大臣，流血殿庭，文宗餘恨以沒。宦官
豈眞不可去乎？蓋是時老成有裴度，謀臣有李德裕，文宗不與君子圖
小人，而與小人圖小人，此其所以敗也。』太子曰：『然。』」〔註5〕

　　楊長孺識云：「誠齋親結主知，天語稱好。誠齋不負天子，讀《陸
宣公奏議》，讀《資治通鑑》、《三朝寶訓》，皆效忠規於太子。時人以
爲稱職。」《宋史》據以入傳云：「東宮講官闕，帝親擢萬里爲侍讀，
官僚以得端人相賀，他日講《陸宣公奏議》等書，皆隨事規警，太子
深敬之。」萬里道德風節映照一世，勸讀之間，隨事規警，剴切說明，
多有創見。

　　淳熙十三年萬里任樞密院檢詳仍兼太子侍讀。三月十九日皇太子
召宴榮觀堂，頒賜金盃襉羅，並且賜萬里御書「誠齋」二大字。本集
九八〈跋御書誠齋二大字〉記云：

> 淳熙十三年三月十九日，今上皇帝陛下於東宮榮觀堂召宮
> 僚燕集，酒半，從至王淵堂，詹事臣邠、臣端禮，諭德臣
> 揆、侍講臣袤，各傳刻所賜御書齊名籤軸以進，再拜稱謝。
> 惟侍讀臣萬里於同列爲末至，蓋已嘗有請，因再拜申言之。
> 皇帝陛下欣然索一大硯，命磨潘衡墨，染屠覺竹絲筆，乘
> 興一揮「誠齋」二大字，「贈侍讀楊檢詳」六小字，識以清
> 賞堂印。

　　賜御書之後，皇太子（光宗）復書御製〈賞梅詩〉一首五紙，及
〈梅雪詩〉三首分賜葛邠、余端禮、沈揆、尤袤與萬里。本集九八〈跋
御書製梅雪詩〉記云：

〔註 5〕《宋會要》〈職官〉七：「十三年五月二十七日皇太子宮講堂狀，皇太
　　　子讀陸贄奏議終篇，詔令讀《三朝寶訓》。」所記年月甚詳，附此備
　　　考。

今上皇帝陛下在東宮榮觀堂宴群僚日，既爲臣萬里親灑宸
翰作「誠齋」二字，復書御製〈賞梅詩〉一首五紙，將以
分賜臣郊、臣端禮、臣揆、臣萬里、臣袞，置之几上，莫
敢先取者。臣萬里即請云：敢用劉泊登牀故事，乃急取此
紙，蓋肆最得意者。皇帝天顏爲之載穆，群僚皆有歆羨之
色。是歲冬，皇帝一日復命春坊臣持立，傳賜群僚以御製
〈梅雪詩〉三首凡五紙。

勸讀東宮，燕集榮觀堂，賜御書「誠齋」二字及御書御製〈梅雪詩〉
之外，萬里與皇太子並有歌詩酬唱。除淳熙十二、十三、十四年按臣
子禮而有〈賀皇太子九月四日生辰〉詩外，有〈和皇太子雪中賞梅偶
成二首〉〈和皇太子梅詩二道〉及〈和皇太子瑞雪二首〉，皆十三年詩，
據是反映其與皇太子間交誼隆篤。既嗣帝位，即召還正爲外官之萬里
入朝，最可作爲具體有力明證。

第四節　淳熙丙午三度易職

　　淳熙十三年丙午，萬里立朝，三易其職，歷樞密院檢詳，右司郎
中及左司郎中。本集一三三〈檢詳告詞〉淳熙十三年正月十八日中舍
人吳燠行云：

勅朝奉大夫樞密院檢詳諸房文字陳仲諤等……爾仲諤，粹
而審；爾萬里鯁而亮。楊影同行，譽處俱茂，簡知既久，
宜有遞升，或自樞掾而爲都公，或省郎而爲樞掾。……

據此知萬里自吏部郎中，繼陳仲諤之後，遷樞密院檢詳諸房文字，仍
兼太子侍讀。是爲本年首度遷職。檢詳任內，曾於五月三日以都承司
李昌圖之屬，撰〈樞密院官屬題名記〉（本集七三）。

　　未及半載，萬里官階升遷爲朝請郎。〈朝請郎告詞〉淳熙十三年
五月二十六日中書舍人陳居仁行云：

勅朝散樞密院檢詳諸房文字兼太子侍讀賜緋魚袋楊萬
里……爾以淵源正大之學，再召爲郎。茲列屬於樞廷，仍
參華於宮采，凡誦說講劇之次皆箴規篤實之言，直諒不阿，

忠嘉可尚，一官之賞，未足以酬卿也……可特授朝請郎。

按宋制仿唐，對於文官之任用分任官與任職，凡士人出仕，不啻有「官」，而且有「職」。南宋自紹興中，「舉行元祐之法」（《宋史》〈職官志〉），除自開封至迪功郎三十七階外，又加通仕、登仕、將仕三階，凡四十階。萬里在國子博士、太常博士、太常丞、將作少監任時為奉議郎，為正八品官，係初度立朝時期。自遷直秘閣、吏部員外郎、吏部郎中、樞密院檢詳，升遷為朝奉郎，為正七品官，係二度立朝時期。至是又為朝請郎，官稍加遷而仍為正七品官。

入秋，萬里上章乞閩漕。本集二○〈送張家叟〉云：

> 君向瀟湘我閩粵，寄書只在寄茶前。

自注云：「時予方上章閩漕。」唯漕閩之乞，未有下文，而友人林子方於次年獲命漕閩，萬里有詩送之，見本集二三。

漕閩不果，未幾，萬里易職為右司郎中。〈右司郎中告詞〉中書舍人王信行云：

> 勅中奉大夫尚書右司郎中尤袤……爾袤問學該洽，輔之以敏；爾萬里，操履純茂，濟之以和。

據此知萬里繼尤袤之後而為右司郎中，是為淳熙丙午二度易職。

十一月二十五日，萬里易職為左司郎中，〈左司郎中告詞〉中書舍人陳居仁行云：

> 勅朝請郎守尚書右司郎中兼太子侍讀兼提領措置拘催錢物所賜緋魚袋楊萬里等……爾萬里問學醇深，優為時用。

任命既下，萬里謝受，本集二一有〈雪後曉過八盤嶺詣東宮謝受左司告〉二首記其事。三度易職，唯仍兼太子侍讀，故得謝受新任於東宮。

萬里丙午任官，寓居於蒲橋，其〈幼圃〉詩，序云：

> 蒲橋寓居，庭有剒方石而實以土者，小孫子藝花窠菜本其中，戲名「幼圃」。

「蒲橋寓居」為萬里二度立朝之寓所（按蒲橋位於興福坊東鹽橋以東，係一旱橋。）丁未，萬里有〈大兒長孺同羅時清尋涼蒲橋〉、〈蒲橋寓舍劇暑〉諸詩，即以蒲橋為背景。嘗云：「三歲都城寓遠方」，知

三年任官臨安以來，皆寓居於斯。

第五節　淳熙丁未應詔上疏

　　淳熙十四年丁未，夏旱。七月，孝宗詔群臣陳時政闕失及當今急
務。《宋史》三五〈孝宗本紀〉云：

　　　　（淳熙十四年）六月戊寅以久旱班晝龍祈雨法，甲申辛太
　　　　一宮明慶寺禱雨……癸巳王淮等以旱求罷不許，詔衡州葺
　　　　炎帝陵廟。……秋七月辛丑罷戶部上供殿最；丙午詔群臣
　　　　陳時政闕失及當今急務。

時萬里任尚書左司郎中兼太子侍讀，乃於七月十三日應詔上疏。其〈旱
暵應詔上疏〉首先說明上書緣起：

　　　　今月八日尚書省箚子，七月七日三省同奉聖旨，政事不修，
　　　　旱暵為虐，可令侍從臺諫兩省卿監郎官館職，疏陳闕失及
　　　　當今急務，無有所隱。……臣職在宰掾，列在卿監，無以
　　　　報國，惟有盡言。然臣久不聞聖世求言之詔，而驟當聖主
　　　　下詢之勤，竊喜憂民之意，足以轉災而為祥，又竊歎求言
　　　　之詔，無乃似遲而猶隘也。旱及兩月，然後求言，不曰遲
　　　　乎！上自侍從，下止館職，不曰隘乎！（本集六二）

其次，萬里疏中申言致旱之由，以為「上澤不下流，下情不上通而已
矣！何謂上澤之不下流？上有薄賦斂之君而民不受其實惠，上有省刑
罰之君而民不被其深仁，此臣所謂上澤之不下流也。何謂下情之不上
通，陛下之耳目，內寄之於臺諫，而臺諫之情有所不盡達，外寄之於
監司，而監司之情有所不盡聞，此臣所謂下情之不上通也。」究萬里
之意，旨在乞求廣開言路，察納雅言，與〈壬辰輪對第一箚子〉取意
相同（本集六九）。職是之故，萬里乃就備旱之急務，具體申言，疏
四事以獻：一為寬州縣，二為核積藏，三為信勤分之賞，四為賞捄荒
之官。

　　（一）寬州縣　「所謂寬州縣者，非寬州縣也，所以寬吾民也。
朝廷近時有拘催之官者，是代版曹而行督責之政也，此已失朝廷之體

矣。古者錢穀之問，不至廟堂，而陳平亦曰：陛下問錢穀，當責治粟內史。蓋古之治粟內史，即今之版曹也。版曹，有司也，有司峻急，則朝廷或解而寬之，朝廷所以統有司也。有司急矣，朝廷復自急焉，何以解有司之急哉！是上下俱行急政也，民何堪焉？況當旱歲而督逋益急，州縣將何出哉！出於旱荒之民而已。臣謂版曹逋欠之多，如湖秀之類，因此大旱，而蠲之以非常之恩，可乎？拘催所逋欠之數，皆有名無實，無可催理之物，亦因此大旱，而蠲之以非常之恩，可乎？」

（二）核積藏　「所謂核積藏者，常平之粟是也，今天下常平之粟不許他用，其法至重也。然有至重之法而無不用之實，何也？州縣窮空，軍人待哺，不幸而省倉無粟，則不得不支常平之粟矣。故常平之粟往往徒有其數耳。今核之者，核其盈虛多寡，而朝廷預爲來歲拯荒之備，不至於臨時而無所錯手足也。」

（三）信勸分之賞　「所謂信勸分之賞者，朝廷非無賞格也，常患於不信而已！如淳熙十一年吉州之旱，守臣趙師睪設賞以募富民，有鍾其姓者，出粟萬斛以輸之官，州聞之朝廷，至今無一級之爵。今江西又告旱矣，來歲富民之粟肯從官司之勸分乎，此可慮也。」

（四）賞拯荒之官　「所謂賞拯荒之官者，如乾道江西之旱，賞小官者四人；如淳熙浙西之旱，併賞常平使者，擢而登朝之類是也。」

萬里備荒之四說，實際可行，可爲施政之參考。《宋史》本傳稱其「言皆懇切」，洵不誣也。《宋史》三五〈孝宗本紀〉云：

（淳熙十四年七月）丁未以旱罷汀州經界；己酉詔監司條上州縣弊事民間疾苦；辛亥避殿減膳徹樂。

萬里聞孝宗「避殿減膳」，有〈聖上閔雨遍禱未應下詔避殿減膳感嘆賦之〉（本集二三）詩：

夏旱焚如復入秋，聖皇避殿減瓊羞。

數峰北峙雲垂合，一陣西風雨又休。

逐日望霓穿卻眼，何時倒海作奔流。

諸賢袖有爲霖手，不瀉天瓢洗主憂。

懇切之情，與上疏並同。

第六節　秘書少監忤孝宗意

　　淳熙十四年十月十一日，萬里遷秘書少監。本集一三三〈告詞〉，中書舍人陳居仁行云：

　　　　勅朝請守尚書左司郎中兼太子侍讀賜緋魚袋楊萬里，圖書
　　　　所華，英俊所躔，號群玉府，爲之領袖，必以英儒，爾博
　　　　古通今，士林翹楚，外官朝蹟，具著勞能。公府樞廷，藹
　　　　有問譽。貳于芸省，亶謂殊遷，班峻地嚴，職間心佚，對
　　　　茲新渥，懋爾遠圖。可特授秘書少監。

既除秘書少監并兼太子侍讀，任內有二重大事件：一爲淳熙十四年十一月三日詔皇太子參決庶務；一爲淳熙十五年三月二十日議配享功臣。

一、上書論東宮參決

　　先言關於詔皇太子參決庶務。

　　《宋史》三五〈孝宗本紀〉載：淳熙十四年十月乙亥太上皇崩於德壽殿，十一月己亥詔皇太子惇參決庶務；庚子皇太子三辭參決庶務不許；戊午詔皇太子參決庶務于議事堂。楊長孺撰〈誠齋楊公墓志〉云：

　　　　（萬里）遷秘書少監，會高宗皇帝升遐，孝宗欲行三年之
　　　　喪，將釋萬機，開議事堂，命太子參決庶務，先君上書力
　　　　諫，謂天無二日，國無二君，孝宗、皇太子皆從之。(按《宋
　　　　史》據此入傳。)

按萬里就詔皇太子參決庶務，分別上書孝宗與皇太子。其十一月初七〈上壽皇論東宮參決書〉云：

　　　　今月三日詔書令皇太子參決庶務，此尤足以見聖心盡孝之
　　　　篤，執喪之專……今太上升遐之初，內有大喪，外有強寇，
　　　　人情皇皇，未有所定，而又此非常之舉，詔下之日，國人

大驚，中外相顧，訛言繁興，不可禁止，此治亂安危之幾也，臣請爲陛下極言之。臣伏思詔書有「參決庶務」之語，所謂庶務者，務也，非禮樂征伐之政，福威玉食之權乎！是政也，是權也，可以出於一，不可出於二者也。出於一，則治則安則存；出於二，則亂則危則亡。蓋政出於一，則天下之心聽於一，出於二，則天下之心聽於二。傳曰：「國不堪二」。又曰：「民無二主」。今陛下在上而又置參決，無乃國有貳乎。自古未有國貳而不危者，蓋國有貳則天下向背之心必生。向背之心生，則彼此之黨必立。彼此之黨立，則讒間之言必起；讒間之言起，則父子之際必開，開者不可復合，隙者不可復全。……臣願陛下遠鑒古人國貳之禍，近念光堯王業之艱，沛然從群臣御殿之請而親法宮之事，幡然從太子力辭之請，而寢參決之詔，則可以安國人，可以示夷狄。祖宗及光堯付託之業，可以有泰山之安，陛下及太子父子之親，可以無纖芥之疑矣。古人所謂轉敗爲功，轉危爲安，於此在矣！惟陛下深圖之。（本集六二）

同時〈上皇太子書〉云：

天下之職，皆可共理，惟人主之職，非可共理之物也。何也！天無二日，民無二王。惟其無二王，故合萬姓百官而宗一人，今聖主在上，而復有監國，无乃近於二王乎？於此使萬姓百官之心宗一人乎？宗二人乎？自古及今，未有天下之心宗父子二人而不危者。蓋天下之心宗乎二人則向背之心生，向背之心生，則彼此之黨立。彼此之黨立，則讒間之言必起，讒間之言起，則父子之際必開，開者不可復合，隙者不可復全，此古今之大憂也。……某願殿下三辭五辭十辭百辭，而必不居也，如此則可以安殿下之子職，可以增殿下之仁孝，上可以解天顏之戚，下可以慰天下之望，實宗社之福，生民之福，主上及殿下父子萬世無疆之福也。……惟殿下勿謀於人，勿惑於多言，勿迫於君父之威命，斷然決之於心而力行之。（本集六二）

二書取意大抵相同，皆以「天無二日，民無二主」爲基礎，強調領

導中心宜鞏固於一，天下臣民方能宗之從之，否則際此「外有強寇，內有大喪」之時，而生向背，則非國家萬姓之福。然萬里雖上書力諫，皇太子雖「三辭參決庶務」，卻未得許；「戊午詔皇太子參決庶務于議事堂。」逮乎十五年春正月，「戊戌皇太子初決庶務於議事堂」（孝宗本紀），而楊長孺所云：「孝宗皇太子皆從之」者，似非實錄。

二、上書議配享功臣

次言關於議配享功臣。

《宋史》三五〈孝宗本紀〉載，「（淳熙十五年三月）癸丑用洪邁議，以呂頤浩、趙鼎、韓世忠、張俊配饗高宗廟廷。吏部侍郎章森乞用張浚、岳飛；秘書少監楊萬里乞用浚，皆不報。」按《宋會要輯稿》禮十一之七「配享功臣」載之尤詳：

> 《建炎以來朝野雜記》祖宗故事，大臣配饗皆祔廟後議
> 之……翰林學士洪邁言「聖武文憲孝皇帝祔廟有期，所有
> 配食臣僚先期議定，臣兩蒙宣諭，欲用文武臣各二人，文
> 臣故宰相贈太師秦國公諡忠穆呂頤浩，特進觀文殿大學博
> 士諡忠簡趙鼎，武臣太師蘄王諡忠武韓世忠，太師魯王諡
> 忠烈張俊，此四人皆一時名將相，合於天下公論，望付侍
> 臣群議以聞。」議者皆以為宜，遂從之。秘書少監楊萬里
> 獨謂張丞相俊（浚）不與配食為非宜，爭之不能，因補外
> 去國焉。……光宗紹熙元年三月九日呂頤浩、趙鼎、韓世
> 忠、張俊並已配饗高宗皇帝。

唯所云：「楊萬里獨謂張丞相浚不與配食為非宜」，則非，蓋萬里之外，尚有章森亦乞用張浚，唯未若萬里所爭之烈。《宋史》三八九〈尤袤傳〉云：

> 靈駕將發引，忽定配享之議，洪邁請用呂頤浩、韓世忠、
> 趙鼎、張浚。袤云祖宗典故既祔然後議配享，今忽定於靈
> 駕發引一日前，不集眾論，懼無以厭伏勳臣、子孫之心，
> 宜反覆熟議，以俟論定。

尤袤所指者，在於肯定「既祔然後議配享」之原則，反對「忽定於靈駕發引」之前，主張「宜反覆熟議，以俟論定。」與萬里乞用張浚，不盡相同。三月二十日萬里上〈駁配饗不當疏〉，首以欺、專、私三罪斥洪邁，言其指鹿爲馬：

> 今者議臣建配饗功臣之議則不然。曰欺、曰專、曰私而已。先之以本朝之故事，惟翰苑得以發其議，抑不思列聖之廟有九，而廟之配饗者八，發配饗之議者非一，而出於翰苑者止於三，且如罷王安石之配饗神廟，則司勳外郎趙鼎之言也，請以韓忠彥配饗徽廟，則刑部尚書胡交修及中書舍人樓炤等之議也，豈盡出於翰苑哉。今舉其三以自例，不顧其餘之不然，非欺乎！中之以聖諭之所及，惟一己得以定其議，非專乎！終之以止令侍從數人之附其議，使廷臣皆不得以預其議，非私乎！是說一行，自今以往，一議之出，必欲有可而無否；必欲以一人之口而杜千萬人之口也，何以盡天下之心乎，有可而無否，其弊必至於以水濟水之喻，以一人之口而杜千萬人之口，其弊必至於指鹿爲馬之姦，臣之所憂，不特一配饗之議而已。（本集六二）

其次言張浚聲聞中外，有社稷之功者五，宜配饗新廟：（一）建復辟之勳；（二）發儲嗣之議；（三）誅范瓊以正朝綱；（四）用吳玠以保全蜀；（五）卻劉麟以定江左。并云：

> 浚之用心，以堯舜致君之道爲己任，以春秋復讎之義爲己責，以文武境土未復之業爲己憂，其論諫本仁義似陸贄，其荐進人才似鄧禹，其奮不顧身敢任大事似寇準，其志在滅賊死而後已似諸葛亮。孟子曰：有社稷臣者，以安社稷爲悅者也。浚有焉。今先皇行且祔廟，方議配饗之臣，非有社稷之大功者，其誰實宜之。臣謂有社稷之大功，宜配饗於新廟者，莫如浚也。

可謂理直氣壯。況以張浚爲萬里畢生所最膺服之恩師，據理爲師而爭，故表達剛烈直率，不復含蓄，表面似力詆洪邁，而實針向孝宗。蓋高宗配享，文武各用二人，實出於孝宗之意，而洪邁以呂、趙、韓、

張（俊）爲請，不及張浚，亦得孝宗之認可，方付諸實行。羅大經《鶴林玉露》七云：

> 高宗配享，洪容齋在翰苑，以呂頤浩、趙鼎、韓世忠、張俊四人爲請，蓋文武各用二人，出於孝宗聖意也。遂令侍從議，時宇文子英等十一人以爲宜如明詔，而識者多謂呂元直不厭人望，張魏公不應獨遺。

至於張浚之不得配食，或以高宗執政晚朝，張浚上疏忤時相秦檜，去國幾二十年；而孝宗即位，得除樞密，又遭符離潰敗之故。然萬里爲人剛毅狷介，遇事則發，無所顧忌。周必大云其「立朝諤諤，知無不言，言無不盡」，「有折角之剛」，〔註6〕葛天民云其「脊梁如鐵心如石，不曾屈膝不皺眉」，〔註7〕據此可以想見。羅大經《鶴林玉露》五云：

> （萬里）立朝時議論挺挺，如乞用張浚配享，……皆天下大事。孝宗嘗曰：「楊萬里直不中律。」光宗亦曰：「楊萬里也有性氣。」

「直不中律」爲萬里予孝宗之印象，所上〈駁配享不當疏〉中，有「指鹿爲馬」之語，而大逆孝宗，二人自是交惡，終孝宗之世，竟未爲孝宗寬容。《宋史》本傳云：

> 高宗未葬，翰林學士洪邁不俟集議配饗，獨以呂頤浩等姓名上，萬里力詆之，力言張浚當預，且謂邁無異指鹿爲馬。孝宗覽疏不悅曰：「萬里以朕何如主。」由是以直秘閣出知筠州。

「出知筠州」爲上疏之結果，雖曾經薛收、許及之上疏乞留，然已於事無補。楊長孺〈誠齋楊公墓誌〉云：

> 有詔議配饗功臣，上疏乞以忠獻公張浚配，與翰林學士洪邁議不合，爲所譖出知筠州。補闕薛收、拾遺許及之上疏乞留，先君竟去國。〔註8〕

〔註6〕《省齋文稿》一九〈題楊廷秀浩齋記〉及《書稿》七（慶元二年第二書）。

〔註7〕《南宋群賢小集》：〈葛無懷小集〉。

〔註8〕羅大經《鶴林玉露》七：「（萬里）其冢嗣東山先生跋其論配享書稿云：

萬里於四月初上章丐補外，孝宗畀旨賜江西道院。九日萬里離臨安，結束二度立朝之生活。

第七節　西湖宴遊雅集唱和

都下杭州，冠蓋如雲。萬里立朝餘暇，偕同朝士宴遊雅集，在所不免，二度立朝之四五年間，舊友新知，增廣交游範疇，而酬唱乃更頻繁。所輯《朝天集》四百首，多屬唱和，即明顯反映此期生活之一斑。

萬里都下之宴遊，大抵以西湖爲中心，遊伴多爲同舍諸友，有田清叔、顏幾聖、沈虞卿、葛楚輔、余處恭、尤延之、何自然、羅春伯、莫仲謙、陸務觀、王順伯、林景思、趙達明、京仲遠等。茲分別述之：

（一）淳熙十二年

本年萬里宴遊西湖，集中於春夏秋三季。春季曾三遊：「正月一度游玉壺，二月一度游眞珠」，係其二度宴遊，唯無歌詩酬唱之記錄。二月二十四日三度遊西湖，由田清叔召集，偕同顏幾聖等二十餘人，曾雨中泛舟，用「遲日江山麗」四句分韻賦詩，萬里得融字呈同社。夏季曾二遊：一爲〈沈虞卿秘監招遊西湖〉，在四月五日之後，萬里有詩記云。一爲〈大司成顏幾聖率同舍招遊裴園泛舟繞孤山，賞荷花，晚泊玉壺〉，時值夏六月，所遊裴園、孤山、玉壺，皆西湖地名，萬里有十絕句以記之。暮秋曾一遊：給事葛楚輔侍郎余處恭二詹事，招儲禁同寮沈虞卿秘監諭德尤延之右司侍講何自然少監羅春伯大著二宮教及萬里泛舟西湖，步登孤山，萬里有五言以記之。

『覆羹眞得皀囊書，錦水元來勝石渠，但寶銀鉤非鐵畫，何須玉帶與金魚。』蓋苗劉作亂時，矯隆祐詔貶竄魏公。高宗在昇暘宮方啜羹，左右來告，驚懼，羹覆於水，手爲之傷，曁復辟，見魏公，泣下數行，舉手示公，痕跡猶存。左次魏和伯子詩云：『鑾坡蓬監兩封書，道院東西各付渠，乾道聖人無固必，是非付與直哉魚。』詞意亦佳，但當塗道院，容齋守南徐，非當塗也。」

（二）淳熙十三年

本年萬里宴遊西湖可考者二次，並在春季：一在上巳日，與沈虞卿、尤延之、莫仲謙招陸務觀、沈子壽小集張氏北園賞海棠，萬里有詩紀之。一在寒食，雨中同舍人約遊天竺，萬里得十六絕句呈陸務觀，大抵描繪春遊。其一云：

> 戶戶遊春不放春，只愁春去不愁貧
> 今朝道是遊人少，處處園亭處處人。

按《夢粱錄》云：「都人不論貧富，傾城而出，笙歌鼎沸，鼓吹喧天，……滯酒貪歡，不覺日晚：紅霞映水，月掛柳梢，歌韻清圓，樂聲嘹喨，此時猶尚未絕；男跨雕鞍，女乘花轎，次第入城；又使童僕挑著木魚、龍船、花籃、鬧竿等物歸家，以餉親朋鄰里。杭城風俗，侈靡相尚，大抵如此。」足見其時春遊之勝。林升詩所云：「山外青山樓外樓，西湖歌舞幾時休；暖風薰得遊人醉，直把杭州作汴州。」更可想見「處處園亭處處人」之景觀。

（三）淳熙十四年

本年萬里宴遊西湖可考者八次：一在人日，有〈出遊湖上三首〉、〈道上吟三首〉、〈遊寺四首〉等五言絕句以紀其事，唯同遊者未詳。二在上巳，同沈虞卿、尤延之、王順伯、林景思遊春湖上，萬里有十絕句呈同社紀其事。三在四月一日，趙達明招遊西湖，萬里賦得十詠以記其事，其一云：

> 今日清和和又清，王孫領客出都城。
> 好天勝日能多少，三到西湖始一晴。

按本年人日一到西湖，正值「去時數點雨，歸時數片雲」為陰雨天侯；上巳二到西湖，又值「絕憐疏雨微雲裏」，至是「三到西湖」，天候晴和，好天勝日，故云：「三到西湖始一晴」。四在初夏，同遊者未詳，萬里有〈遊水月寺〉、〈題水月寺寒秀軒〉、〈歸途觀劉寺新疊石山〉、〈題劉寺僧房〉諸詩。五在五月，萬里〈同尤延之、京仲遠玉壺餞客〉，有詩紀其事；又有〈玉壺餞客獨趙達明未至，云迓族

長于龍山且談道中事戲爲之記二首〉。六在六月，同遊者未詳，有〈清曉湖上三首〉紀事。七在六月間，友人林子方漕閩部，萬里曉出淨慈寺送之，其一云：

> 畢竟西湖六月中，風光不與四時同。
>
> 接天蓮葉無窮碧，映日荷花別樣紅。〔註9〕

八在九月十日，同尤延之觀淨慈新殿，看劉寺芙蓉，並曾於劉寺展繡亭上與延之久待京仲遠不至，又相待之於靈芝寺，并有詩紀之，皆見諸《朝天集》。〔註10〕

第八節　與尤袤陸游之交會

　　萬里二度立朝四年餘，交遊廣闊，酬唱不斷，自國君、皇太子、丞相以至群臣，莫不與焉，可謂萬里畢生之巔峰時期。而其中尤可特記者，爲與尤袤、陸游之交會。

　　尤袤與萬里初交於乾道七年，時萬里初度立朝，尤袤除祕書省丞（詳〈交游考〉）。嗣後往還日密。至萬里二度立朝，尤袤亦在臨安，任樞密院檢詳文字兼國史院編修官（淳熙十一年），時萬里有〈追和尤延之檢詳紫宸殿賀雪〉詩（本集一九）。是二大詩人又再度酬唱，翌年，萬里任吏部郎中，又有詩簡延之，計有（一）〈新涼五言呈尤延之〉（二）〈尤延之和予新涼五言末章有早歸山林之句復和謝焉〉（三）〈九日即事呈尤延之〉諸詩，并曾與延之等同寮同遊西湖。

　　淳熙十三年春，陸游差知嚴州，赴行在，初有詩簡萬里，萬里有〈和陸務觀惠五言〉云：

> 官縛春無分，氊疏雪更欺。
>
> 雲間墮詞客，事外得心期。

〔註 9〕本集二三〈曉出淨慈送林子方〉。今本《千家詩》輯錄此詩，題蘇軾作，誤。

〔註10〕本集一九至二四爲《朝天集》，輯萬里淳熙十一年十月至十五年去國間二度立朝詩篇。本章引詩不另注者屬之。

　　我老詩全退，君才句總宜。

　　一生非浪苦，醬瓿會相知。

詩中嘉許有加，具欽仰之意。二人之初識年代雖未詳（見〈交游考〉）
而酬唱自此始，從游日密，亦自此始。未幾，萬里有〈雲龍歌調陸務
觀〉：

　　墨池楊子雲，雲間陸士龍。

　　天憎二子巧言語，只遣相別無相逢。

　　長安市上忽再值，向來一別三千歲。

　　……

　　孤山海棠今已開，上巳未有遊人來。

　　與君火急到一回，一杯一杯復一杯。

　　管他玉山穨不穨，詩名於我何有哉。

詩題用「調」字，反映二人友誼頗密；詩中明言「上巳」，按諸萬里
〈上巳日予與沈虞卿、尤延之、莫仲謙，招陸務觀、沈子壽小集張氏
北園賞海棠，務觀持酒酌花，予走筆賦長句〉，知諸人同遊西湖，而
尤、楊、陸三人之初度交會宴遊殆始乎此。時萬里並有〈醉臥海棠圖
歌〉贈陸游，極寫陸游醉狀，有云：

　　蓬萊仙人約老翁，寄牋招喚陸龜蒙。

　　爲花一醉也不惜，就中一事最奇特。

　　海棠兩岸繡帷裳，是間橫著雙胡床。

　　龜蒙距床忽倒臥，烏紗自落非風墮。

　　落花滿面雪霏霏，起來索筆手如飛。

　　臥來起來都是韻，是醉是醒君莫問。

　　好箇海棠花下醉臥圖，如今畫手誰姓吳。

寒食日，雨中，萬里游天竺，得十六絕句，錄示陸游。是年夏，萬里
爲陸游《劍南詩稿》作跋二首，其一云：

　　劍外歸乘使者車，浙東新得左魚符。

　　可憐霜鬢何人問，焉用詩名絕世無。

　　彫得心肝百雜碎，依前塗報九盤紆。

　　少陵生在窮如蝨，千載詩人拜塞驢。

另一首有云：「重尋子美行程舊，盡拾靈均怨句新。」皆係贊陸游，而隱亦自贊。未幾，陸游任職嚴州，兩地雖隔而音訊常往；直至終老，仍過從未斷。

　　同期，萬里與故交尤袤過從更密。羅大經《鶴林玉露》六云：

　　尤梁谿袤延之，博洽工文，與楊誠齋爲金石交。淳熙中，誠齋爲祕書監，延之爲太常卿，又同爲青宮寮案，無日不相從。二公善戲謔，延之嘗曰：「有一經句請祕監對，曰楊氏爲我。」誠齋應曰：「尤物移人！」眾皆歎其敏確。誠齋戲呼延之爲蟷蜋，延之戲呼誠齋爲羊。一日食羊白腸，延之曰：「祕監錦心繡腸，亦爲人所食乎？」誠齋笑吟曰：「有腸可食何須恨，猶勝無腸可食人。」蓋蟷蜋無腸也。一坐大笑。厥後閒居，書間往來，延之則曰羔兒無恙，誠齋則曰彭越安在。誠齋寄詩曰：「文戈卻日玉無價，寶氣蟠胸金欲流。」亦以蟷蜋戲之也。延之先卒，誠齋祭文云：「齊歌楚些，萬象爲挫。環偉詭譎，我倡公和。放浪諧謔，尚友方朔。巧發捷出，公嘲我酢。

此段文字最能反映尤、楊過從之密，二人「放浪諧謔」，正是情誼誠摯，率然吐眞。本集二〇〈尤延之檢正直廬窗前紅木犀一小株盛開戲呈延之〉有云：「爲妒尤郎得尤物」並可作爲注腳。諧謔之外，二人「我倡公和」自更頻繁，有〈題尤延之右司逯初堂〉、〈跋尤延之左司所藏光堯御書歌〉、〈尤延之檢正直廬窗前紅木犀一小株盛開戲呈延之〉、〈新寒戲簡尤延之檢正〉、〈跋尤延之山水兩軸〉等。除題跋詩外，題用「戲」字，隆情厚誼，可以想見。

　　淳熙十四年，陸游反嚴州任，尤、楊仍同列於朝。上巳日二人與同僚共游西湖；夏季，二人並舉京仲遠玉壺餞客；秋季九月十日二人同觀淨慈新殿等，在在顯示二人形影相隨之至友關係。

　　淳熙十五年，尤、楊仍同列於朝。萬里贈以《西歸》、《朝天》二集，延之惠以七言：

　　西歸累歲卻朝天，添得囊中六百篇。

　　　　垂棘連城三倍價，夜光明月十分圓。

　　　　競誇鳳沼詩仙樣，當有雞人賣客傳。

　　　　我似岑參與高適，姓名得入少陵篇。

詩見諸本集二四，而不見於《梁谿遺稿》。萬里和以爲謝，相互稱許，謙遜之間，流露同列之情，友朋之愛。是年四月萬里以論配享一事大忤孝宗，丐外出京，結束朝中唱和，然嗣後仍贈答不絕。

　　南宋中興詩人，尤、楊、范、陸并稱四大家，其中尤、楊、陸得天之巧緣，交會於淳熙十三年之臨安，酬唱西湖，相與宴遊，洵爲文壇盛事，而三人往還，自始至終，友誼深摯，歷久彌堅，尤屬難能可貴。

第九節　　與張姜之忘年詩緣

　　萬里二度立朝，與尤、陸交會爲平輩論交；與張鎡、姜夔之相識過從，而終成詩友，則係文壇忘年詩緣。

　　張鎡，字功父，爲張俊之後。以出身名門，又能詩聲，其名早爲萬里所知，唯未謀面，況乃交往。洎乎淳熙十三年春，萬里與陸游等宴遊西湖，張鎡與焉，方初相識。雙方慕名已久，乃有相識恨晚之感。本集八〇〈約齋南湖集序〉云：

　　　　初予因里中浮屠德璘談循王之曾孫約齋子有能詩聲，余固

　　　　心慕之。然猶以爲貴公子，未敢即也。既而訪陸務觀於西

　　　　湖之上，適約齋子在焉；則深目顑頷寒肩臞膝，坐於一草

　　　　堂之下，而其意若在岩岳雲月之外者，蓋非貴公子也，始

　　　　恨識之之晚。

又云：

　　　　既而又從尤延之京仲遠過其所居曰桂隱者，於是盡出其平

　　　　生之詩，蓋詩之臞又甚於其貌之臞也。

「貌臞詩臞」，蓋爲張鎡予萬里之印象。本集二一〈跋張功父通判直閣所惠約齋詩乙稿〉，云：

　　　　句裡勤分似，燈前得細嘗。

　　　　孤芳后山種，一瓣放翁香。

苦處霜爭澀，朧來鶴校強。

不應窮活計，公子也忙忙。

張鎡有〈次韻楊延秀左司見贈〉云：

願得誠齋句，銘心祗舊嘗。

一朝三昧手，五字百般香。

弦絕今何苦，衣傳擬自強。

草玄非近效，舉世漫匆忙。〔註11〕

二人唱和酬贈蓋自此始。未幾並有〈張功父舊字時可，慕郭功父故易之，求予書其意，再贈五字〉、〈走筆和張功父玉照堂十絕句〉、〈立春後一日和張功父園梅未花之韻〉等，唱和頗頻繁。淳熙十四年夏萬里以「南海」「朝天」兩集詩惠張鎡，張鎡因書七律於卷末，有云：

筆端有口古來稀，妙悟奚煩用力追。〔註12〕

讚賞之情可見，萬里有詩和答之（本集二二）。秋，木犀初發，萬里有詩呈張鎡（本集二三）；九月，有〈和張功父病中遣懷〉、〈和張功父夢南湖〉。除夜，張鎡惠萬里詩索《荊溪集》，萬里次韻送之（本集二三）。淳熙十五年春，交往仍密，有〈和張功父梅詩十絕句〉、〈謝張功父送牡丹〉、〈張功父送牡丹續送酴醾且示酴醾長編和以謝之〉、〈張功父送黃薔薇並酒之韻〉、〈和張功父聞子規〉諸詩（本集二四）。是年四月萬里補外，然二人詩簡不斷。張鎡少萬里二十六歲，視萬里為師。本集六八〈答張功父寺丞書〉云：

今功父號我以師，而自號以弟子；詰其實，則朝同朝，游同游也，志同志也，友云者實也，師弟子云者浮也。

然萬里謙辭，未受「師」名，而忘年論交，乃至終老（詳〈交游考〉）。

張鎡之外，以晚輩論交萬里之名詩人有姜夔。夔字堯章，號白石，少萬里二十八歲。淳熙間客湖南而識名詩人蕭德藻。德藻「以為四十年作詩，始得此友」，〔註13〕「以其兄之子妻之」。〔註14〕淳熙十四年

〔註11〕　《南湖集》四。

〔註12〕　《南湖集》六。

〔註13〕　《齊東野語》二。

三月，姜夔遊杭州，以德藻之介紹，袖詩謁見萬里，二人初識乃始於此。《白石道人詩集》自序所云：「余識千巖於瀟湘之上，東來識誠齋。」即是指此。萬里接待白石，復以詩送白石往吳郡謁范成大。本集二二〈送姜堯章謁石湖先生〉有云：

> 吾友夷陵蕭太守，逢人説君不離口。
>
> 袖詩東來謁老夫，慚無高價當璠璵。
>
> 翻然卻買松江艇，徑去蘇州參石湖。

白石有詩和之。《白石道人詩集》卷上〈次韻誠齋送僕往見石湖長句〉中云：

> 一自長安識子雲，三歎郢中無白雪。
>
> 范公蕭爽思出塵，有客如此渠不貧。

二人初識酬唱即始於此，未幾白石至吳郡晉謁成大（《白石道人歌曲》卷四），嗣後並有歌詩往還。（詳〈交游考〉）

萬里晚年，寓居吉水，有〈進退格寄張功父堯章〉（嘉泰三年詩）云：

> 尤蕭范陸四詩翁，此後誰當第一功。
>
> 新拜南湖為上將，更推白石作先鋒。

推崇張姜二家詩為繼中興四家之後，為詩壇之上將先鋒。

第十節　朝天集定名與結集

萬里《朝天集》所彙集編次之詩，為淳熙十一年甲辰十月拜除召命後，二度立朝之作品。據作者自序，是集彙次於淳熙十四年丁未六月，得詩四百首，並題為《朝天集》：

> 予游居寢食非詩無所與歸，淳熙壬寅七月，既嬰戚還家，詩始廢。至甲辰十月一日……是日始擬作進士題，後二十七日拜除召之命，後十日就道入京，道途僅僅得二十餘詩，然自覺其扞格不如意，蓋哀未忘故也。既至中都就列本職，

〔註14〕陳振孫《直齋書錄解題》一二。

　　明年二月被旨爲銓試考官，與友人謝昌國倡和，忽混混乎
　　其來也。至丁未六月十三日，得故人劉伯順書，送所刻《南
　　海集》來，且索近詩，于是彙而次之，得詩四百首，名曰
　　《朝天集》寄之云。

按《朝天集》於丁未夏行世，萬里曾示之於張鎡。張鎡爲題七律，《南
湖集》六有〈誠齋以南海朝天兩集詩見惠，因書卷末〉：

　　筆端有口古來稀，妙悟奚煩用力追。
　　南紀山川題欲徧，中朝文物寫無遺。
　　後山格律非窮苦，白傅風流造坦夷。
　　霜鬢未聞登翰苑，緩公高步或因詩。

萬里有詩和謝，本集二二有〈張功父索余近詩，余以《南海》、《朝天》
二集示之蒙題七字〉云：

　　作者于今星樣稀，淒其望古駟難追。
　　空桑孤竹陶元亮，玉佩瓊琚杜拾遺。
　　自笑吟秋如嬾婦，可能擊鼓和馮夷。
　　報章不作南金直，慚愧君家丙稿詩。

考《朝天集》之定名，並不始於丁未。〈南海集序〉云：

　　予詩自壬午至今凡二千一百餘首，曰《江湖集》，曰《荊溪
　　集》，曰《西歸集》，曰《南海集》，曰《朝天集》。

序作於丙午六月十八日，而所云：《朝天集》者，其時蓋先定集名，
而尚未結集行世。考萬里淳熙十一年甲辰十月《朝天集》始卷，是年
詩凡二十首；十二年乙巳詩凡六十一首；十三年丙午詩凡百九十四
首，合計不足四百，故知非丁未所行之四百首輯本，而四百輯本實如
萬里自述彙次於丁未六月。

　　然四百首輯本《朝天集》與宋本《誠齋集》中《朝天集》篇幅有
所不同，蓋四百首輯於丁未，丁未後，萬里仍在都下爲官，直至戊申
四月方補外出京。其間計凡十月，爲詩不少，日後增輯，而爲今本《朝
天集》，其量已逾四百之數。

附錄：「誠齋薄憾益公」辨正

宋人張端義《貴耳集》卷下，記淳熙十三年丙午，有「誠齋由是薄憾益公」之說：

> 德壽丁亥降聖，遇丙午慶八十，壽皇講行慶禮上尊號。周益公當國，差官撰冊文，讀冊書冊，擬楊誠齋、尤延之各撰一本，預先進呈。益國與誠齋鄉人，借此欲除誠齋一侍從為潤筆。冊文壽皇披閱至再，即宣諭益公：「楊之文太聱牙，在御前讀時生受，不若用尤之文溫潤。」益公又思所以處誠齋，奏為讀冊官。壽皇云：「楊江西人，聲音不清，不若移作奉冊。」壽皇過內，奏冊寶儀節，及行禮官讀至楊某，德壽作色曰：「楊某尚在這裡，如何不去？」壽皇奏云：「不曉聖意。」德壽曰：「楊某殿策內比朕作晉元帝，甚道理？」楊即日除江東漕。誠齋由是薄憾益公。

按張端義所記訛誤不實頗多，茲辨正於後：

（一）淳熙丙午元日，高宗八秩壽辰，時周必大未當國。按〈孝宗本紀〉，淳熙十四年二月丁亥，周必大為右丞相，已在高宗「丙午慶八十」之後一年。

（二）淳熙丙午元日，萬里任吏部郎中兼太子侍讀。張文中所記：「德壽曰：楊某殿策內比朕作晉元帝，甚道理？」乃指淳熙十五年論配享一事，且萬里所忤者乃孝宗而非高宗。

（三）萬里以論配享事忤孝宗，以直秘閣出知筠州，事在淳熙十五年。張文所謂「即日除江東漕」，當為紹熙元年事。以孝宗日歷成，參知政事王藺以故事俾萬里序之，而宰臣留正屬之禮部郎官傅伯壽，萬里乃以失職丐去，而漕江東。

（四）萬里與必大相交甚早，且有同鄉之誼（詳〈交游考〉）。淳熙十五年萬里以忤孝宗出知筠州後，與必大仍有交往；十六年必大特進大丞相轉少保，進封益國公，萬里致書慰其罷相，有〈與周子充少保書〉；紹熙二年，必大有〈題楊廷秀浩齋記〉，皆見二人過從頗密。時萬里漕江東，必大在臨安，有啓致萬里，有「郡國雖分於兩地，江

湖實共於一天」之句，足見二人之間，未有芥蒂。未幾萬里退休家居，
與必大仍相往還，以至終老。

　　據上述四點，足證張端義所記，不過傳聞疑似之詞，未足采信，
而所謂「誠齋薄憾益公」之說，亦不攻而自破。

第十章　出知筠州與道院集

　　淳熙十五年三月萬里以論高宗配享事大忤孝宗，四月上章自請補
外，孝宗有旨畀郡，賜江西道院。《江西道院集》自序云：

> 某昔歲四月，上章丐補外，壽聖皇帝有旨畀郡，尋賜江西
> 道院。蓋山水之窟宅，詩人之淵林也。〔註1〕

既補外，友人曾三復等朝士餞之於西湖之上。本集一二四〈樞密兼參
知政事權公墓誌銘〉云：

> 淳熙十五年四月予上章得補外，同郡今監察御史曾公三復
> 餞送于西湖之上，監六部門權侯安節偕來。

四月九日萬里出國門，宿釋迦寺，詩云：

> 出卻金宮入梵宮，翠微綠霧染衣濃。
> 三年不識西湖月，一夜初聞南澗鐘。
> 藏室蓬山眞昨戲，園翁溪友得今從。
> 若非朝士追相送，何處冥鴻更有蹤。〔註2〕

明發南屏（浙江杭縣西南）復有詩云：

> 新晴在在野花香，過雨迢迢沙路長。
> 兩度立朝今結局，一生行客老還鄉。
> 猶嫌數騎傳書札，剩喜千山入肺腸。

〔註 1〕本集八一。
〔註 2〕本章引詩未另注者皆見《江西道院集》。

到得前頭上船處，莫將白髮照滄浪。

二詩隱約流露去國情懷，而表面洶如《鶴林玉露》七所云：「此去國詩也，可謂無幾微見於顏面矣。」似是毫無訐激牢騷，實則出於無可奈何之情。與其訴諸不滿牢騷，寧其歸諸平淡，更能顯示高尚之修養與大臣風範。

既發南屏，萬里未逕赴筠州任，而先返吉水。於是過南蕩，「江西休問何時到，已離南屏第一程」；過楊村，感於楊村之美而有「政爾清和還在道，爲誰辛苦不歸田？」之歎。未幾經側溪，過桐廬，溜港灘、胥口、釣臺、蘭溪、橫山、柴步灘、東磧灘、地黃灘、蘇木灘、遼車灘、查灘、羅灘。既過諸灘，而抵鉛山江口（江西鉛山），萬里詩記之云：「下卻諸灘水漸平，舟行已遠上饒城。」未幾，過弋陽，時已近端午，萬里觀競渡，詩以記之：

急鼓繁鉦動地呼，碧琉璃上兩龍趨。
一聲翻倒馮夷國，千載淒涼楚大夫。
銀椀錦標誇勝捷，畫橈繡臂照江湖。
三年端午眞虛過，奇觀初逢慰道途。

回顧臨安數載，三度端午，竟未得睹龍舟競渡，而歸途初逢奇觀，亦聊堪自慰。

未幾過靈山、龜峰。五月一日過貴溪。四日阻風鄱陽湖，萬里攜家又得觀競渡，詩以記之云：

惡風夜半阻歸船，端欲留人作勝緣。
千里攜家觀競渡，五湖新漲政黏天。
棹翻波浪山如雪，醉殺兒郎喜欲顛。
得去更佳留亦好，吾曹何處不忻然。

雖是阻風，卻能隨遇而安。阻風兩日，六日過鄱陽湖入相見灣，有「相見灣中悶人死，一灣九步十縈迴。」之感歎。尋過趙家莊，有「望鄉儂已喜，而況到吾鄉。」之喜悅。十五日發石口，未幾即抵吉水。總計出仕臨安，初返家門，其間離鄉已近五年。「五年出仕喜還家」（〈山居午睡起弄荷花〉），離京補外，雖云心涵不愉，然初返鄉里，無官身

輕，親切閑適，亦愜意之事。

　　仲夏歸鄉，家居恬淡，平日不過探親訪友，舒卷讀書而已。〔註3〕
入秋，有〈感秋〉五首，攄陳心跡：

　　　　憒憒趨夕黯，孤燈啓宵明。
　　　　老夫倦欲睡，似醉復如醒。
　　　　寸心無所恨，坦如江海清。
　　　　秋蛩何爲者，四面作怨聲。
　　　　淒惻竟未已，抑揚殊不平。
　　　　切切百千語，遞遞三四更。
　　　　遠砌尋不得，靜坐復爭鳴。
　　　　有口汝自苦，我醉不汝聽。（其三）

萬里四月以忤孝宗出京西歸，內心之不平與不安，自非短期所能平復。
所云：「寸心無所恨，坦如江海清」，不過作表面語，實則藉秋蛩「淒惻
竟未已，抑揚殊不平」以抒懷，而孤獨無助之感，再次顯示詩行之中：

　　　　秋曉寒可忍，秋夕永難度。
　　　　青燈照書冊，兩眼如隔霧。
　　　　掩卷卻孤坐，塊然與誰語。
　　　　倒臥臥不得，起行行無處。
　　　　屋角忽生明，山月到庭戶。
　　　　似憐幽獨人，深夜約清晤。
　　　　我吟月解聽，月轉我亦步。
　　　　何必更讀書，且與月聯句。（其四）

「秋夕永難度」，殆悠悠夜長，心亂如麻；「塊然與誰語」，正係詩人
之寂寞；「似憐幽獨人，深夜約清晤」，除寫出一己之幽獨，更顯示一
份清高與兀傲。此一心境，或可視作家居二季以來之心境縮影。

　　未幾家居生活結束，將赴筠州，出吉水報謁縣官，而後發自五峰
寺，北赴筠州。既到任，有〈筠州到任謝周右相啓〉。〔註4〕筠州，唐

────────────

〔註 3〕如本集二四〈讀漢書二首〉。
〔註 4〕本集五四。

置，尋廢，五代南唐復置，宋改爲瑞州，即今江西高安縣治。郡治有披仙閣、荷亭、亦山亭、玉井亭、荷山、筠菴、翠樾亭、無訟堂、碧落堂等園亭。萬里任職高安期間，常遊覽休憩其間，故吟詠頗多，如〈郡圃曉步因登披仙閣〉、〈披仙閣上觀酴醾〉、〈荷亭倚欄〉、〈亦山亭前梅子〉、〈初夏玉井亭晚立〉、〈筠菴〉、〈翠樾亭前鶯巢〉、〈無訟堂觀簷間蛛絲〉、〈玉井亭觀荷花〉、〈碧落堂暮景〉、〈筠菴晚睡〉、〈雨後曉登碧落堂〉、〈玉井亭觀白蓮〉、〈碧落堂曉望荷山〉、〈午憩筠庵〉、〈題無訟堂屏上袁安臥雪圖〉、〈七月十日大雨曉霽登碧落堂〉、〈微雨玉井亭觀荷〉、〈碧落堂晚望〉、〈中元日曉登碧落堂望南北山〉、〈留題筠庵以庵室用茅蓋層如蓑衣然〉、〈留題碧落堂〉等皆是。

淳熙十六年四月二日，有中書舍人葉翥行告詞，萬里官遷朝散大夫；五月四日，再復直秘閣。閏五月十四日，小孫子蓬孫夭折，萬里哭喪甚悲：

> 憲孫哭了哭蓬孫，老眼元枯也濕巾。
> 名宦何須深插腳，山林從此早抽身。
> 禍無避處惟辭福，命不如渠強學人。
> 吟了此詩還毀了，莫令一讀一傷神。

去國補外，原已心含愁苦，正值此前途未卜之際，復喪愛孫，其情可想，故致書周必大中有云：

> 某此間隨分支吾，儘可卒歲，但年來家私事殊惱懷抱。今
> 年閏月中男房下男孫，未晬而夭，止有一孫耳，苦哉苦哉。
> 〔註5〕

六月五日，萬里遷朝議大夫，〔註6〕寄祿自從六品而爲正六品。未幾，萬里得邸報，聞知友人周必大罷左丞相，拜少保判隆興府，釋位去國，升沈更易，不禁歎惋。讀邸報，感事萬方，乃作〈感興〉詩云：

> 去國還家一歲陰，鳳山錦水更登臨。

〔註5〕本集六六〈與周子充少保書〉。
〔註6〕萬里遷官告詞見本集一三三，謝表見本集四七。

> 別來蠻觸幾百戰，險盡山川多少心。
>
> 何以閒人無籍在，不妨冷眼看升沈。
>
> 荷花正鬧蓮蓬嫩，月下松醪且滿斟。〔註7〕

二人皆去國之人，去國之感，當能共鳴。入秋，萬里作〈與周子充少保書〉，間云：

> 仕宦有進便有退，有出便有處。丞相學力豈不能築河堤以障屋霤？所可憾者君子得時行道而不得究其縕耳。然道之興廢，聖人歸之命；斯文之興衰，聖人歸之天，則丞相又奚憾焉。當庚午試南宮，丞相雪中騎一馬於前，某荷一傘於後之時，豈知丞相自此布衣位極上宰，此外復奚須哉？

宦海浮沈，本尋常事，唯當事者自升而沈，自有所憾，故萬里以鄉里故友之情以致慰意，期必大於進退出處之際，能處之泰然。

中元之後，筠州詩篇，萬里已初輯爲《道院集》。友人尤延之時權禮部侍郎，寄詩覓《道院集》，萬里遣騎送呈，並和韻以謝云：

> 與君鬢髮總星星，詩句輸君老更成。
>
> 別去多時頻夢見，夜來一雨又秋生。
>
> 故人金石情猶在，贈我瓊琚雪似清。
>
> 誰把尤楊語同日，不教李杜獨齊名。

詩以贊延之，實亦自贊。時二人詩名已聞遐邇，論評乃多。萬里自贊，大有名已千秋心自清之意，有自負處，亦有自我肯定之自覺。

八月十二日，時孝宗內禪，光宗即位已半載，萬里祗召還京，臨行，題江西道院云：

> 病身祗要早投閒，乞得高安政小安。
>
> 山水秋來渾是畫，樓臺高處自生寒。
>
> 登臨未足還辭去，老大重來畢竟難。
>
> 碧落翠微好將息，清風明月夢中看。

並留題筠庵及碧落堂，有依依不捨之意。是日萬里即奉檄啓行，十四

〔註7〕本集二五〈感興〉詩，在〈與周子充少保書〉中引及，乃知爲讀邸報聞必大釋位去國感事而發之作。

日經生米市（江西新建西南），出舞陽渡；「中秋夜宿辟邪市，詰朝早起，曉星已上，日欲出而月未落，光景萬變，蓋天下奇觀也。作〈羲娥謠〉以紀之」（〈羲娥謠序〉），經土坊鎮新店，過羅溪（江西進賢西北），宿十里塘姜店，晨炊熊家莊。行役之間，萬里老病疲憊，有〈行役有歎〉云：

去年乞西歸，謂可休餘生。
今年復東下，駕言入神京。
臥治方小安，趨召豈不榮。
何如還家樂，醉吟聽溪聲。
百年幾暄涼，再歲三征行。
卻羨路旁叟，白首不到城。
人生如風花，去來能與爭。
且隨風吹起，會當風自停。

詩間流露倦遊之情及老而圖安之意，有歸與之歎。未幾過土筧岡，入進賢縣。在進賢縣，萬里初食白菜，且名之「水精菜」，並賦詩二首以記。尋過潤陂橋，「忽見橋心界牌子，腳跟一半出江西」，回憶乾道六年庚寅赴臨安受國子博士任過此橋，不禁感懷云：

卻憶庚寅侍板輿，過橋橋斷費人扶。
重來一見新橋了，淚濕秋風眼卻枯。〔註8〕

其所以「淚濕」，非關乎橋之新舊，而係感乎人世之滄桑。蓋庚寅至此近二十載，光陰飛逝，但記憶猶新，觸景興懷亦人情之常。過橋之後，小憩於揭家岡，宿花斜橋，經小箬嶺，過玉山，宿查瀨，沿枡楮江，過上湖嶺，入衢州。在衢州，徐載叔採菊載酒，與萬里秉燭夜酌，萬里走筆二首以記，其一云：

征塗半月客塵黃，今夕初逢一雨涼。
冷笑菊花堪赴會，爲君八月作重陽。

清曉浮石放船，過硯石步，下雞鳴山諸灘，過章戴岸，泊楊村。九月一日夜宿盈川市（浙江衢縣南），征行半月，萬里顯已疲累，有「病

〔註8〕本集二六〈過潤陂橋〉。

身只合山間老，半世長懷客裏情」之歎。舟繼前行，過柴步寺，睹「野夫三二輩，走過疾于箭」而有「俯仰二十年，今老懷昔健」之感。舟繼過青羊、金臺、橫山，宵宿蘭溪水驛前。次日過石塘、毛永、烏祈，品嘗其地酒肆名酒，有詩紀云：

> 毛永烏祈山兩崖，家家酒肆向江開。
>
> 也知第一蒲萄色，只問米從何處來。

并特賞烏祈酒，云：「烏祈酒味君休問，費盡江波賣盡錢。」

未幾，萬里過白沙、烏石，繼淳熙八年之後，又復作〈竹枝歌〉，其一云：

> 絕憐山崦兩三家，不種香粳只種麻。
>
> 耕遍沿堤鋤遍嶺，都來能得幾生涯。

頗感歎於山農無地可耕，謀生困苦。萬里出身寒微，對此頗表同情。尋舟行過嚴州章村、側溪，夜宿於東渚。次日經富陽、楊村。九月十二日入修門寓仙林寺，贈詩法才師，并爲書「壺天歸雲」四大字，復爲崇辯法澐師作「林野」二大字。

十月三日萬里〈上殿第一箚子〉，申說「黨論」云：

> 臣竊觀近日以來，朋黨之論何其紛如也，有所謂甲宰相之黨，有所謂乙宰相之黨，有所謂甲州之黨，有所謂乙州之黨，有所謂道學之黨，有所謂非道學之黨，是何朋黨之多歟，且天下士大孰不由宰相而進者，進以甲宰相，一日甲罷，則盡指甲之人以爲甲之黨而盡逐之；進以乙宰相，一日乙罷，則又盡指乙之人以爲乙之黨而盡逐之。若夫甲州之士，乙州之士，道學之士，非道學之士，好惡殊而嚮皆異則相攻相擯，莫不皆然。黨論一興，臣恐其端發於士大夫，而其禍及於天下國家，前事已然矣，可不懼哉。(本集六九，下同)。

由於黨之族親、交游、荐引，黨禍逐興，危及國家。故萬里排斥朋黨之論，而重人才之用，云：

> 臣願陛下建皇極於聖心，酌大公於天下，公聽並觀，壞植

散群，曰賢者，曰才者，曰忠正者，曰君子者，從而用之，
勿問其某黨某黨也。曰不肖者，曰不才者，曰邪佞者，曰
小人者，從而廢之，勿問其某黨某黨也。在廷之臣，有復
陳黨論於前者，取其尤者而斥之，聲其罪於天下，則黨論
不攻而自破矣。

未幾，上〈第二劄子〉，論近習之禍，以爲近習「能測人主幾微
之指，而遂至於竊其廢置予奪之權」，并提出防近習求制衡之方：

大抵近習者，便嬖使令之臣也。宰執者，輔贊彌縫之臣也。
侍從者，論思獻納之臣也，臺諫箴規君德糾逖官邪之臣也。
是數人者各盡其公，互防其私而不相附麗，則朝廷正而天
下治。

未幾，上〈第三劄子〉，陳帝王治道之要有五，云：

帝王治道之要，其大概有五，一曰勤，二曰儉，三曰斷，
四曰親君子，五曰獎直言。惟能勤，則一日之中，親學問
機務之時常多，親燕遊逸樂之時自少矣。惟能儉，則浮費
盡省而自用足；國用既足，而民可寬矣。惟能斷，則依違
牽制之情皆不得而奪，險詖私謁之事皆不得而至矣。惟能
親君子，則正言日聞，正行日見，而小人日疎，君德自進
矣。惟能獎直言，則不諱之門開，敢言之風振，下情日通，
姦邪日消矣。

治道雖然有五，然推行之方，須本諸「誠」：

雖然治道有五，而行之者一，曰誠而已。必也自信之心先
立於內，自文之行不著於外，以聖人之道爲必可行，以帝
王之治爲必可致。力行之而不息，固執之而不移，此之謂
誠。〔註9〕

「誠」，萬里之以名齋，自紹興末請益於張浚之後，終生奉行不二，
在此再度得以發揮。

十月三日，萬里並整理《江西道院集》，且作自序云：

某昔歲四月，上章丐補外，壽聖皇帝有旨畀郡，尋賜江西道

_____

〔註 9〕本集六九，以上劄子皆出本卷。

院。蓋山水之窟宅，詩人之淵林也。既抵官下，二百有八旬有四日，皇上詔令奉計詣北闕。駸奔道塗踰月，乃至修門。道中得詩可百許首，乃併取歸塗及在郡時詩錄之；凡二百有五十首，析爲三卷，曰《江西道院集》。先是舟經釣臺，地主故人陸務觀載酒相勞于江亭之上，索誦近詩，因舉「兩度立朝今結局」之句，務觀大笑曰：「立朝結局，此事未可料，《朝天集》眞結局矣。」因併書自笑云。〔註10〕

是序殆作於仙林寺，而詩集定本增補贈尤延之初輯本而成，包涵吉水家居、筠州任職及祗召赴杭三部分詩篇，其間以征行詩爲最多。

寓居仙林寺二旬至十月三日，萬里以筠州守臣「奏事選德殿，恭遇上賜睿旨和聖韻，欽命竟送殘秋云」：

夢遊帝里送殘秋，重九眞爲帝里遊。

十月初頭方賜對，癡兒枉卻一生愁。

此詩爲江西道院集輯成并已爲序之後補錄，并「自跋江西道院集戲答客問」於後，云：

問我來朝南內南，便從花底趁朝參。

新詩猶作江西集，爲帶筠州刺史銜。〔註11〕

又有「客從南渡向儂來，我馬西征拜北臺；若問個中何所有，一腔熱血和詩裁。」爲本集未載，而見諸四部備要本《誠齋詩集》。

奏事之後，至十月二十九日，萬里得任命而除祕書監，此殆與萬里任太子侍讀時，得光宗之知遇而有密不可分之關係。

〔註10〕 本集八一。

〔註11〕 宋本《誠齋集》跋道院集詩僅此一首。四部備要本《誠齋詩集》輯錄二首，未詳所據。